누가 말을 죽였을까

누가 말을 죽였을까

초판 1쇄 발행 | 2008년 8월 28일
초판 6쇄 발행 | 2013년 6월 20일

지은이 | 이시백
펴낸이 | 황규관
편집장 | 김영숙
편집부 | 노윤영 윤선미
총무부 | 김은경

펴낸곳 | 도서출판 삶창
출판등록 | 2010년 11월 30일 제2010-000168호
(121-838) 서울시 마포구 서교동 355-22 우암빌딩 4층
전화 | (02) 848-3097 팩스 | (02) 848-3094
홈페이지 | www.samchang.or.kr

이시백 연작소설집

누가 말을 죽였을까

삶창

차례

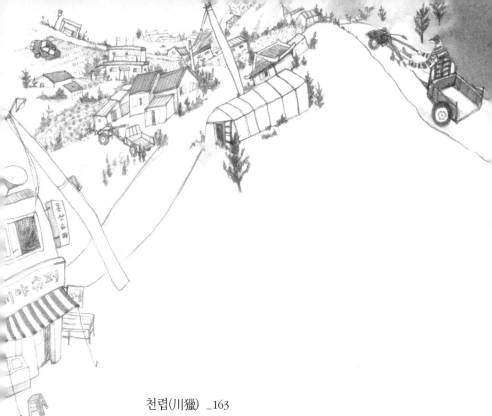

무덤 속에서 웃지 말자

촌사람들이 "그때가 좋았지"라고 하는 말을 자주 듣는다. '그때'가 언제인지 더듬어 보지만 쉽게 답을 찾기 어렵다. 멀리는 제왕이 천하의 근본이 어쩌고 하면서 동대문 밖 어딘가에서 모 심는 시늉을 내며 하늘에 제사를 지냈다고 하지만 결국 제 밥상 걱정을 한 것이요, 가깝게는 가난한 농민의 자식이라는 이가 느닷없이 군복을 벗고 높은 자리에 올라앉더니, 모내기철마다 발목을 걷고 논에 들어가 농민들과 막걸리를 따라 마시던 시절도 있었다. 농민들에게 완장도 채우고, 깃발도 들려가며 제법 역성도 들어주어 가며 제 권좌를 오래도록 떠받들게 시키기도 했다.

힘 있는 이들이 제 배를 채우려고 농민을 무지렁이로 만들고 이용해

먹은 것이 하루 이틀이던가. 뜯어먹고 부려먹기를 돼지나 소처럼 여기더니, 이제는 아예 내치려 한다. 못 해먹겠다고 호미를 팽개치면 그만두면 될 것 아니냐며 퉁바리를 준다. 농사를 걷어치우면 돈까지 주는 세상이 되었다. 그저 뵈는 게 돈밖에 없으니 무엇이든 돈으로 싸 발라 입을 막으려 한다. 제 돈도 아니면서.

이대로 가면 농촌이 죄다 '행복도시'가 될 것이니, 불행한 농촌이나 농민도 사라질 것이다. 그러면 농촌소설이란 걸 쓰는 작가나 읽을 독자도 없어질 터이니 참 행복해질 듯하다. 어쨌든 돈이 되지 않는 농촌을 돈이 되는 도시로 바꾼다 하니, 조만간 만나기 어렵게 될 농촌과 농민들의 풍경을 나라도 적어 두려고 했다.

앞으로 나갈 수도, 뒤로 물러설 수도 없는 농촌의 현실을 우스갯감으로 만들었다는 소리를 들을까 적잖이 걱정된다. 그러나 웃음이야말로 그동안 없이 사는 이들이 힘 있는 이들에게 맞서던 무기 아니었던가. 이제 그 무기를 스스로에게 겨눠보기를 권한다. 사람이 풀무치도 아니고, 남에게 맥없이 당하고만 살 수는 없지 않은가. 그러려면 우선 제 자신을 알아야 하는 것이 아닌가. 웃다가 울라는 소리까지는 감히 하지 못하겠다.

오래 전의 이야기 같다는 평도 있다. 유감스럽게도 요즘 내가 사는 마을에서 일어나고 있는 일들을 엮은 글이다. 농민의 각박한 삶이나 농촌의 궁벽함이 여전하다는 말로 들린다. 다만 오늘도 혹 예전의 양반집 말이 묻혔다는 무덤을 뒤지고 있는 농민이 없기를 바란다. 저 죽은 줄은 알지 못한 채, 무덤 속에서 웃고 있는 농민들에게, 누가 자신을 그 속에 들어가게 했는지, 누가 말을 죽였는지 이제라도 따져보자는 말을 하고 싶다.

책을 펴낸 '삶이 보이는 창' 박일환 대표와 더운 날씨에 어지러운 글을 꼼꼼히 챙겨 책으로 엮어준 편집부 식구들, 해설을 써준 고인환 평론가에게 감사를 드린다. 아울러 바쁜 가운데서도 자상하고 애정 어린 조언과 지적을 해 주신 임진택 님에게 각별한 감사를 드린다. 힘과 재주가 모자라 도움말에 온전히 따르지 못한 데 대해 죄송스럽게 생각한다.

남한강변 여주에서 평생 농사를 지으시다가 지금은 풍으로 누워 계신 숙부와 도시의 아파트에서도 여전히 뜸부기 우는 고향의 텃논을 그리워하시는 부모님께 이 책을 들어 올린다.

2008년 늦여름, 광대울 산중에서
이시백

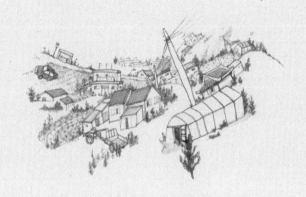

땅두더지

식구들에게 아침상을 내던지다시피 하고, 부리나케 회관 앞으로 달려 나온 재규 씨네 안주인, 종필 엄마는 목을 길게 빼고 무언가를 기다리고 있다. 아침 차가 들어오려면 두어 시간은 지나야 하는데, 무슨 급한 볼일이 있다고 이슬도 걷히기 전에 길을 나섰단 말인가.

가뜩이나 오종종한 얼굴을 오래 묵은 체증 있는 사람처럼 잔뜩 찌푸린 재규 씨가 건넛말 귀머거리 성북이도 다 알아들을만치 고래고래 고함을 지르며 고샅을 막 돌아섰다.

"그러니까 너내읎이 정신 말짱헐 때 세상 뜨야 허는 벱이여. 밤새 더운 방에서 잘 처자빠져 잤으문 개암산 용바우헌티 오늘두 뎌지지 않구 용케 새날을 맞게 혀 줬다구 감사허는 절이나 올릴 것이지, 미쳤다구 신새벽버텀 돈 까먹지 못혀 저 지랄을 헌댜?"

한 바가지 구정물처럼 온갖 험한 말을 고스란히 뒤쓰고서도 웬일인지 종필 엄마는 내전보살로 흔한 말대꾸 한마디 없다. 어느 개가 짖느냐는 식으로 아예 재규 씨 쪽은 쳐다보지도 않고, 대구 동구 밖만 목을 길게 빼고 두리번거린다.

"저, 안찬 여편네 수작 좀 보우. 냄편이 큰소릴 치믄 동니 챙피해설람두 낮짝 가리구 기들어가야지, 넌 짖어라 허구 들은 척두 안혀. 그러구두 사십 평생 살 섞구 산 부부지간이라구 밤이믄 이불 속으루 기들어와, 기들기는……."

부산한 소리에 낯익은 얼굴들이 벌써 창문으로 자라목을 내밀고 내다보는데, 이불 속 이야기까지 터져 나오는 참에는 종필 엄마도 별 수 없이 입을 열고야 말았다.

"기껏 아침상 잘 채려 멕여 놓으니까, 동니 한복판에 나와서 마누라 험담이나 아침 뉴스로 방송을 혀대니, 아예 이장네 달려가 마이꾸루 허지 그려."

"못헐까베. 길 가는 사람들헌티 물어를 봐. 다 늙은 여편네가 속살 훤히 비치는 사르마다에, 볼기짝이 반은 까지게 뵈는 빤쓰 사 입었다구 새벽버텀 길바닥에 파수를 서는 기 제정신인가."

"얼래, 얼래. 잘 헌다. 그르케 마누라 얼굴에 똥칠을 허면 즈 잘난 얼굴엔 꽃이라두 핀댜? 냄들은 마누라 얼굴 꺼칠허다구 구루무두 사다 주구, 장날이믄 데리구 나가서 철철이 새 오티를 사 준다는디, 그

러지는 못헐 망정 내 손으루다 사 입었다는디, 뭔 챔견이래? 나 겉으
믄 미안혀서라두 모른 척허겠네."

"구루무를 사 줘? 다 늙어 쭈그렁 밤탱이가 된 낯짝에, 워디 팔짜라
두 고쳐 볼 참여? 뭐가 뛰면 뭐시가 뛴다구. 요즘 젊은 것덜이 즤 부모
등골 빠지는 건 모르구, 멀쩡한 옷 구멍 내서 하루가 멀다 허구 새 옷
사들인다더니, 이젠 왼종일 땅 파구 살어두 살까말까 헌 촌 여편네까
정 채리구 나서겄다 이거여? 쯧쯧, 내가 여즈껏 저런 종자럴, 마누라
라구 등거죽이 까지두록 농사지어 따신 밥 챙겨 멕이구, 밤이믄 무르
팍이 까지두룩 좋은 일 시켰다니……."

"허이구, 좋은 일을 시켜? 넘덜이 들으면 금실 좋겄다 허겄네."

그때, 남 말이라면 자다가도 벌떡 일어날 부녀회장이 딱 바라진 방
댕이를 좌우로 분주히 흔들어 대며 나타났다.

"식전부텀 워쩐 일들이래여?"

"마누라 숭 보느라구 위세 떠는 거지 뭐여?"

"숭은 무슨 숭이겄어유. 다 종필 어무님을 끔찍이 사랑하시니께 그
런 거쥬, 뭐."

"두 번 사랑했다간 빤쓰꺼정 벗구 살겄네."

"성님두 참, 망측허기는……."

"얼래, 망측이 다 얼어죽었나베."

"워째, 노인덜이 식전부텀 뭔 사랑 싸움이래여?"

"부녀회장, 글씨, 내 말 좀 들어봐."

종필 엄마가 본격적으로 하소연을 털어 놓으려 하자, 동네방네 악을 쓸 때는 언제고, 내외한답시고 몇 걸음 떨어진 데서 뒷짐 지고 먼 산바라기를 하던 재규 씨는 혀를 찼다.

"듣긴 개뿔을 들어. 것두 자랑이라구 동네방네 떠든댜?"

"길 가는 사람덜헌티 물어 본댐서?"

"그려, 꽉꽉 잘 물어봐. 이빨이가 쑥 빠지두룩."

분위기가 심상치 않자, 눈치 하나로 부녀회장된 영순네는 종필 엄마 등을 떠밀어 제 집으로 데려갔다.

"거기두 잘 알 거여. 내가 평생을 촌구석에서 살믄서, 오티 한번 변변헌 걸 걸쳐 봤나, 아니믄 그 흔헌 화장품을 발라봤나."

종필 엄마는 한편으론 푸념을 늘어놓으면서도, 한편으론 고개를 뒤로 꺾고 동구 밖을 돌아보기 바빴다.

욕을 퍼부어 댈 상대가 눈앞에서 사라지자, 혼자서 동네 한복판에 서 있기도 멀쑥해진 재규 씨는 걸쭉하니 가래침을 긁어 올려 마누라가 몸을 숨긴 고샅에다 대고 뱉어 댄 뒤 몸을 돌이켰다. 떡 본 김에 제사 지낸다고 집 나선 김에 물꼬나 보러 논으로 나가 보기로 했다.

공구리를 친 마을길에는 뻔질나게 차들이 지나다녔다. 얼마 전까지만 해도 소 끌고 논으로 나가던 두렁길이 이제 읍내 사거리 뺨치게 나다니는 차들로 몸을 피하기 바쁘다. 그래도 아직 어른 대우하는 풍속은 미처 떨어내지 못하여 지나는 차마다 창을 내리고 아는 척을 하여 재규 씨는 몇 걸음을 채 바삐 걷기가 어려웠다.

일 톤 트럭에다 제 마누라에 중학교 다니는 아들내미까지 챙겨 나가던 을용이가 차창 밖으로 목을 길게 뽑고는 인사를 한다.

"식전부텀 어딜 나가셔유?"

"식전은 무슨……. 논에 물꼬 보러 가."

"종필이는 요즘 뭘 헌대유?"

"농사꾼 허는 일이 매양 그렇지, 뭐."

무어라 하려던 말을 우물거리던 을용은 애 학교 늦겠다고 쪼아대는 제 마누라 성화에 등 떠밀려 이내 고샅을 빠져나갔다.

살 만큼 살다 보니, 이젠 말을 눈으로도 듣게 되었다. 재규 씨는 을용이 하려던 말을 듣지 않아도 줄줄이 펠 참이었다. 엊저녁에도 집에 들른 종필이가 에프티에이니 뭐니 주워 삼키기에, 들은 척도 않고 부러 텔레비전에 나오는 우습지도 않은 우스개 짓거리에 포복절도하는 시늉을 했었다. 그저 대꾸를 않는 것이 이기는 것이라고, 아들이 이리저리 말머리를 돌리며 변죽을 울려도 벙어리 시늉만 했다. 한동안 유기농이다 뭐다 해서 논에다 우렁이도 넣고, 오리도 사다 넣으며 제법 농사일에 재미를 붙이는가 싶더니 올 들어 부쩍 서울 타령이 늘었다. 집안이든, 바깥이든 누군가 바람을 살살 불어 넣은 게 틀림없었다. 사람이건 무 뿌리건 바람이 들어가고 나면 이내 버리기 마련이었다. 농사꾼이 그저 땅만 내려다보고 살아야 하는데, 고개를 치켜들고 떠 가는 구름을 쳐다보기 시작하면 오래 가지 못한다는 걸 재규 씨는 주변에서 익히 보아왔다. 뜬구름 잡는다는 말이 그른 말이 아니었다.

귀도 안 기울여 주는 이야기를 혼자 하는 것도 멀쑥하여 이내 입을 다물고 있던 종필이 기껏 한다는 소리가 마침 텔레비전에서 나오는 '바다 이야기' 인가 하는 도박 이야기였다.

"요즘 저게 뜨는 거래여? 읍내서두 야단들이래는디, 돈을 삼태기루 쓸어 담는대유."

마치 제가 돈을 쓸어 담기라도 한 듯, 눈에 열까지 담고서 떠드는 아들이 한심하여 재규 씨는 혀부터 찼다. 사시사철 하늘이 내어 주는 곡식으로 먹고사는 농사꾼이 거름 담아낼 삼태기에 돈 채울 생각하는 것부터가 그른 일이었다.

"그랴서 투전판에라두 나서 볼려구?"

"못헐 것두 읎쥬. 내남적읎이 돈 되는 일이래믄 다 달려드는 판에……."

"아서라. 송챙이는 솔잎이나 갉아 먹구 살어야지, 공연히 갈잎 언저리에 얼쩡거리다간……."

"누가 송챙이래유? 솔잎이든 갈잎이든 가릴 때가 아녀유, 아부지."

저녁 밥 잘 먹고, 부자간에 다투다가 잠자리에 들기 싫어 재규 씨는 하고 싶은 말도 이내 입을 꾸욱 다물고 말았다. 나이도 적잖이 먹을 만큼 먹었건만 늘 하는 짓이 천둥벌거숭이 같은 아들은 애비가 제 말에 수긍이라도 하는가 싶어, 바짝 다가앉아 아까부터 된통 참듯 무지근하니 뱃속에 담고 있던 속내를 본격적으로 늘어놓기 시작했다.

"아부지, 말 나온 김에 디리는 말씸인디유, 이제 농사는 끝장이 난 거나 다름읎어유. 농민회장인가두 대통령 만났는디, 첫 매디가 '농사는 벌써 끝장난 거 아니냐'구 허더래유. 농업만은 지켜 달래는 말허러 갔다가 입 벙긋두 못헌 채 내려왔디유. 워떡허든 농사지어 먹구사는 이덜 굶어 죽지 않게 지켜 보겠다구 다짐을 혀두 될까 말까 헌 판에, 대통령두 끝장났다는 농살 혼재서 붙들구 앉아 있을 이유가 읎잖아유."

"농사꾼은 지 눈으루 보구, 지 귀루 들은 것만 믿어야 농사꾼이여. 워디서 그딴 소릴 들었는 줄은 몰러두, 직 땅 갖구 직가 먹구살 곡석 길러 먹는다는디, 대통령이 뭐구 에프티에이가 무슨 소용이여."

"지 눈으루 볼 때는 발써 지나가버린 뻬스여유. 글구 사람이 워째 쌀보리만으루 살어유. 애덜 공부두 시켜야 허구, 철철이 옷두 사 입어야 허구⋯⋯."

"그랴, 지금 니가 빨가벗구 있드냐, 애덜 핵교럴 못 다니게 허드냐? 농사꾼은 천기를 무엇보다 잘 따라야 허드키, 사람은 직 분수를 따라 살아야 허는 벱이여. 공연히 가슴에 바람만 빵빵허니 들어가서 냄들 장단에 놀아나다간 가랭이가 찢어지는 벱이여."

종필은 제 마음을 몰라주는 애비가 답답하다는 얼굴로 제 가슴을 손으로 두들기기까지 했다.

"시상이 바뀌었시유. 안 쓴다구 돈 버는 시상이 아녀유. 쓸 거 다 쓰믄서, 더 많이 벌어 사는 시상이 되었슈. 즉어두 아부지나 지는 땅 파묵구 애끼구 제우제우 살아왔지만 직 애덜헌티는 그짓 못 시키겠시유. 그기 어디 그지지, 요즘 사람이 헐 일이래유?"

"그지?"

아들의 입에서 거지라는 말까지 듣게 된 재규 씨는 어쩌다 세상이 이렇게 되었는지 개탄스럽기만 했다.

"그려, 열심히 일헐 생각은 않구 대낮버텀 남의 돈 빼앗아 먹는 투전이나 허는 이덜이 옳은 시상이라믄 내는 차라리 그지가 되는 편이 낫겄다. 말이래구 입에서 나오는디루 뱉어대는 기 아녀."

"아부지는 아까버텀 투전이라구 자꾸 허시는디, 나라에서두 뻑허믄 복권 찍어 팔구, 정선에 가믄 큰 도박장꺼정 채려 놓구 관광버스 타구 와 놀다 가는디, 이젠 도박두 스포츠가 되었시유. 시상은 하루가 다르게 변하는디, 좋든 그르든 변한 시상에 맞추어 살아야 허는 것이 아니겄시유?"

"그래서 땅 팔아 서울 가 도박장이래두 차리겄다 이 말여? 늬가 무슨 말얼 하든, 그것은 자유일진 몰러두 땅맨큼은 건들 생각을 애시당초 허질 말어라."

이렇게 미리 입막음을 하자, 종필은 혼자서 얼굴만 붉으락푸르락하다가 벌떡 일어나 제 집으로 돌아갔다.

처음 있는 일이 아니지만, 재규 씨는 참으로 인생이 허전하기만 했다. 숟가락 한 벌 달랑 들고 시작해서 등골이 빠지게 농사지어 먹을 거 덜 먹고, 입을 거 덜 입으면서 모은 살림이었다. 한 뼘, 한 뼘 농토를 사들여 그게 불어가는 재미에 살아왔는데, 이제 그게 다 쓰잘머리 없고, 서둘러 팔아넘겨야 산다는 말에 둘러싸이다 보니 밤에 자다가도 허전하고, 아침에 깨어나서도 벌떡 일어나 앉을 기분마저 나질 않았다.

물꼬를 보는 일도 예전 같지 않아, 대강 논두렁에 떼어 놓았던 흙덩어리 몇 개 주워다가 발끝으로 대강 눌러 놓고, 재규 씨는 아침부터 농약 내가 코를 찌르는 논길을 서둘러 빠져나왔다.

가 봐야 비루먹은 개만 혼자 쭈그리고 앉아 있을 집에 들어갈 맘이 나지 않아 재규 씨는 목이나 축이려고 무암슈퍼로 걸음을 놓았다. 읍내에 주주마트가 들어선 뒤로 눈에 띄게 꼴이 우습게 된 무암슈퍼는 이제 가게라고 하기도 뭐했다. 그저 예전부터 펼쳐 놓은 것이니 치우지 못해 놓아둔 빛바랜 파라솔 하나가 아침부터 지져대는 오뉴월 불볕을 겨우 가리고 있었다. 그 안으로 몸을 들이밀며 재규 씨는 문지방에 걸터앉아 넋을 놓고 있는 슈퍼 주인 영종에게 막걸리를 내오게 했다.

"아침버텀 웬 약주래여? 속 부대끼시게."

"부대낄 속이나 남았댜?"

"그렇게 좋게덜 지내시쥬, 으르신들이 뭔 사랑 쌈이래유."

제 속 폭폭한 것도 새 까먹은 듯 남의 걱정 챙겨 주는 영종이 우습기도 하고, 주제넘기도 하여 재규 씨는 피식 웃고는 그에게 빈 잔을 건넸다.

"돌아가는 일덜이 술을 안 먹게 허나 봐."

"허긴 그려유."

제 술 팔아 좋고, 공짜로 얻어먹어 모처럼 기분이 좋아진 영종이가 장단을 맞추며 다가앉았다.

"평생에 모은 재산이라곤 논 여남은 마지기허구, 고구마두 못 심궈 먹을 따비밭 댓마지기가 전분 거는 시상이 다 아는 일인디, 그걸 못 팔어 먹어서 그 야단덜이니."

"누가여?"

묻지 않아도 뻔히 아는 말을 주막살이 몇 년 하며 쌓은 재주랍시고, 영종은 공술값으로 몇 마디 거드는 척을 했다. 한바탕 속이라도 후련하게 켜켜이 쌓인 하소연을 털어놓고도 싶었지만, 남 앉혀 놓고 제 식구들 흉보아야 누워서 침 뱉기라는 걸 모르지 않는 재규 씨는 꾸욱 소리가 나도록 입을 힘주어 다물었다.

"아무리 멸치 금이 비싸두 그렇지, 이게 뱅어여 멸치여?"

안주로 내어 온 멸치에게 화풀이를 하던 재규 씨는 노란 지붕을 뒤집어 쓴 택배차가 이제 막 동네 입구로 들어서는 걸 보고 벌떡 자리에서 일어섰다.

"촌것덜 돈 빼먹으려구 아침버텀 신바람이 났어."

행여 마누라가 먼저 볼까 봐, 마시던 술잔도 채 비우지 못하고 재규 씨는 큰길로 나가 택배차를 기다렸다.

어디다 연신 손전화질을 하던 택배차 운전수는 멀찌감치 서서 두 팔을 허우적거리는 재규 씨를 보고 그 앞에 멈추었다.

"손명순이 꺼, 있수?"

"왜유? 아즈씨헌티 드려유?"

"드리구 말구 헐 것두 읎어. 온 길루 그냥 빠꾸 시키우."

"빠꾸유?"

"거시기 혀서 돌려보내는 거 있잖어?"

"아, 끌러보지두 않구 돌려보내유?"

"끌러보나마나, 내가 꽃 알레르진가 허는 기 심혀서, 꽃 그린 빤쓰만 봐두 온몸에 두드러기가 나서 못 견뎌."

투덜거리는 택배 직원을 등 떠밀어 돌려보낸 재규 씨는 모처럼 환한 얼굴이 되어 파라솔로 돌아왔다.

"제미, 접신지 뭔지 밤낮으루 테레비 헐 때버텀 알아봤어야 혀. 사람이 견물생심이라구 꼭 밥 먹을 때 맞추어 알이 통통한 게장을 찢어서 입으루 빨아대니, 어디 회가 동혀서 안 사 먹구 배길 재간이 있나. 팔다리가 왼통 쑤셔 뒤척거릴 때믄 여수 겉은 예펜네가 나와서 온몸을 낙신낙신 두들기는 안마기를 내놓구 여수 해골을 갈아대니 안 사구 배기겠냐 말여."

"지당허신 말씸여유. 소득이 일만 불이믄 죄다 일만 불인 줄 아는지, 도시것이나 촌것이나 테레비 앞에 앉아서 왼종일 전화루 홈쇼핑질이니 나라가 안 망허겄시유? 다리두 멀쩡허겄다 쬐르르 달려나오믄 몇 발 안 가 슈퍼가 있는디두, 간스메 한 통 사는 것두 전화루 지랄덜을 떠니 나라가 안 망허구 배기겠냐 이 말씸여유."

온종일 파리채만 휘두르는 것이 죄다 홈쇼핑 방송 탓으로 여기는 영종이 모처럼 속내를 드러내고 발길이 뜸한 동네 사람들을 성토했다.

"안즉 멀었어. 아임에프가 제우 을매나 지났다구 이 야단여. 조선 종자덜은 메칠만 지나믄 죄다 새 까먹듯 혀⋯⋯."

영종과 입을 맞추며 흥을 보던 재규 씨는 파라솔을 왈칵 젖히며 돌연 나타난 마누라 때문에 끝을 맺지 못했다.

"워째 냄이 주문헌 물건은 즤 맴대루 돌려보내구 야단이랴?"

"흥. 주문 좋어허네."

"그려. 아츰부텀 양산 밑으 기들어가 뻴게츠럼 술이나 빠는 건 아깝지 않구, 평생 구멍난 속옷만 입든 마누래가 모처럼 큰맘 먹구 빤쓰 멫 장 사는 건 아까워서 보초를 슨댜?"

"워디 빤쓰가 옳어서? 다 늙은 할망구가 되어가지구 꽃무늬 그려진 빤쓰 사 입겄다구 새벽버텀 동네 복판에 나와 선 건 보초가 아니구?"

"그려. 뒷동산 뗏장 밑으 눕기 전에, 내두 꽃 그려진 빤쓰 쯤 입구 싶었다. 지 손으루 못 사 주문 국으루 귀경이나 헐 것이지, 조조 영감 츠럼 쫓아나와 여자덜 속옷꺼정 참견이래. 채신머리 옳게.

"은제버텀 채신을 찾는댜? 그렇게 헐일이 옳으믄 방아다리 갈라지는 고추밭에 들어가, 어제 비도 왔겄다 풀 올라오기 전에 앉어서 호미루 되작거려 놓으믄, 나중에 일허기두 펜하구, 남들 보기두 괜찮구 쯤 좋아? 호미는 팽개치구, 워떡허믄 돈 깨물어 먹나 새벽버텀 이 궁리만 허구 자빠졌으니 잘 허는 짓이다."

"워디 깨물어 먹을 돈이나 있으믄 좋겄네. 평생 땅만 파묵구 살믄서 쌀 팔구, 푸성구 뜯어 판 알량헌 돈두 여즈껏 끼구 앉어서, 살림허는 여자헌티 경제권을 안 주니 워디 폭폭혀서 살겄어?"

"안 살믄? 옰는 살림에 그렇게라두 혔으니 굶어죽지 않구 살아온 줄이나 알어."

"그려, 그렇게 잘났으니 혼자서 맴대루 알뜰히 살어 봐. 내는 이제 그렇게는 못 살어. 시알떠끔만큼 타 쓰는 돈 드러워서 안 쓸 터이니, 맘대루 혀 봐."

"반가운 소리여."

"그려 말난 김에 앗쌀허게 갈라서자구. 평생 종년츠럼 밥허구, 빨래 허구, 애덜 길르믄서 왼종일 밭에 엎드려 산 새경을 쳐 내라구."

"새경 겉은 소리허구 자빠졌네. 그것두 살림이구 일이라구 삯을 쳐 내래? 그간 멕인 값이나 물리지 않은 거 고마운 중이나 알구 죄용히 있어. 흥."

재규 씨의 콧방귀 뀌는 소리에 안주인이 갑자기 격분하여 손가락을 매처럼 꼬부리고 남편에게 달려들자, 곁에서 지켜보던 영종이 달려들어 말렸다.

"아유, 워째들 이러신대유? 애덜 부끄럽게……."

"평생을 종년츠럼 부려먹구두 뭘 잘혔다구 콧방귀를 껴? 그 잘난 산림 간수두 벼슬이라구 남의 집 딸 공갈질혀서 뺏어다가 종츠럼 부려먹은 주제에, 콧방구를 껴? 콧구녕을 확 찢어 놀텨."

마누라의 입에서 좀체 나오지 않던 지난 사연까지 터져나오자, 재규 씨는 아무래도 '저 여편네가 실성을 했나 보다' 고 생각하며, 중간에서 말리는 영종을 핑계 삼아 주춤주춤 뒤로 물러섰다.

"오냐. 순진헌 촌사람 뒷산에 올라가 청솔개지 멫 개 분지른 걸 트집잡더니, 안즉두 그 버릇 개 못 주구 여즈껏 끼구 사는 겨? 내가 돌아가신 아부지만 생각허믄 치가 떨려, 이 개보덤 못헌 늠아."

아무리 화가 나두 입에 올리지 않던 속내를 함부로 남 앞에서 쏟아내는 마누라가 한편 놀랍고, 한편 남부끄러워 재규 씨는 어쩔 줄을 몰랐다. 입에 올리지 않는다고 동네 사람들이 모르는 일은 아니지만, 재규 씨는 남도 아닌 제 식구가 떠벌릴 줄은 미처 예상치 못했다.

"그려, 읎는 살림에 입 하나 덜겄다구 대구 싫다는 사람헌티 떠넘긴 게 누군디 그딴 소리를 헌냐? 글구 지금 그것이 남들 앞에서 자랑이라구 떠들 소리여?"

"저, 저, 터진 입이라구 떠드는 말 좀 들어봐. 저 인간이 저렇대니께. 저렇게 낯짝이 두꺼우니께 그런 짓얼 혔지."

"어디서 막걸리래두 한잔 은어 먹었나 분디, 죄용히 들어가 아침 먹은 설거지나 헐 것이지 동네방네 악을 쓰구 선전을 헌댜?"

"그려, 오늘 아조 매듭을 짓자구. 집이구 논이구 딱 둘루 나누구, 깨끗이 갈라서자구."

"허허, 요새 흔헌 게 이혼이라더니, 기것두 귀라구 듣긴 들었나 분디, 나이 칠십이 다 된 예펜네 입에서 이혼 소리가 나오는 걸 보자니, 참 가관일세그려."

"그동안 자슥들 보구 살었지만, 이제 더는 못 살어. 돌아간 우리 아부지 원수를 꼭 갚구 말 거여. 그 잘난 땅은 저승 갈 때 끼구 갈 거여?

내두 살아서 호강 한번 혀 보겄다는디, 워째 안 팔아 주구 지리 끼구 있는 거여? 은제 팔아 줄 거신지 남들 있는디서 딱 잘라 말혀."

"쯧쯧. 이래서 여자덜이 입에 술을 대면 망조가 든단 거여."

악을 쓰며 달려드는 안주인의 기세에 뒤가 켕긴 재규 씨는 먹지도 않은 술 핑계로 뒷걸음을 치고, 고함 소리에 달려 나온 부녀회장과 동네 아주머니들이 종필 엄마를 달래어 어디론가 데려갔다.

한바탕 소동이 가라앉고, 파라솔에 엎어진 막걸리 통을 치우는 영종이 보기 무안하여 재규 씨는 품에서 서둘러 담배를 꺼내 피웠다. 오늘처럼 일진이 나쁜 날도 있는가 기억을 더듬어 보았다. 사실 안주인이 말한 지난 일은 반은 맞고, 반은 그른 말이었다.

재규 씨는 타관바지였다. 사방공사를 하는 일거리를 따라 이곳으로 흘러와 영림서 일본 감독의 눈에 들어, 산림 간수 노릇을 하게 된 것이었다. 끼니마다 아궁이에 불을 때서 밥을 해 먹던 시절이니, 너나없이 지게를 지고 헐벗은 산으로 나무를 하러 다녔다. 잡풀이나 떡갈나무 곁가지 같은 것을 베는 것이야 눈감아 줄 수 있지만, 소나무를 손대는 것은 용납될 수 없는 일이었다. 그러나 마을 사람들은 후루룩 타 버리고 마는 푸장나무보다는, 기름기가 있는 청솔가지를 베어가곤 했다. 이런 일이 잦자 재규 씨는 산에 움막을 치고 나무꾼들을 감시했다. 그때 장인이 되기 전의, 산 너머 나븐들에 살던 김증구 씨를 만났다. 청솔가지를 베던 증구 씨를 붙잡아 영림서로 데려가자니, 자꾸 제 집으로 우선 가자는 것이었다. 혹 술상이라도 받아주며 사정을 하려나 보다고 여겨 버렸지만, 제 식구들에게 기별이라도 하고 가련다는 말에 증구 씨를 따라 그 집에 갔다. 그와는 장터에서 이따금 얼굴을 마주치긴 했지만 얘기 한 번 나눠 보지 못한 사이였다.

그런데 막상 그 집에 가 보니, 조르르 문 앞으로 달려 나오는 처녀가 재규 씨의 마음을 단숨에 사로잡았다. 산림 간수라면 순사나 다름없이 그 앞에서는 머리 숙이되, 뒤에서는 같은 마을 사람들도 손가락질하는 것이 당시 인심이라 혼기를 훌쩍 넘기고도 어디서 중매 한번 들어오지 않던 재규 씨에겐 놓칠 수 없는 기회였다. 재규 씨의 입장에서 보자면, 처음부터 장인이 제 딸을 염두에 두고 안 가겠다는 사람을 굳이 제 집으로 데려갔다는 것이고, 딸의 입장에서 보자면 알량한 권세를 내세워 궁지에 처한 이웃집 여식을 빼앗은 수작으로 여겨졌다. 이유야 어찌 되었든 사정이 다급했고, 처녀가 마음에 들었던 재규 씨로선 얻었든, 뺏었든 그걸 따질 때가 아니었다. 재규 씨는 양곡 몇 가마를 얹어 주기로 하고는 증구 씨네 큰딸을 제 집으로 데려왔다.

"빤쓰 쪼가리 땜에 개만두 못헌 인간이 되었네그려."

필터까지 탄 담뱃불을 큼지막한 엄지손톱으로 문대어 끊어내며 재규 씨는 혼잣말로 중얼거렸다.

"못 본 척허시지 그러셨어유."

미지근히 달아오른 여름 햇볕에 벌써 이마에 땀방울을 주렁주렁 매단 채, 공병 상자를 나르던 영종이 말을 건넸다.

'그러게 말여.' 속으로는 그렇게 중얼거리면서도 막상 나오는 말은 툽상스러웠다.

"죄다 배지에 기름이 껴서 그려."

"아저씨두 조심허셔유. 시상이 그렇지만두 않은 걸유."

의자를 당겨 앉으며 영종이 걱정해 주는 얼굴로 재규 씨 귀에 속삭
인다.

"방앗간집 아주매 보셔유. 뭐, 벨일이나 되어유? 옆집에 놀러가서
뻥 치느라구 저녁밥 늦었다구 방앗간집 아재헌티 싫은 소리 듣구는,
바루 약 먹은 거잖어유."

익히 아는 일이지만, 그런 험한 일을 전하는 영종의 의도가 마뜩찮
아 재규 씨는 이맛살을 잔뜩 찌푸렸다. 한동안 선반에 얹힌 제초제만
봐도 그이들 생각이 나서 세 번 쓸 것을 한 번만 뿌리고 지나갔다.

마을 아주머니들이 회관에 모여 십 원짜리 동전을 늘어놓고 뻥을
치는 일이 어디 어제, 오늘 얘기던가. 저녁내 잃어 보아야 백 원짜리
몇 닢이 오가는 자리니 그저 심심풀이 삼는 자리였다. 일이 나려면 우
습게 난다고, 소처럼 입이 무겁던 방앗간집 주인이 그날따라 고추밭
에 약을 치고 오느라 여간 허기가 진 게 아니었나 보다. 수돗가에 약
통을 벗어 놓고, 몸을 씻을 때까지도 안주인은 돌아오지 않다가 기어
코 전화를 받고서야 달려왔다. 밖에서 일하다 돌아온 남정네들이야
허기가 지면 무작정 소리부터 버럭 지르고 마는 일 아닌가. 그렇게 고
함을 지르고 싫은 소리 몇 마디 건넸는데, 여느 때와 달리 눈에 심지
를 돋우고 달려들더라는 것이었다. 여름내 남의 밭일 품 팔은 돈으로

하는 뻥인데 웬 참견이냐며 미주알고주알 이미 지나간 일들까지 들춰 서운한 말을 털어 놓는 안주인 때문에 결국 큰소리가 나고, 마루에 차려 놓은 밥상이 날아간 모양이었다. 순한 사람 치고 불뚱가지 없는 이가 없다는 말처럼, 방앗간집 주인도 모처럼 욱기를 부린 모양이었다. 그의 말로는, 안주인은 그 걸음으로 광으로 달려가 남편이 조금 전에 치다 남긴 그라목손을 마셨다는 것이다.

"그만혀. 아침버텀 숭헌 이야기를……."

"그러니, 아저씨두 웬만하믄 참으시라 말씸 드리는 거여유."

"그나저나 촌에선 농약이 사고여. 툭 허믄 입으루 갖다 부으니……."

"그라목숑이 문제여유. 농약이야 들쳐 업구 가서 위를 씻궈 내믄 된다지만, 제초제는 입에 살짝만 물었다 뱉어두 용서읎어유."

"일주일이구, 열흘이구 고생면 직사허게 허다 죽는 게여."

"방앗간집 아잰 그려두 고생은 덜혔쥬. 바루 그 담날 갔으니께."

제초제를 마신 안주인은 병원에서 일주일 만에 얼굴이 퍼렇게 되어 세상을 떴다. 살아 있는 애비보다 죽은 어미를 더 딱히 여긴 자식들은 아버지 혼자 손으로 밥을 짓고, 빨래를 하게 했다. 그렇다고 청승맞게 어깨 늘어뜨리고 다닐 사람은 아니었다. 방앗간 주인은 여전히 밭에 나가 소처럼 일했고, 장에서 만나면 막걸리도 나눠 마시고 사람들과 큰소리로 웃었다. 고스톱 판에도 기웃거려, 제 마누라는 십 원짜리 뻥도 못 치게 해서 죽여 놓고, 저는 노름하러 다닌다는 말도 들었지만 워낙 입이 무거운 사람이라 별 반응이 없었다. 그리고 몇 달이 지나서, 남 말 좋아하던 이들도 그 일을 잊어갈 무렵에 그이가 약을 먹었다. 새로 뚜껑을 딴 제초제를 벌컥벌컥 마신 그는 혼자서 방앗간집 마당을 밤새 허비고 뒹굴다가 아침결에 죽었다.

"요샌 황혼 이혼이란 거시 유행이래유? 일본서 들어왔다는디, 예순, 일흔 된 안노인덜이 바깥노인을 내쫓는디유. 여자야 혼자서두 잘 살지만, 남자는 늙으믄 추허구, 오래 못 살아유."

"들여올 게 읎어서 그런 거꺼정 수입헌댜?"

"그러니께 요새는 내남적읎이 내주장이 최고여유. 그저 여자덜 허자는 디루 혀야 집안이 죄용허구, 시상이 평화로운 거여유."

"거기 집안이나 펄찐 죄용히 살어."

말은 그렇게 하면서도 재규 씨는 은근히 뒤가 켕겨왔다. 어젯밤 아들과의 말다툼도 그렇고, 요즘 들어 모자가 번갈아 가며 부쩍 땅 타령을 하는 눈치가 그냥 건성으로 하는 말이 아니라는 느낌이 늦어서야 찾아 들었다.

집으로 터덜거리며 돌아오며 재규 씨는 이런저런 생각들에 잠겼다.

가만히 생각하면 사람 일이란 것이 '밤새 안녕'이라고 하루 앞을 내다볼 수 없는 법인데, 알량한 땅 붙들고 있다가 일이라도 당하면 공연히 남은 자식들한테 세금이며 서류만 복잡하게 하여 원망만 들을 일이었다. 자식이 많은 것도 아니고, 오로지 하나 있는 자식이니 미우나 고우나 어차피 그리 넘어갈 땅이 아니던가.

그러면서도 재규 씨는 일찌감치 밥술깨나 먹는다는 이들이 문전옥답 다 팔아 자식들 공부 시키고는, 막상 답답한 아파트 구석방에 갇혀 숨도 크게 못 쉬며 눈칫밥으로 노후를 보내는 것을 번연히 알고 있었다. 죽으나 사나 땅두더지처럼 흙만 파먹고, 제 땅을 지킨 이들은 이제 행정수도다 뭐다 하여 덩달아 오른 땅값으로 멀리 있던 자식들까지 한걸음에 달려와 갖은 정성으로 수발과 효도를 받는 것도 보고 있었다.

늙을수록 자식에게 대우라도 받으려면 땅이나 돈푼이라도 쥐고 있어야 한다지만 그걸 미끼로 자식의 봉양을 받을 만큼 낯간지러운 짓을 할 마음은 없었다. 어차피 넘겨주어야 할 땅이니 뭉그적거릴 이유는 없었다.

그런데 재규 씨 눈앞에는 아까 악을 쓰고 달려들던 아내의 모습이 자꾸 어른거렸다. 부부는 한 몸이라지만, 그 말이 입에 발린 말이라는 것은 누구보다 재규 씨 자신이 잘 알고 있었다. 여태껏 한 번도 땅을 팔거나, 살 때 부부 간에 슬쩍 귀띔이라도 건넨 적이 없었고, 그 흔한 전화조차도 명의를 안주인 이름으로 해 본 적이 없었다. 미우나 고우나 평생을 함께 애락을 나눈 처지이고 보면 악을 쓰고 달려들 만도 했다. 아들도 아들이지만 아내를 거쳐 그 손으로 넘어가는 것이 순리이리라.

그런 생각에 잠겨 있던 재규 씨는 아버지의 한을 풀겠다며 악을 쓰던 아내의 모습에 생각이 미치자 한결 마음이 불안해졌다. 아저씨도 조심하라던 영종의 이야기가 그 위에 겹치며, 방앗간집 부부의 비참한 죽음이 불안한 마음을 더욱 옥죄었다.

집에 들어서기가 무섭게 재규 씨는 이 방 저 방을 기웃거려 보았지만 아내의 기척은 어디에도 없었다. 재규 씨는 안방에 들어가 금고 열쇠를 맞춰 땅문서를 찾아 들었다. 서류보다 행정 절차가 중요한 일이지만 우선 이것이라도 손에 쥐어 줄 셈이었다.

혼자 밥상을 가져다 늦은 점심을 뜨는 둥 마는 둥 치워 놓고, 재규 씨는 아내가 멀쑥한 얼굴로 대문을 밀고 들어서기만 기다렸다. 그러나 해가 저물도록 아내는 돌아오지 않았다. 오늘따라 날파리처럼 걸려오던 전화도 잠잠하기만 했다.

"어딜 갔댜, 살림허는 여자가⋯⋯."

어디선가 동네 여자들과 한데 모여 속이 후련하도록 남편 흥이나 보고 있으려니 싶지만 재규 씨는 평소와 달리 자꾸 가슴 한구석으로 밀려드는 불안감을 털어낼 수 없었다. 좌불안석하며 방 안을 서성이던 재규 씨는 아들네로 전화를 넣었다. 아들은 제 어미를 왜 제 집에서 찾느냐는 식으로 툽상스럽게 말했다. 숨겨 놓고 없다는 눈치는 아니었다. 재규 씨는 몇 번 망설이다가 마을 전화부를 꺼내놓고 부녀회장에게 전화를 걸었다.

"아침결에 그리 도투시드니 발써 보고 싶어 찾으시는 거에여? 아까 집꺼정 모셔다 드렸는디."

동네 망신살이 뻗쳤다지만 재규 씨는 그런 건 아무렇지도 않았다. 이리저리 전화를 넣을 데를 뒤척이던 재규 씨는 퍼뜩 불안한 생각에 휩싸여 자리에서 튀어 일어나 광으로 달려갔다. 없었다. 내일 배추밭에 치려고 선반 위에 얹어 두었던 제초제가 병째로 없어졌다. 재규 씨는 눈앞이 캄캄해지면서 두 다리에 힘이 쪽 빠져 곁에 있던 기둥에 몸을 기댔다. 별일도 아닌 일로 약을 먹었다는 방앗간집 안주인의 푸르스름한 낯빛이 눈앞에 어른거려 재규 씨는 진저리를 치고 말았다.

미처 꿰지 못한 신발을 질질 끌면서 재규 씨는 아내가 갈 만한 집을 찾아 고샅을 뛰었다. 화투 패인 선자네도 온종일 들르지를 않았으며, 마을 안팎으로 드나드는 사람들을 아파트 경비처럼 온종일 지켜보는 무암슈퍼 영종이에게 달려가 물었지만 여전히 같은 대답이었다.

"집엘 왔다 가셨다믄……, 뭐 갯구 나가신 것은 읎슈?"

볼따구니라도 한 대 쥐어박고 싶은 심정을 재규 씨는 억지로 참았다. 애써 태연한 척, 뒷짐을 지고 어기적어기적 팔자걸음으로 걷다가, 한적한 곳에 이르자 제자리서 발을 동동 굴러야 했다.

가볼 만한 집은 다 가 보았고, 이제 하나 남은 곳은 마을 윗자락에 붙은 새댁네 집이었다. 얼마 전에 살림을 차린 신혼집에 저녁 늦게까지 눌러 앉아 있을 리가 없지만, 혹시나 하는 마음으로 재규 씨는 명아주가 발목에 척척 휘감기는 개울 둑길을 거슬러 올랐다.

주먹만 한 강아지가 자지러지게 짖어대는 대문 안으로 들어섰지만 불이 켜진 방 안에선 아무도 내다보지 않았다. 분명 무어라 사람 말소리는 들려왔다. 크게 틀어 놓은 텔레비전 소리에 겹쳐 목소리의 주인이 분명치 않았다. 헛기침을 수차 보내도 소식이 없자, 재규 씨는 실례가 되는 줄은 알지만 별수 없이 미닫이 방문을 슬그머니 밀어 보았다.

방에는 한창 홈쇼핑 광고가 이어지는 텔레비전 앞에 새댁과 재규 씨 안주인이 머리를 맞대고 앉아 전화통을 분주히 눌러대고 있었다.

재규 씨는 맥이 탁 풀리면서 한편 반갑기도 하고 한편 쟁그랍기도 하여, 소스라치게 놀라는 새댁은 안중에도 없이 제 마누라만 눈을 부릅뜨고 노려보았다.

"뭐 볼일이 있다구 여그꺼정 쫓아왔댜?"

"기껏 저 짓 허려구 새댁네 신혼방꺼정 꿰차구 앉은 겨?"

"낼 풀약을 친다는디, 약이 마침 똑 떨어졌다길래 우리 걸 가져다주러 들렀는디 워째 토깽이눈을 허구 찾아댕긴댜?"

재규 씨는 실소를 금치 못하며, 들고 있던 땅문서로 제 마누라의 이마를 한 대, 그러나 펄썩 소리만 크게 나지 전혀 아프지 않게 치지 않을 수 없었다.

조우(遭遇)

엊저녁에 아버지 재규 씨와 한바탕 말씨름을 벌인 종필은 아침이 되어도 가벼이 몸을 일으킬 기분이 나질 않았다. 온종일 허리가 휘도록 논바닥에 엎드려 있어 봐야 겨우 굶어 죽지 않을 정도로 근근이 살아가는 거, 그럴 바에는 차라리 이북처럼 떼로 굶어 죽어야 정신이 버쩍 날 것이다.

아직 시작도 않았는데, 벌써부터 캘리포니아 쌀이니 뭐니 하면서 미군부대서 흘러나온 미국 쌀을 사다 먹는 게 유행이라니 이미 볼 장 다 본 장사였다. 그런데도 세상 물정 어두운 노친네가 죽으나 사나 땅문서만 신주단지 모시듯 끌어안고 있으니 한심한 일이 아닐 수 없다.

"돈은 돌구 돌아 녹아 번져두, 땅은 제자리 다 지키구 있는 벱이여.

붙들구만 있음 하루가 멀다 않구 오르는 땅값이 어디로 가겠냐"며 느긋한 표정을 지었지만 그것도 마냥 물정 모르는 일이었다. 행정수도 옮긴다는 바람에 덩달아 오른 땅금이지만, 정권이 바뀌면 행정수도고 뭐고 죄다 원점으로 돌려놓을 게 뻔한 일이었다. 메뚜기도 한철이라고 땅금이 상투 끝까지 치받을 때, 재빨리 치고 빠져야 하는데 노인네 고집에 낭패를 보고 말 일이다.

종필은 송충이 이야기만 나오면 진저리가 날 지경이었다. 송충이는 솔잎을 먹고살아야 한다면서, 농사꾼은 죽으나 사나 땅 보고 살아야 한다는 말을 귀에 딱지가 앉을 만큼 들어왔다. 농고를 나와, 영농후계자라고 종자돈 받은 것 들고 토마토 농사를 시작할 때만 해도 땅만큼 정직한 게 없는 줄 알았다. 남 속이는 일 않고도 씨 한 알이 백 곱, 천 곱으로 늘어나는 농사만큼 넉넉한 생업이 없는 줄 알았다. 농사는 하늘이 내리는 빗방울과 제가 흘리는 땀방울만 있으면 되는 걸로 알았다.

토마토 금이 폭락하여 창고에서 푹푹 썩어나갈 때도 농사짓다 보면 나쁜 날도 있으려니 여겼다. 우루과이라운드를 거치며, 철석같이 믿었던 정부에서 농사는 알아서 하라고 슬그머니 발을 뺄 때도 설마, 설마 했다. 아이티 아니라 아이티 할아버지라도 삼시 세끼 밥은 먹고 살아야 한다고 느긋이 여겼다.

농사일이야 어려서 쇠꼴 베러 다닐 때부터 시작하여, 농고에 들어가 말이 좋아 실습이지 새경 없는 머슴 노릇 삼 년 하면서 할 것, 못할 것 다 해 보았다.

걸어다닐 힘만 있으면 남들이 단무지 공장이다, 골프장이다, 아파트 경비다, 가욋일을 주업으로 삼아 집을 비우고 밖으로 나돌 때도 남이 걷어치운 농사까지 꿰차고, 곁눈 한 번 안 돌리고 농사를 지어왔다.

한 가마에 오만 원짜리 미국 쌀 들어온다는 소리에 기겁을 해서 유기농도 해 보고, 비육우 길러 논밭에 거름 내는 복합농에, 반딧불이 잡아다 비닐봉지에 담아 놓고 구경시키는 생태마을, 더덕이며 산채 씨 뿌리고, 날도 풀리기 전에 산비탈 기어올라가 고로쇠물 뽑아내리는 산촌마을까지 해 볼 건 다 해 보고, 그것도 모자라 한글도 모르는 노인네들 불러 모아 컴퓨터 가르치는 정보화마을이란 것까지 다 해 보았지만 이태를 넘기지 못했다. 나라에서 하라는 일들마다 용두사미가 되고 보니, 앞서서 설쳐댄 이만 멀쑥해지고 꼴만 우스워지고 말았다.

또래들은 다 빠져나가고, 젊다는 이유만으로 등 떠밀려 맡게 된 작목반장이란 감투도, 병원에서 온갖 실험으로 바늘만 찔리다가 하루에도 수십 마리씩 죽어나가는 흰 쥐처럼 온갖 일들에 내세워져 실험용이 되는 게 고작이었다. 그러고도 고맙다는 소리나 들으면 다행이건만 무엇 하나 잘못되어 손해라도 보게 되면 두고두고 남의 입방아에 올라 원망을 들어야 했다.

작년에 농협 강 상무가 느타리 금이 좋다고 자꾸 등을 찔러, 내키지 않는 느타리 작목반을 꾸렸던 일만 해도 그렇다. 처음에는 대전 쪽의 아파트에 직거래 선을 뚫어 재미 좀 보는가 싶었는데, 그것도 경쟁이라고 강원도 고랭지에서 기른 버섯이 밀고 들어와 보기 좋게 밀려나고 말았던 것이다. 버섯상자를 산더미처럼 쌓아놓고 한숨만 쉬자니, 슬금슬금 원망의 목소리들이 들려오기 시작했다.

작목반장이 버섯 기르는 일이나 제대로 하면 되지, 거간 노릇까지 하라면 무슨 재간으로 그 일을 감당할 수 있단 말인가. 금이 좋아 돈 푼이나 만질 때는 고맙다는 말 한마디 없다가 일이 틀어지면 애먼 사람에게 덤터기를 씌우는 데에는 견딜 수가 없었다.

이럴 때면 다리에 힘 빠지기 전에 서둘러 서울로 올라가고 싶은 심정이 굴뚝같았다. 하다못해 초등학교 앞에서 주전부리 붕어빵을 팔아도 이보다는 나을 성싶었다. 적어도 남이 시키는 일 하고 손해만 보거나, 남의 일 해주고 애꿎은 원망 듣는 일은 없을 것 아닌가.

종필은 지난 번, 읍에서 만난 농고 동창 준철이가 하던 말이 자꾸 귀를 간질였다. 고등학교 나오자마자 농사가 무슨 말라죽은 일이냐며 걷어치우고, 제 몫으로 물려받은 논밭을 팔아 준철은 서울로 올라갔다. 영등포역 앞에서 노래방, 비디오방, 피씨방으로 돈맛을 보다가 이번에 '바다 이야기' 라는 게임방으로 대박을 터뜨렸다는 것이다. 퇴근할 때마다 가방이 미어터지도록 돈을 쓸어 담았다는 말을 절반만 깎고 들어도 십 년 농사보다 나은 일이었다. 요즘은 잠시 단속이 심해서 머리도 식힐 겸 낚시나 하고 있다고 했다. 한적한 근교에다 비닐하우스 하나 지어 놓고는 붕어 꼬리에 번호표 달고 건져 올리는 경품 낚시터를 심심풀이 삼아 하는데, 그것도 제법 재미가 쏠쏠하다고 했다. 그날, 준철에게 술을 얻어먹은 몇 남지 않은 농고 동창들은 하나같이 한

숨만 쉬다가 그의 명함 한 장씩 보물지도처럼 받아들고는 어깨를 축 늘어뜨린 채 흩어졌다.

"그 잘난 논밭 끌어안구 땅두더지처럼 파먹구 제우제우 죽지 못혀 연명허다가, 심 다허믄 픽 쓰러져 그 자리다 평생 농약 냄새에 찌든 몸 뉠 판이여."

아침을 뜨는 둥 마는 둥 몇 숟갈 오르내리다 물리고, 집회에 나갈 채비를 차리던 종필이 거울에 비친 제 모습을 향해 볼멘소리로 중얼거렸다. 머리에 두를 띠를 찾느라 장롱 속을 뒤적거리는데 아들이 손을 내민다.

"학원비 줘유."

"뭔 학원비?"

"수능 학원유."

"꼬박꼬박 월사금 갖다 바치는 학교선 뭐 허구 학원이랴?"

"아부지두, 참. 농고서 무슨 수능 공불 혀유?"

"농생명정보고라며?"

"그기 그거여유. 담임두 대학 갈 애덜은 학원 댕기래유."

"뭐여? 그 선생은 뭐 허는 선생이길래, 즤 공부는 안 가르치구 학원 가서 배우랴? 오늘 가서 우리 아부지가 묻더라구 혀 봐."

"벌써 했어유."

"뭐여?"

"전번에 보충수업 헐 때두 그러잖았어유?"

"그랬드니 뭐랴?"

"그런 건 애들 시키지 말구, 직접 와서 물으래여. 말이 길대나 뭐래나."

직접 들으러 오라는 말에 종필은 더 세게 말을 잇지 못했다.

"글구 학원 안가는 애들은 방학 때두 나와서 실습혀야 혀유."

"실습?"

"야. 대학 안 가구 영농후계자 될 애덜은 축사두 치우구, 방학 내 돼지 멕이구 밭 갈구 혀야 혀유."

종필은 가슴이 짠해왔다. 그 일이라면 제가 겪어서 잘 아는 일이었다. 축산과라는 것이 실습이라는 명목으로 학교서 기르는 소 먹이 주고, 돼지 똥 치우는 상머슴 노릇하는 것이었다. 배운 거라곤 장부에 올리지 않은 돼지 새끼를 선생들 회식할 때 애저탕으로 끓이는 법하고, 양계장에서 주머니에 슬그머니 담은 달걀 내다 팔아 연필 값이라도 벌던 것이었다.

그래서 애는 어떻게든 농고를 보내지 않으려 했다. 그런데 중학교 담임이 농고서 달걀 판대기라도 얻어먹었는지, 인문계로는 성적이 모자란다면서 농고가 예전 농고가 아니라고 한창 설레발을 쳤다. 이제는 과학 영농에 기반을 둔 첨단 생명과학과 결합하여 농업에 관한 정보를 컴퓨터로 배운다기에, 무엇인지는 몰라도 이 나라에서는 '정보'란 말 들어가는 곳이 실세라는 건 주워들어 익히 아는 바여서 귀가 얇아졌다. 실업계 특별전형이라는 것이 생겨서, 농고에서 대학 가기가 이름만 번드르한 인문계보다 더 쉽다는 꾐에 솔깃해서 아이 등을 떠밀어 보낸 것이었다.

그런데 이제 와서 대학 가려면 따로 돈 내어 학원 가서 배우고, 학교에 남는 지스러기들은 여름내 돼지 똥이나 치우라니, 종필은 어젯밤에 아버지와 한바탕 다투며 치밀었던 울화가 다시 솟구쳤다.

"얼만디 그려?"

"단과루다 과목당 십오만 원인디, 언어허구 수리, 영어는 혀야 허니께 사십오만 원이여유."

"사십오만 원?"

"책값은 따루 있구유."

"꼭 대학 공부는 학원을 가서 혀야 혀? 지난번엔 이비에슨가 뭔가 헌다구 콤퓨타 사 달래서 최신형으루 사줬는디, 그걸루 못혀?"

"그것두 학원서 설명을 들어야 혀유. 글구 집 컴퓨터는 엄마가 자꾸 써서……."

"엄마?"

종필은 정보화마을인지 뭔지가 되고서 마을회관에 머리 허연 이들부터 애 업은 여자들까지 컴퓨터 배우느라 시끌시끌하던 일을 익히 알고 있었다. 집집마다 인터넷인가가 들어오고부터, 여편네들은 고스톱을 컴퓨터로 친다며 꿀이라도 발라놓은 것처럼 온종일 방구석에 붙어 지내더니, 급기야 애 엄마까지 컴퓨터에 달라붙어 맞고에 미쳐 지내는 걸 알고 있었다.

"잘 허는 짓이다. 애 공부허라는 콤퓨타루 고시톱이나 치구, 망조가

든 거여."

보리 수매하면 주마고 해도 문 앞에 버티고 선 애에게 버럭 소리를
질렀다. 그제야 아이는 주둥이를 닷 발이나 빼물고 문을 쾅 소리가 나
도록 닫고 나갔다. 아침상만 겨우 차려 놓고 컴퓨터 앞에 달라붙어 있
던 애 엄마가 큰소리에 놀라 살그머니 문을 열고 바깥 동정을 살폈다.

"옘비, 내가 오늘 콤퓨타를 바서 버리구 말 겨."

"아버님을 닮었나 아츰버텀 워째 핵교 가는 애헌티 큰소릴 쳐 보낸
댜? 참, 내력이여, 내력."

"여편네가 애 공부허는 콤퓨타 꿰차구 앉어 고시톱이나 치는 건 뉘
집 내력여?"

"오죽허믄. 남덜처럼 알콩달콩 자상히 줌 혀봐. 이건 냄편이라구 사
는 재미가 있어, 아님 돈을 다발루 벌어다 호강을 시켜줘."

"그러다 바람이라두 피겠네그려."

"허라믄 못 헐까."

종필은 얼마 전, 농업기술센터에 모인 반장들 모임에서 들었던 이
야기가 생각나 움찔했다. 요새 주부들이 컴퓨터로 채팅인가 하는 걸
하며 전국에 애인 하나씩 샛서방 삼아 두고 있다는 이야기였다. 자다
가 옆자리가 허전해 깨어보면 불도 끈 채 컴퓨터 앞에 눌러 앉아 무언
가 자판을 또닥거리던 게 한두 번이 아니었다.

"당신, 증말 채팅이란 거 하는 거 아녀?"

"채팅이 뭐여? 새로 나온 고스톱여?"

알고도 모른 척하는 눈치는 아니라 종필은 이내 입을 다물었다.

"고시톱두 웬간히 허구, 애 신경 줌 써. 을매 안 있으믄 대학 시험인디."

무어라 종알거리는 마누라를 피해 종필은 서둘러 집 밖으로 나섰다. 마당에 세워 놓은 경운기에 달라붙어 시동을 거느라 한참을 씨름해야 했다. 그것도 나이를 먹었다고 툭하면 수리 센터를 드나들었고, 시동을 걸 때면 등가죽에 땀줄기가 흥건히 흐르도록 애를 먹였다.

경운기까지 끌고 나오라는 농민회 지시에 새삼 짜증이 났다. 에프티에이 결사반대면 결사반대지, 거기다 농협 야구단 결사저지는 또 뭐라고 양념을 섞는단 말인가. 두 번 치르기 귀찮으니 어차피 건성으로 하는 궐기대회를 두루뭉술 묶어서 모개로 해치우겠다는 속내가 내보여 종필은 속이 편치 않았다.

농민들 굶어 죽을 판에 야구놀음이나 하려는 농협이야 일찌감치 내놓은 것들이니 따로 할 말도 없다. 돈이란 것이 한번 건너가면 그쪽 것이 되고 마는 것은 뻔한 일이다. 농민들 돈 긁어다 세우고, 농민들 상대로 번 돈으로 꾸려나가는 농협이라지만, 제 금고에 든 돈으로 야구단을 하든, 골프장을 차리든 그쪽 마음먹기 달린 일이었다. 구더기 무서워 장 못 담글까. 아우성치고 달려들면 잠시 엎드렸다가 언제고 하고 싶은 대로 하고야 말 일이었다.

정작 종필이 격분하는 것은, 자동차 팔아서 쌀 사다 먹으면 된다는 도시 것들이었다. 저도 먹고살려면 제 봉급 나눠 주는 회사도 잘되고, 제가 파는 물건도 잘 팔려야 하겠지만, 하루라도 배를 굶으면 악다구

니를 쓰며 달려들 것들이 남의 일처럼 쉽게 하는 말이 가증스럽기만 했다. 쌀 없으면 빵 먹고, 반찬거리 없으면 라면 삶아 먹고 살겠다는 것들이었다.

그러면서도 악 쓴다고 될 일이 아니라는 걸 종필은 잘 알고 있었다. 누구 말대로 이미 끝장난 일을 붙들고 대든다고 될 일이 아니었다.

당장 제 자식부터 농사 안 지으려 하고, 시킬 마음도 없는데 앞날이 뻔한 거 아닌가. 그저 한 푼이라도 더 받아 내려고 떼쓰는 꼴이 아닐 수 없었다. 자신부터도 땅 팔아서 서울로 떠나려 하고, 막상 서울 가서 살다 보면 쌀금 올라가야 좋은 낯색 할 리가 없는데, 언제까지 알량한 고향 팔아가면서 농촌 살리라고 악을 쓸 수 있을까. 차라리 다 굶어 죽든 말든 농토를 갈아엎고, 죄다 자동차 공장을 만들든, 컴퓨터 공장을 만들어야 한다. 그래서 나중에 자동차를 깨물어 먹든, 컴퓨터에 엎어져 죽든 그리 되어야 내남없이 정신이 날 것이다. 지금 암만 악을 써 봐야 쌀독에 쌀이 넘치고, 배에 기름이 껴서 걱정인데 귀만 시끄럽다고 틀어막을 뿐이다.

"그려, 다 굶어 죽는 거여. 그리들 원하는 대로 살아 주는 거여. 열 쳤다고 여기 남아서 악 쓰면서 애국 헌다구 농사를 짓구 자빠졌어? 그러다 논바닥에 엎어져서 뒤진다고 누가 안됐다고 건성으루라두 눈물 한 방울 흘려 줄까베? 흥, 개똥이라구 혀라."

면사무소 건너편에 있는 농협에는, 비오는 날 장바닥의 소금 장수처럼 후줄근한 행색에 얼굴 시커먼 이들이 삼삼오오 모여 담배만 부지런히 빨고 있었다. '결사반대' 라는 구호가 적힌 조끼를 입은 농민회 상근자가 손가락으로 가리키는 대로 경운기를 갖다 대고 종필은 아는 얼굴들을 더듬었다.

"산 자여 따르라."

찍찍거리는 방송차에서 흘러나오는 음악 소리에 귀를 막고 있던 농협 강 상무가 현관 앞을 틀어막은 경운기 위에 올라가 무어라 악을 쓰고 있었다.

"뒤편으루다 상을 채려 놨으니께, 국밥이나 한 그릇썩 드시구덜 웬간히 허셔유."

그 말에 대답이라도 하듯, 몇몇이 주먹을 위아래로 고패질을 하며 구호를 외쳤다.

"농민피땀 뽑아다가 야구놀음 웬말이냐. 웬말이냐."

몇 마디 악을 쓰다 함성에 묻혀 녹아 버리자, 강 상무는 곁을 지나가던 농민회원이 든 손 마이크를 다짜고짜 뺏어들었다.

"다덜 아시믄서 워째 이려유. 우린 단위농협여유. 농협중앙회 배부른 것덜이 헌 짓을 워째 엄한 디 와서 화풀이럴 헌대유."

"다 똑같은 넘들여."

"더 나뻐."

이런 소리가 새새 나오긴 했지만, 빤히 아는 사이들이니 막상 얼굴을 맞대고 외치지는 못해 이내 사그라졌다.

농민회 간부들과 구석에서 무어라 수군대던 강 상무는 다시 경운기 위로 올라왔다.

"그려유. 어채피 농민회두 허긴 혀야 헐 일이니께, 삼십 분만 시간을 디릴 텡께, 후딱 사진 찍을 것덜 찍으시구 뒷마당으루다 오셔유. 국밥이 식으믄 지름이 껴서 그려유. 아, 거기, 태평리 종만 씨. 문짝 자꾸 밀지 말어. 유리창 깨져."

한창 모내고 바쁠 철이라 음정면 십오 리에서 다 모여도 쉰 남짓한 인원이었다. 가뜩이나 건너편에 할인마트가 새로 들어서면서 하나로 공판장 수입이 눈에 띄게 줄어 걱정인 판에, 경운기로 현관 앞을 가로막고 귀가 찢어지는 확성기로 음악을 틀어대니 간간히 찾아오는 손님들도 발을 돌릴 판이었다. 당뇨로 입원한 조합장 대신 강 상무와 몇몇 직원들이 이리저리 뛰며 땀깨나 흘리고 있는 이유였다.

집회는 삼십 분도 미처 채우지 않고 끝났다. 들어봐야 뻔한 이야기고, 안 들어도 뻔히 아는 이야기인지라 해 봐야 입만 아플 일이었다. 정작 들어야 할 것들은 산을 몇 개나 넘어 서울에 들어 앉아 있고, 촌구석에서 유리창처럼 속사정을 빤히 들여다보는 인간들끼리 정색을 하고 고함을 치기도 우스운 일이었다.

"자, 자. 꼼 치시느냐구 목덜 마르실 테니 한잔씩덜 허셔유."

잣막걸리 통을 들고 눈에 띄는 이들마다 종이컵에 한잔씩 따라주느라 강 상무는 여념이 없었다.

"데모두 뱃심이 있어야 허는 겨. 시브랄 넘들이 워째 난데윲는 야구단은 헌다 혀서 이 야단을 허게 혀. 창세기를 빼서 창란젓을 담굴 눔 들이.”

종필은 강 상무 뒤편에 앉아 국밥을 퍼 넣으며 말참견을 하고 있던 큰아버지를 발견했다. 검은 올이라고는 찾아 볼 수 없이 하얗게 센 머리에 ‘투쟁’ 이라고 적힌 붉은 띠를 벗겨내지도 않은 채 큰아버지는 벌써 막걸리 잔깨나 비웠는지 연신 주먹으로 하늘을 찌르며 구호를 외쳐댔다.

“천만농민 단합하여 철없는 농협 박살내자. 초전박살!”

종필이 그 앞에 다가가 앉자 큰아버지는 잔부터 내밀었다.

“바쁠 틴디, 늬 아부지나 놀이 삼아 나오럴 것이지.”

“아부지가 은제 이런 일에 나서기나 허신대유.”

“냄일츠럼 대허믄 안되지. 지금 촌이 죽느냐 사느냐 허는 판에.”

종필은 대학에 들어간 사촌형 재필이, 박정희 시절에 데모하다 잡혀 들어가 가문에 없는 옥살이를 하고 나왔을 때 큰아버지가 하던 말이 아직도 귀에 생생했다.

“나랏일은 나랏님이 어련히 알아서 할까봐, 네깐 놈들이 악을 쓰구 분수읎이 깝치고 나서? 대가리에 벌건 띠 두르고 개미 앞 다리 같은 팔목 걷어붙이고 오두방정을 떠는디, 그게 다 나라 말아 먹는 뻘갱이 하는 짓이여.”

종필은 농가부채 탕감 결의대회니, 우루과이라운드 저지집회 때에도 빠짐없이 머리에 띠 두르고 앞줄에 나서서 악을 쓰던 큰아버지의 모습이 거기에 겹쳐져 혼자서 쓴웃음을 지었다.

"재필이 성은 잘 있대유?"

"요새 니 성은 오줌 누구 거시기 볼 짬두 읎다더라. 워찌나 주문이 밀려드는지, 아예 항만에 나가 산다드라."

"무슨 자동차가 그리 잘 팔린대유?"

"지난번에 그 노존가 뭔가 뻘갱이 것덜이 파업을 혀 가지구, 주문에 못 댄 것덜을 인제야 보내느라구 그 야단이라지 뭐여."

그런데 큰아버지 머리에는 어째서 뻘건 띠가 둘러지고, 개미 허벅지 같은 팔목 걷어붙이셨냐고 한마디 쪼려던 종필은 이내 입을 다물었다. 해 봐야 제대로 알아듣지도 못할 상대이고, 알아들어도 제대로 답을 하지도 않을 것이 뻔한 이야기였다.

"근나전나 늬 애비는 안즉두 땅 움켜쥐구 그 모양이냐?"

종필은 큰아버지가 종중 땅까지 이런저런 핑계로 꼬치에서 곶감 빼먹듯 팔아먹고, 겨우 돈이 되지 않는 논 몇 마지기만 남기고 있는 것도 알고 있었다.

"어련허시겠어유."

"답답헌 사램여. 시상 돌아가는 디 그리 어두워서야……. 글다 땅을 치구 후회헐 틴디."

막걸리 한 잔을 더 붓게 하고는 큰아버지는 종필에게 귀를 가까이 가져 오게 했다.

"너만 우선 알고 있그라. 면장헌티 들은 소린디, 느네 동니루다 쓰레기 소각장인가 허는 기 들어간단 말이 있어. 그라믄 느이 동니 땅금은 누구럴 것두 읎이 똥값이 되는 겨. 그래서 내가 마츰 샷다 공장 허는 이가 공장 옮길 터럴 물색허길래 느이 배추밭을 얘길 해놨드니, 한 번 봤으믄 허드라."

쓰레기 소각장이야 벌써부터 나온 이야기라 새삼스러울 것도 없었다. 공연히 읍내 부동산에 나가 화투짝이나 두들기면서 시간을 보내던 큰아버지가 구문이라도 얻어 드시려는 일이라는 걸 종필은 일찌감치 가늠하고는 그저 건성으로 "예, 예" 고개만 끄덕였다. 공연히 아버지에게 전해 보아야 험한 소리만 나올 게 뻔한 일이었다.

"부모가 물려준 땅 다 털어 먹구두 안즉두 정신 못 차리니 인젠 영 불가한 일이여."

그 대목에선 종필은 오랜만에 제 아버지 편이었다. 농사는 팽개쳐 두고, 읍내 나들이나 일삼고, 다방에 모여 뜬구름 잡는 이야기나 주고받다가 귀만 얇아져서, 누가 참게가 좋다면 논 뒤엎고 참게 기른다고 뭉칫돈 날려 먹고, 사슴농장 한다고 애먼 소 팔아서 이제는 그냥 줘도 안 가져가는 사슴 먹이느라 사료 값만 잔뜩 빚으로 짊어진 큰아버지에 비한다면 오로지 땅만 보고 죽은 듯이 엎드려 곡식만 길러온 제 아버지가 여간 든든한 게 아니었다.

"그리구 니네 땅 말구두 동니 땅 나오는 거 있으믄 바루 기별을 혀라. 내 시세보다 훨 좋은 금으루 팔아줄 테니께."

종필은 큰아버지가 급매로 나온 땅을 계약금만 주고 잡아 서울 투

기꾼들한테 이문을 붙여 되먹인다는 말을 들었는데, 그냥 떠돈 말이
아니라고 생각했다.

"조심허셔유. 요새 투기 단속반이 쫘악 깔렸다는디."

"그야 투기꾼덜 잡는 거이지, 팔려구 내놓은 이웃집 땅 다리를 놔
주는 디두 잡아가는 벱이 생겼다냐?"

미등기 전매라는 말이 목구멍을 치받았지만 종필은 굳게 입을 다물
었다. 막걸리 잔을 서둘러 비우고 자리에서 일어서며, 종필은 제발 큰
아버지가 머리에 두른 띠나 벗어 놓았으면 하는 마음이 간절했다.

호프집에 가서 한잔 더 하고 가라는 농민회 간부들의 말도 배추밭
에 약 줘야 한다고 뿌리치고, 종필은 서둘러 경운기 머리를 집 쪽으로
돌렸다. 에프티에이 저지 대책 방향이니, 투쟁 대오 조직이니 하는 말
들도 이젠 넌더리가 났다. 모내기에 모 뜯어 심는 것도 서투른 얼굴
하얀 운동가들이 그런 말들을 할 때면 처음에는 동생 같은 이들이 힘
을 보태는 것만으로도 고맙게 여겼지만, 이제는 정치꾼들 입에 발린
말 들을 때처럼 뜬구름 잡는 이야기로만 여겨졌다.

명아주가 지팡이 삼을 정도로 웃자란 윗골 논둑으로 들어선 종필은
제 마음이 구름처럼 뜬 모양이라고 스스로를 가늠해 보았다. 막상 서
울로 떠나는 것도 만만한 일은 아니었다. 남의 돈 빼앗아 먹는 일에
난다 긴다 하는 사람들만 모여 사는 서울에 여태껏 농사 말고는 군대
가서 공병대 삽질밖에 한 것이 없는 그로선 그 안에 뿌리를 박는 데에
도 선뜻 자신이 서질 않았다. 그나마 처자식 배 곯리지 않던 살림까지

들어먹고, 머리 숙이고 부모 앞에 기어 들어오는 장면은 만약에라도 상상하고 싶지 않은 모습이었다.

"이만만 해도 팔자루 여기고 눌러 살 텐데."

종필은 비스듬히 비탈진 둑길로 올라서면서 털털거리는 경운기 기어를 바꿔 넣었다. 기역자로 꺾어진 좁은 농로로 경운기 머리를 들이미는 순간 다급한 자동차 경적 소리가 앞을 가로막는다. 온통 시커멓게 칠을 한 승용차 한 대가 맞은편에서 길을 비키라고 경적을 거푸 울려댔다. 안에 든 이의 얼굴도 뵈지 않은 채 빽빽거리기만 하는 경적 소리에 종필은 기분이 언짢았지만 경운기를 길가로 비켜 주었다. 주춤거리며 옆으로 지나치던 자동차가 비척거리는가 싶더니 논두렁 밑으로 뒷바퀴를 담그고 말았다.

경지 정리를 한 논들이라 그래도 인근에서는 드물게 차 두 대가 지나칠 수 있을 만큼 넓은 편에 속한 길이었다. 이곳 지리에 익숙지 않은 외지차인가 보다고 종필은 내심 가늠했다.

차가 빠졌으면 밖으로 나와 이리저리 살피든가, 목이라도 내밀고 살피는 척이라도 해야 하건만 그 자리에서 헛바퀴만 요란하게 굴려대느라 차는 점점 깊이 논고랑 속으로 빠져 들어갔다.

보다 못해 종필이 경운기에서 내려 창을 두드리자 마지못한 얼굴로 차 주인이 창을 열었다. 어디선가 본 듯한 얼굴이었다. 이리저리 차를 앞뒤로 움직여 보라 했지만 안경잡이 차 주인은 요란스레 차 바퀴만 헛돌릴 뿐이다. 이제는 스스로 빠져나오기는 힘들 지경으로 차가 기울어 뒤에서 밀어야 할 판이었다.

"근디 워서 많이 본 얼굴인디……."

운전자가 쓰고 있던 검은 색안경을 벗고 창밖으로 목을 길게 뽑았다. 안경을 벗으니 비로소 그이가 제 아이가 다니는 농고의 교감이라는 걸 알게 되었다.

"교감 선생 아니셔유?"

"그려유. 맞어. 지난 번, 학교 농업 페스티발 때, 느타리버섯 작목반으루다가 버섯 요리 시식회 여셨든 반장님 아녀유?"

"오랜만이네유."

"워디 밭에 댕겨오는 길이유?"

"아녀유. 농협에 볼일이 있어서……."

"아참, 야구단 항의 데모럴 헌다든디, 거그 다녀오나 보유."

종필은 그냥 고개만 끄덕였다. 이제 모른 체하고 지나칠 수도 없게 된 종필은 신발을 벗고 논에 들어가 차 뒤꽁무니를 밀었다. 살살 하라는 말에도 불구하고 무턱대고 돌려대는 헛바퀴에 진흙이 튀어 얼굴이고, 옷이고 흙 범벅이 되고 말았다. 차에서 내리게 하고, 경운기에 실렸던 삽을 꺼내 움푹 팬 논고랑을 메워나갔다.

"이런 고생을 혀서 워쩐대여. 이런 고마울 데가 있나."

말로는 고맙다고 하면서도, 반지레 날이 선 양복에 넥타이까지 목에 동인 교감은 논두렁에 선 채로 빈 입만 놀리고 있었다.

"근디 솔직히 말혀서, 데모만이 능사가 아니라구 봐여. 워찌케들 생각혈지 모르지만, 내일의 우리나라 농촌을 끌고나갈 애덜을 가르치는 입장에서, 이젠 농촌두 변혀야 산다구 봐여. 비항기루다 씨 뿌리구 약 치는 선진녕업덜과 경쟁해서 살아남으려믄 지금 이대로는 에려워유."

종필은 아까 급히 넘겨 두었던 막걸리 기운이 슬며시 살아나 발목까지 빠지는 논고랑에서 걸음을 떼다 미끄러질 뻔했다. 제 차가 빠졌는데도 양복 입은 걸 핑계로 삼아, 팔짱만 끼고 남이 흙 뒤범벅이 되는 걸 보고만 있는 교감이 여간 얌통머리 없는 게 아니었다.

움푹 팬 논고랑을 메우고, 경운기로 앞에서 끌기 위해 논두렁 위로 올라오던 종필은 누가 입으로 먹고사는 선생 아닐까 봐 잠시도 쉴 새 없이 조잘대는 교감을 부리부리한 눈으로 째려보았다.

"떠날 양반덜은 다 떠나라구 혀야 혀유. 농사 못 짓겠다구 허는 이덜 논얼 다 사들여서 외국츠럼 비항기루 씨 뿌리구, 기계루다 다 거둬들이는 선진녕업……."

논흙에 깊게 잠겨 빠지지 않는 다리를 뽑느라 몸을 기울였던 종필은 아까 먹은 막걸리 탓인지 다리가 미끄러지며 논두렁 아래로 기우뚱 몸이 쓰러졌다. 논바닥으로 넘어지면서 종필은 엉겁결에 하는 짓처럼 손을 허우적거리며 교감의 목에 감긴 넥타이를 낚아챘다. 두 사람은 악 소리도 못 지른 채 질펀한 논바닥에 곤두박질치고 말았다. 검정 색안경을 쓴 채 흙 뒤발이 된 교감 얼굴을 들여다보며, 종필은 모처럼 걸쭉하게 웃음을 터뜨렸다.

복(伏)

"이 더운 날에 왜 쌈박질들을 허구 지랄이래?"

건들바람만 슬쩍 불어도 뒤로 벗겨지게 얹은 모자 밑으로 희끗하니 새치가 덮인 관자놀이께를 볼펜 끝으로 문질러대며 김 순경이 걸걸한 목소리로 호통을 쳤다. 파출소라 불리던 시절에 순경으로 갓 들어온 그가 지금은 이름도 지구대로 바뀌고 계급도 경사인가 뭐로 올라붙었건만 바닥 사람들은 너나없이 여전히 김 순경이라 불렀다. 워낙 성격이 걸쭉하고, 가운리에다 살림을 옮긴 뒤로는 바닥 사람들과 속내 없이 지낸 처지라 그런 호칭에도 싫은 기색 한 번 하지 않았다.

"하여간 기운들두 좋아. 가만 앉았어두 육수가 줄줄 흐르는 염천 복날에 용들을 쓰니 말여."

손에 들고 읽던 진술서를 책상에 탁 소리가 나도록 내던진 김 순경은 단추가 뜯겨져 속살이 내보이도록 활짝 젖혀진 셔츠를 그대로 입고 있는 고엽제 전우회장 최건출과 눈이 마주치자 혀부터 되게 찼다.

"그렇게 헐 일들이 읎으면, 장개울 다리 밑에 기들어가 선한 물에 발목쟁이 담그구, 어디 집 나와 징징거리는 가이 새끼들이나 끄슬릴 일이지, 다 큰 으른들이 애덜 보기 부끄럽지두 않우?"

"국민으 정부니 참여정부니 허드니, 요즘 경찰은 양민들 모아 놓구 개 도둑질 허라구 가르치나 부네."

옆구리에 끼었던 목발을 책상에 비스듬히 기대 놓고, 최 사장이 담배 한 대를 입에 꼬나물며 지나가는 말처럼 중얼거렸다.

"양민 좋어허시네. 백주 대낮에 떼를 지어 폭력을 휘두르는 이들이 양민이믄, 대한민국 교도소 텅텅 비겠네."

"그러게 말이우. 지금이 어느 시댄디, 저 이승만 시절에 상이군인들 숭내나 낸 대유. 뗑깡두 통헐 때가 있구, 찐드기두 붙을 데가 있는 벱인디, 뭐가 뛰믄 뭐가 뛴다구, 개나 소나 전우회라구 생색을 낸대니께유."

팔뚝 한쪽이 떼어져 조끼 비스름하니 된 얼룩무늬 군복을 걸친 태평리 정씨 둘째 아들이 되바라지게 튀어나온 입을 오물거렸다.

"피차 양반이여. 거기두 잘헌 거 읎어. 해병대 아니라 특공대라두 으른은 으른인겨. 아무리 삼강이 무너지구, 오륜이 사까닥지를 치는 시상이라 혀두, 아즉까정 우리게는 위아래 장유유서가 번듯허구, 예의범절을 목숨츠럼 여기는 청풍명월의 예향인겨. 근디, 얼굴 모르는 타관

뜨내기두 아니구, 뻔히 집안 으른들끼리 장에서 만나믄 허리 꺾구 서루 절 나누는 처지에, 멱살잽이를 허는 건 또 어느 나라 군대 법이여?"

책상에 뉘었던 목발을 집어 들어 당장이라도 앞자리의 군복을 후려갈길 태세인 최 회장을 가로막으며 김 순경이 짐짓 목소리를 높였다.

"입은 모혀두 말은 바루 허라구 내는 맥살을 잽힌 죄뱄에 읊슈."

"으른이 알아듣게끔 타이르면 지리숙허니 고개 꺾구 듣구나 있어. 꼬박꼬박 말대꾸허지 말구."

"이게 즉 개인일인가유? 솔직히 정유문이 혼잣맘으루는 국이든, 밥이든 입 꾹 다물구 있겠시유. 근디 이건 생사고락을 함께혔던 동지가 걸린 일이구, 구신 잡는 해병 명예가 달린 문제니, 정유문이 맴대루 헐 수 있는 일이 아닌 겨유. 다른 군디는 워떤지 모르겠지만, 해병은 달러유. 제대가 읊이 평생 현역인 겨유. 달래 해병이게유? 한 번 해병은 영원한 해병이란 말두 못 들어 보셨슈?"

"옘비, 그릏게 군댓밥이 좋으믄 도장 꽉 누르구 말뚝을 안 뽑히게 꽉 박지, 워째 그 정든 군대는 이별허구 기어나왔댜?"

"그리 말허믄 섭허쥬. 누가 아저씨더러 날두 더운디 남의 나라는 워째 쫓아가서 어정거리다가 베트콩 잡을라구 묻어둔 지뢰는 뭔 재미루다가 밟었냐규 허믄 기분이 워떡겠슈? 으른이믄 으른답게 말씀을 허셔야 으른 대접을 받는 거여유."

그 다음 장면은 말하지 않아도 될 법하다. 평소에는 목발 없이는 제대로 걸음을 걷기도 불편하던 최 사장이 그 제법 근수가 나가는 몸

을 화살 맞은 범처럼 날려 가로놓인 책상을·뛰어넘어 해병전우회 읍
정지부 실행분과장 정유문의 볼때기를 주먹으로 쥐어박는 일이 발생
했다.

"얼래. 고엽제는 팔목쟁이루 마셨나? 워째 멀쩡한 사람에게 주먹질
이래. 진짜 구신 잡는 해병대 맛 줌 볼려유?"

"그려 이 호로자식아. 내가 월남서 피 흘리구 싸울 때, 늬 아부지 양
물 안에두 들어 있덜 않던 것이, 즥 밥 먹구 컸다구 으른헌티 바락바
락 대들어?"

목발을 집어 들고 설치는 최 회장과 두 주먹을 턱밑으로 치켜들고
신인왕 권투선수처럼 이리저리 발을 놀리는 정유문 사이에 끼어 가랑
이가 찢어지도록 싸움을 말리던 김 순경이 비록 탄환은 들지 않았지
만 권총을 뽑아 들고서야 두 사람은 잠잠해졌다.

"다들 잘났어. 그랴두 촌인심이라구 좋게들 처리해 줄려구 이 더운
날씨에 땀 뻘뻘 흘려가며 이짓을 허구 있는디, 애나 으른이나 저 잘났
다구 쌈박질을 허니, 그릏게들 좋아허는 법대루 혀 줄까? 본서루 넘
겨서 시 펭두 안 되는 유치장서 굴비두름 엮듯 칼잠 줌 자게 혀 주길
원허는 것이여?"

본서라는 말에 한풀 죽은 두 사람을 자리에 앉혀 놓고, 김 순경은
이미 책상을 두들겨대는 바람에 너덜거리는 휴지 조각이 된 진술서를
던져 주었다.

"워떡헐 껴? 본서루 넘겨서 양쪽 다 폭력 및 도로교통법 위반으루

다가 구속당헐 껴, 아니믄 서루 화해허구 조용히들 집으루 돌아들 갈
껴."

"지는 볼태기 쥐어박힌 거 치료비허구, 메칠 전 서울 백화즘 가서
산 샤쓰 값은 배상 받어야겠슈."

"몸 불편한 장애인 밀어젖혀서 허리 지대루 못 쓰게 분질러 놓은 거
슨 괜찮구? 당장 최정형욋과 가믄 육 주 진단은 떼어줄 거여."

"그려? 그럼, 본서루 넘겨줄 테니, 거 가서 고소장을 쓰든 배상을
받든 맘대루 허셔."

송사는 패가망신의 지름길이라는 말은 들은 바가 있던 두 사람인지
라, 김 순경이 시키는 대로 마지못해 손을 맞잡고 지구대를 나와서는
제 갈 길로 뒤도 안 돌아보고 흩어졌다.

들끓던 마음이 어느 정도 가라앉고 나자 비로소 최 회장은 자식뻘
되는 젊은 것과 멱살 드잡이를 벌인 것이 부끄러워 뒤늦게 얼굴이 벌
게졌다.

일의 자초지종은 이랬다.

면사무소 앞에서 유일한 운수제조업, 옛말로는 자전거포라는 걸 운
영하는 최 회장은 면내 사방 십오 리 사람들은 죄다 알고 있는 국가유
공자이다. 피 끓는 약관의 나이에 조국의 부름에 꽃 같은 몸을 초개와
같이 던져, 전생에서도 가 보지 않은 월남 땅으로 달려가, 공산당의
붉은 마수에 걸려 위태로워진 민주주의를 지키기 위해 멀쩡한 다리

한 짝을 바친 참전용사였다.

　그가 가방이 미어지도록 담은 코티분과 아직 전기도 들어오지 않은 동네에 소니 트랜지스터 라디오와 싱거 미싱이 담긴 나무 박스와 함께 돌아왔을 때, 마을 사람들은 그가 월남 땅에 놓고 온 다리 한 짝 따위는 안중에도 없었다. 면장부터 지서장까지 달려 나오고, 수업까지 팽개치고 도로변에 줄 세운 단발머리 여중생들의 환호를 받으며, 사법서사 최 서기가 먹을 갈아 창호지에 붓으로 '애국 반공용사 최건출 환영'이라 큼직하니 써 붙인 역사(驛舍) 앞에서, 아직 고운 태가 영 가시지는 않은 완월정 마담이 종이꽃일망정 붉고 흰 꽃다발을 걸어 줄 적엔, 손때 묻은 손수건으로 연신 눈가를 찍어대며 흘리던 노모의 눈물도 슬픔보다는 기쁨에 가까웠다.

　그리고 나라에서 받은 보상금으로 읍내 자전거포를 인수한 데다가 돈 구경이라곤 가을 수매 때 잠깐 선만 보던 시절에 통장에다 보훈금이란 걸 꼬박꼬박 넣어 주니, 이런 사정을 전해들은 당시 마을 사람들은 저도 기회만 닿는다면 오줌 눌 때 거치적거리기나 하는 다리 한 짝 서슴없이 끊어 바치겠다고 마음속으로 굳게 다짐했었다.

　정미소 담벼락이건, 가마니 깔고 앉아 보는 극장 무대 귀퉁이건, 하다못해 국민학교 애들 가슴팍에도 달고 다니던 '반공'이란 말이 무소불위의 힘을 뿜어내던 시절에, 반공용사 최건출의 인기는 하늘을 찔렀다. 국민학교 운동회 때면 가슴에 종이꽃을 달고 지서장이며 면장과 함께 단상에 올라앉았고, 육이오 때 인민군과 사흘 밤낮으로 싸우다 국군 수십 명이 빠져 죽은 여강 다리께서 매년 벌어지는 현충일 행사 때는 으레 목발을 짚고 나가 군수 곁에서 향을 살랐다.

달도 차면 기울고, 꽃도 만개하면 시드는 것이 만고의 이치이니 그렇게 위세 좋던 시절도 이젠 옛말이 되고 말았다. 모두 민족 통일이니 뭐니 하는 것들이 세상을 휘젓고서부터다. 육이오 때도, 넘어온 것들보다 바닥 빨갱이들이 더 악랄하니 기승을 부리지 않았다던가. 이제 백주 대낮에 빨갱이들이 떼 지어 몰려다니고, 나라를 대표하는 이까지 빨갱이 수령과 부둥켜안고 지랄을 떠니 망조가 든 게 틀림없었다.

이 지경이 되니, 반공이란 말은 어느 결에 슬그머니 통일이란 말에 덮여 흔적도 찾을 수 없게 되고, 자연히 반공용사 최건출을 찾는 이들도 발이 끊기고 말았다. 예전 같으면 눈도 못 맞출 어린 것들이 고추밭 독사처럼 모가지 바짝 치켜세우고 대드는 걸 봐도 알조가 아닌가.

최 회장은 철딱서니 없는 정유문보다 뻔히 자초지종을 알면서도 짐짓 공평한 체 중간에서 팔짱만 끼고 있던 김 순경이나, 모르쇠로 입에 자크 채우고 구경만 하던 경관들이 더 얄미웠다. 목발로 파출소 문짝을 걷어차고 들어가면 지서장부터 달려 나와 변 사또가 어사 맞듯 하던 것들이, 이제는 아예 말단 차석에게 밀어 놓고 사람 망신시키는 걸 문틈으로 엿보며 재미로 삼지 않던가.

"나쁜 건 신통히도 맞는다더니……."

공판장 앞을 지나다 마침 냉장고에 들어앉은 막걸리 통과 눈이 맞은 최 회장은 잠깐 목이나 축이고 가려고 걸음을 멈추었다. 채신머리

없이 앞치마를 두른 채 진열대 앞에 서 있던 공판장 양종석에게 시원한 놈으로 막걸리 한 통 내오게 하고, 최 회장은 길가에 세워둔 파라솔 밑에 몸을 앉혔다.

손자 녀석이 컴퓨터로 토정비결을 봐 주겠다 할 때만 해도 하도 객쩍어 웃고 말았다. 사주를 묻고는 토닥거리며 무얼 두들기더니, 금세 종이 한 바닥에 깨알 같은 글씨로 적힌 걸 꺼내 놓았다. 눈도 가물거렸지만 애들 장난 같은 짓에 대신 읽으라니, 동쪽에서 목성의 귀인을 만나 도와준다느니, 꽃이 나비를 만나 열매를 맺는다느니, 소경 문고리 잡듯 턱없는 이야기에 허허 웃고만 말았다. 그런데 그 중에서도 관재수가 있으니 다툼을 피하라던 말이 손톱자국처럼 가슴에 패어 있었다. 열매니 귀인은 비켜가면서도, 오로지 옥문 앞을 오락가락하는 흉한 일은 용케 들어가는 이치가 묘하기만 했다.

모처럼 기운을 쓴 탓인지 최 회장은 등짝이며 허리께가 시큰거려왔다. 파스 조각이라도 붙여야 밤잠을 편히 잘 듯싶었다. 그나마 이 정도로 액땜을 한 것을 다행으로 여기며 최 회장은 자리에서 일어섰다.

어디론가 배달할 양파 주머니를 오토바이 뒤에 매달고 있던 양종석이 쫓아와 오종종한 얼굴을 잔뜩 오므리며 배웅을 한다.

"조심히 들어가셔유. 글구 웬간허믄 밀린 탁주 값 줌 털어주면 고맙겠슈."

"뭘 털어?"

"접때, 전우회 허던 날 달아놓은 것들유. 발써 해가 바뀌었시유."

"어뜬 종자덜인진 몰라두 처먹으믄 그것들헌티 받아야지……."

"회장님 앞으루 달구 먹으랬다든디유."

보나마나 주선리 뺀질이 영감들이 틀림없었다. 전우회 창립일은 코 앞에 닥쳐오는데 막상 참전용사들이 모자랐다. 군내 월남전 참전용사 래 봐야 통틀어 여덟이 고작인데, 그것도 물 건너 오승만이가 갑자기 풍을 맞아 쓰러져 우선 빈자리를 채울 요량으로 육이오 유공자 노인 들까지 청한 것이었다. 그 중에는 육이오 때 국민방위군으로 잠깐 불 려갔다가 이내 개구멍으로 도망 나온 주선리 최용식, 중식 형제도 들 어 있었다. 워낙 얍삽하기가 기름종개 같은 이들인데 돼지머리에 막 걸리라도 나올까 싶던지 어렵잖게 오마고 약속을 정했다. 그래서 식 이 끝난 뒤, 면사무소 앞 유성반점에서 밀가루 것으로 배를 채우고 서 비스로 나온 이과두주로 목을 적셨으면 되었지, 또 그게 모자라 공판 장에다 남의 이름을 팔아 막걸리 통을 비우고 간단 말인가. 얌통머리 없기는.

"그래, 얼마나 축냈어?"

"막걸리 여덟 통이니께, 벨루 많진 않어유."

육시랄. 형제가 아주 남의 것 벗겨 먹는 재미에 짝을 채워 다닌다고 최 회장은 속으로 혀를 찼다. 공짜라면 잿물도 먹는다지만, 환갑 진갑 다 넘기고 저승길 떠날 날만 기다리는 노인들이 앉은 자리에서 막걸 리를 여덟 통이나 비웠다니 참 기운도 좋다 싶었다.

"과자 부스러기까지 합쳐서 이만육천 원여유."

마신 술맛이 대번에 뚝 끊어지는 바람에 최 회장은 서둘러 자리를 떴다. 문 앞까지 따라 나와 턱을 바치는 양종석에게 오늘 마신 술값만 내어 주고, 앞의 것은 며칠 기다리라고 했다.

고엽제인지, 전우회인지 그놈의 보상은 어느 세월에 나오려는지 제 주머니 털어대는 짓도 수월치 않았다. 그러고 보니 큰소리가 나면서 코빼기도 뵈지 않는 사무국장 생각이 났다. 전부터 최 회장은 전충국이 월남 가서 멀쩡한 몸으로 돌아온 것이 그냥 우연이 아니라고 생각했었다. 눈치 하나는 여우 뺨치게 빠른 그가 아수라장에 머물러 있을 턱이 없었다. 아마 주선리 뺀질이들에게 회장 이름을 달고 먹으라 한 것도 그 작자 짓일 것이 틀림없었다.

경황없이 오느라 늘 발 대신 타고 다니던 오토바이도 논두렁에 팽개쳐 둔 채 왔으니 목발질로 땡볕 사나운 길을 걸어가야 했다. 오랜만의 목발질에 겨드랑이가 벌써 뻐근해지며, 멱살잡이할 때 옷깃에 긁힌 생채기로 땀이 스며 쓰리고 따끔거렸다. 이게 다 그 잘난 컨테이너 하나 때문이라니, 참 기가 막힐 노릇이었다.

"머리 허여지면 욕심부텀 쓸어버려야 한다더니……."

아무리 반공이 땅에 떨어진 세상이라 해도, 장군들이 나라를 다스리던 시절까지만 해도 어디 가서 참전용사라면 두 손 옹송그리며 윗자리를 내주었다. 전방 사단장을 하다가 이곳 군수 자리에 앉은 최 장군이 이곳에 오자마자 군내의 참전 동지들을 모아 '맹호 월남 참전용사회'를 만들어 초대 회장으로 최건출을 추대해 줄 때만 해도 호시절이었다. 최 장군이 군민 체육대회 때 축구를 하다 쓰러져 반편이 된 뒤로 손에 움킨 물처럼 회원들이 슬며시 새어나가기 시작했다.

"즘잖게 참전용사회나 맡구 있어야 혔어."

상구리 사는 전충국이 찾아와 처음 고엽제라는 걸 얘기할 때만 해도 그게 요새 새로 나온 제초제 이름인 줄로만 알았다. 전충국의 말로는, 미군이 월남전 때 비행기로 고엽제라는 걸 뿌렸는데, 그게 제초제나 다름없이 사람 몸을 망치는 독극물이라고 했다. 그래서 서울이며, 도시에선 참전용사들이 전우회를 만들어 그걸 보상하라고 야단들이라는 것이다.

"그 독헌 것을 워째 객쩍게 맞구 다녔댜?"

"츰에는 몰랐쥬. 그저 모기 쫓는 약인 줄루만 알구는 웃통을 벗구 쫓아댕기믄서 맞았디유."

"원, 무지허기는……."

최 회장은 주로 후방에서 있었기 때문에 비행기로 뿌린다는 고엽제를 본 적이 없어 그렇게 남의 말처럼 말했다.

"근디, 자기들이 무지혀서 독을 약으루 발라댔으믄서 어디다 보상을 달란댜?"

"요새, 빨갱이덜 죽은 것들두 죄다 보상 받는 시상에, 나라 지키겄다고 싸우다 독물 맞은 거신디 워째 보상이 읎겄시유."

"주면 좋지."

다달이 타먹던 보훈금이라는 것이 돈 가치가 떨어지면서 며칠 반찬

값도 안 되던 터인지라 보상이라는 말에 최 회장은 귀가 솔깃해졌다.

"주면이 아니라, 주리를 틀어서 게워내도록 혀야쥬."

"게워내?"

"워디 나랏돈이 그냥 나오는 거 보셨슈? 떼루 모여 악을 쓰야 나오는 벱이여유. 한바탕 온 나라가 들썩들썩허게 해 놓아야 주는 쪽에서두 생색이 나쥬."

"그건 그려. 자빠져 자는 아이 젖 줄 리 읊지."

"그래서 드리는 말씀인디유. 우리 음정면에두 고엽제 환자가 한 명 있시유."

"그려? 뉘여?"

"물 건너 나분들에 정판술 씨라구. 참전용사회에 츰 멫 번 나왔지유. 얼굴에 점박인 이……."

"이잉, 그려. 멫 번 얼굴은 봤지."

"그이가 벌써 자리보전한 지 꽤 됐슈."

"워쩐지 장에서두 뵈지가 않드라."

"뻔헌 촌살림에 멫 번 병원 드나들다 그냥 자리에 누워 병명두 모른 채 지내왔나 봐유."

"즈런……."

"그런디 을매 전부텀 워낙 못 살겄으니께 대핵병원인가루 찾아갔더니, 바루 그 병이라구 허더래유."

"그러니께 좀 아프다 싶음 촌 병원서 돈 버리구 시간 끌지 말구 무조건 대학병원으루 가야 혀."

"그런디 보상을 받을려두 누가 제대루 법을 아는 이가 있어유, 아니믄 본인이 여기저기 찾아댕기믄서 따질 힘이 있어유?"

"듣고 보니 딱허네."

"그래서 드리는 말씀인디유" 하면서 전충국은 목소리를 낮추고, 입냄새가 후끈 나도록 최 회장 귀에다 입을 붙이고 간지럽게 속삭였다.

"근디 보상이 워째 그이만 받겄시유. 하늘에 뿌린 고엽제가 그 양반 머리 우에만 쏟아졌겠냐 이 말이쥬. 참전용사회 사람들두 살펴보믄 워디 몸 성헌 이가 하난두 옰어유. 허리가 아프다, 골이 팬다, 눈이 안 보인다……. 이게 죄다 그 독헌 고엽제 후유증 아니겄시유?"

나이 들면 그 정도는 다 아파야 정상이라는 말이 입 속에서 튀어나오려던 최 회장은 자신을 빤히 들여다보는 전충국과 눈이 마주치자, 이내 말뜻을 알아채고 급히 말을 집어삼켰다.

"그려, 그려. 글구 보니께 내두 허리 아픈 게 다 까닭이 있었구먼. 주사다, 침이다 뜸꺼정 온 등거죽이 짓무르도록 지져대도 낫지를 않더니, 바로 그 독헌 것 땜이었구먼."

"참, 죄선 사람들 나부텀두 미련허쥬. 그 독헌 제초제럴 몸에다 바르구 입으루 후룩 들이키구두 꾹 참구 견뎌왔으니……."

"알구라두 죽으믄 낫지."

"그런디 워디 개인으루다가 나 고엽제 환자니 돈 내놔라 허믄, 여깃수 허구 갖다 바칠 나랏돈이 어딨겄슈. 그려서 냄들 허는 디루 우리두 고엽제 전우회를 맨들어 집단적으루다 투쟁을 혀야 헌다는 말씸이쥬."

이렇게 해서 나분들 정판술 씨를 휠체어에 얹어 식장에 앉혀다 놓고, 월남 참전용사들 가운데 다리 힘이나마 남은 이들을 모아, '맹호 고엽제 전우회 창립총회'를 열게 된 것이었다. 고엽제에 대해서 그중 들은 바가 많은 전충국이가 사무국장을 맡고, 그가 제안하여 월남 참전용사회 회장인 최건출이 고엽제 전우회 회장을 겸하여 맡기로 했다.

문제는 본격적으로 보상투쟁을 하려면 서류도 만들고, 피해 전우 접수도 받을 사무실이 필요했다. 맹호 월남 참전용사회야 보훈금이 꼬박꼬박 통장으로 들어오니 별 할 일이 없어 복덕방 하는 회원 가게에 간판이나 걸어 두고 이따금 머리 허연 이들이 모여 장기알이나 두들기면 되었다. 하지만 앞으로 할 일이 많은 고엽제 전우회는 달랐다. 우선 보는 눈들이 있으니 어엿한 사무실을 차려 놓고 현판도 그럴 듯하게 걸어 두어야 했다.

그러던 차에 면사무소 앞 개울둑에 자율방범대가 사무실로 쓰던 컨테이너가 비었다는 낭보가 전해왔다. 유지 급은 아니지만 제 손으로 돈다발이나 긁어모은 이들이 모여서 등도 따습고 하니, 뭔가 사회적으로다 얼굴도 내세우고 싶은 마음에 모임을 만든 것이다. 라이온스 니, 로타리니 하는 데에는 가방끈 긴 자들이 버티고 거드름을 피우는 게 비위에 맞지 않으니 그저 서민적으로 모여 얼굴도 익히고, 돈 벌 정보도 나누고, 서로 도우면서 나눠 먹자고 만든 모임이었다. 그렇다고 까놓고 화투짝이나 두들기며 돈 벌 궁리한다면 손가락질을 받을 터이니, 무언가 법적으로 무게도 있고 남 보기에 권위도 있으려면 경찰이나 법원 비스름한 냄새가 좀 나야 했다. 경찰로서도 지역 방범 활동도 거들고, 이따금 사기 떨어진 경관들 회식이라도 시켜줄 후원회라도 있기를 아쉬워할 때이니, 다른 데서도 하는 자율방범대가 안성맞춤이었다.

경찰서 마당에 놓아두고 재활용품 창고로 썼던 컨테이너 하나를 얻어다가 개울둑에 얹어 놓고 주민들 스스로가 모여 도둑도 지키고, 집 나온 청소년들도 타일러 보내는 일을 하겠다고 했으니 누가 나서서 마다하겠는가.

최 회장은 지금도 주유소를 하는 김태봉이 붉은 경광등을 번쩍이며 거리를 제 집안처럼 휘젓고 다니던 모습을 잊을 수 없었다. 언젠가는 오토바이를 타고 가자니, 뒤에서 김태봉의 차가 경광등을 번쩍거리며 달려오는 것이었다. 외길인데다가 하도 꼴 같지 않아 짐짓 모른 척하고 속도를 늦췄더니 귀가 찢어져라 경적을 울려대는 것이었다. 그러거나 말거나, '날 잡아 잡슈' 하면서 늑장을 부리려니, 이 자가 아주 제 차 범퍼를 남의 엉덩이에 문지르듯이 쫓아와 겁을 주는 것이었다. '그래, 지뢰 밟고도 못 죽은 목숨 네 차에 치어 자식놈 슈퍼라도 하나 차려 주어야겠다' 고 작정하고, 앞서려는 차를 이리저리 가로막았더니 독이 오른 김태봉의 숨소리가 바로 뒷덜미에 따라붙었다. 마침 길을 건너는 이가 있어, 속도를 잠시 줄였더니 때를 놓치지 않고 김태봉의 차가 앞으로 빠져나가는가 싶더니, 오토바이 앞으로 불쑥 끼어드는 것이었다. '아차, 이제는 성질 더러운 놈 만나서 길바닥에서 명을 다하는구나' 할 정도로 아찔한 순간이었다. 김태봉의 운전 솜씨가 좋아서가 아니라 순전히 운이 좋아서 창호지 한 겹 차이를 두고 충돌을 면했던 것이다. 처음엔 놀라서 가슴만 쓸던 최 회장은 어느 정도 정신이 수습되자, 부아가 치밀어 '옳다, 오늘 너 죽고 나 죽자'며 김태봉의 뒤를 따라가기 시작했다. 추월선도 없이 꼬불꼬불 구부러진 일차선 도로를 쫓고 쫓기는 각축 끝에 김태봉의 차가 길가의 파출소로 들어섰다. 옳다구나 여겨 뒤쫓아간 최 회장은 차에서 내려 무어라 씨부렁거리는 김태봉을 버려둔 채 파출소 안의 근무경관을 불러냈다.

"한 가지 물읍시다. 읍에서 여까지 추월선이 있슈, 없슈?"

영문을 모르는 경관은 뒤에서 뭉그적거리며 들어서는 김태봉의 얼굴을 번갈아 살피며 우물쭈물 답을 주저했다.

"없쥬."

"그럼, 저 자 딱지 떼슈. 가파치 횡단보도 앞서 추월을 했으니."

뒤에서 팔짱을 끼고 바라보던 김태봉이 같잖다는 얼굴로 경관에게 말을 건넸다.

"오늘 여그 방범대 창립식 늦을까베 죽겠다구 달려오는디, 남의 차를 부러 가로막구 지랄을 떠는 거여."

그때서야 사정을 알게 된 경관은 그것도 파출소 언저리서 밥풀떼기라도 나눠 먹는 사이라고 은근히 김태봉을 감싸고 돌았다.

"다들 날이 덥다 보니 짜증이 나서 그런 거여유. 오늘 보구 안 볼 분

덜두 아니구, 낼이구 모레구 길에서 얼굴 마주할 분덜이 무슨 일이래
유. 좋게들 허세유."

그러는 새 밖에 서 있던 패들이 들여다보며 한마디씩 김태봉을 거
드는 것이었다. 그러고 보니, 파출소 앞에는 '경 음정 자율방범대 창
립 축'이라고 적힌 현수막이 너풀거렸다. 꼴에 자율방범대장이라고
여기저기 쫓아다니며 축사랍시고 씨부리고 다니는 꼴이었다. 가재는
게 편이라고, 거기 모인 것들이 죄다 그 밥에 그 나물이니 정세 불리
함을 뉘에게 하소연하랴. 최 회장은 괜히 이 소굴에 버티고 있다가는
사람 꼴만 우습게 되기 십상이라 여겨, 건우농장 김재복이가 중간에
끼어 화해를 시키는 걸 '분해 못 참겠지만 너를 봐서 참는다'는 얼굴
로 마지못해 받아들이는 척하고 빠져나왔다.

결국 사람 꼴만 우습게 된 격이라 최 회장은 자율방범대라는 말만
나와도 이후로 얼굴이 벌겋게 달아올랐다. 수모는 그뿐이 아니었다.
연말에 조합원들이 모여 치약 쪼가리라도 받고 박수나 치는 자리지
만, 단위농협 연찬회 같은 데서도 단상 위에 김태봉이가 다리를 꼬고
앉아 있는 걸 밑에서 올려다보아야 했고, 비룡초등학교 동문체육대회
같은 데서 내외빈 소개를 할 때도 김태봉이는 으레 파출소장 다음으
로 소개되고, 월남 참전용사회 최 회장은 새싹유치원장이나 복음교회
목사와 두루 묶어 끄트머리에 마지못해 소개되었다.

생기는 것 없이 주머닛돈이나 퍼다 주는 참전용사 회장은 왜 하냐
는 마누라의 핀잔 속에서도 끝까지 붙들고 있는 이유 가운데 하나가,

언제고 때를 만나 예전처럼 군인이 나라를 다스리는 시절이 돌아오면, 제일 먼저 자율방범대 김태봉이부터 꿇어 앉혀 놓고 그동안 겪은 수모를 다 갚아 주리라는 절치부심의 속셈이 있었던 까닭이었다.

뜻이 있으면 길이 있다고, 드디어 하늘이 최 회장의 뜻을 받아들였다. 일이 터지고 나서야 알게 되었지만, 불을 번쩍거리는 자동차를 몰고 다니면서도 김태봉이 운전면허증이 없었다는 사실을 나중에서야 알고 최 회장은 얼마나 원통해했는지 모른다. 몇몇 심복들은 알고 있었고, 경찰들도 알고 있었겠지만 지구대 행사마다 가슴에 꽃 달고 드나들고, 경관들 불러내어 갈비라도 구워 먹인 덕으로 모른 척 눈감아 왔을 것이다.

김태봉이 임자를 만난 것은 새 지구대장이 오고서였다. 전임 대장들과 내기 골프도 치고, 정기적으로 고스톱판을 벌여 적당히 잃어 주면서 우의를 돈독히 하던 김태봉은 새 지구대장이 부임하자 전처럼 그를 강변에 있는 요릿집 청산옥으로 모셨다. 조금 늙긴 했지만 기생 홍련이도 놀잇배에 태워 장구도 치게 하며, 이방 노릇을 서운치 않게 한 것까지도 좋았다. 날이 저물 때까지 이어진 연회는 대장이 유쾌한 시간을 보냈다고 치사하며 흡족한 얼굴로 자리에서 일어서는 걸로 잘 마무리되었다. 문제는 대장 차를 앞세우고, 굳이 제가 운전하겠다고 경광등 번쩍이는 제 차를 몰고 뒤따라간 것이었다. 누구는 일부러 대장이 연락을 했다는 말도 있고, 원래 계획된 검문이었다는 말도 있지

만, 면으로 들어가는 외길에서 음주 단속과 마주친 것이다. 근무 중이
던 경관들이 대장 차에 우렁찬 구호와 함께 경례를 부치고, 뒤미처 김
태봉이 차창 밖으로 목까지 내밀고는 수고하라며 손을 흔든 것까지도
늘 하던 대로였지만 그 다음은 여느 때와 너무도 다른 일이 벌어진 것
이었다.

어제까지만 해도 개울에 발을 담그고 통개를 삶던 경관들이 김태봉
에게 정중히 거수경례를 붙이며, 입에다 음주 단속기를 들이민 것이
었다. 최 회장은 이 장면을 제 눈으로 못 본 것이 두고두고 한이 되었
다. 마침 고구마 밭에 거름을 내고 경운기를 끌고 오던 전충국이가 보
고 전한 장면은 다음과 같았다.

"이게 뭐시여?"

"음주 단속 중이니, 부셔."

"뭣들 허는 짓여. 나여, 나. 지금 대장 뫼시구 갱변 다녀오는 길여."

"잘 노셨으믄 잘 부셔."

"아, 바뻐. 장난 그만혀."

"내가 헐 소리여. 저 뒤에 차 밀린 거 빠끔이루다 내다 보셔."

"증말 이럴 거여? 아, 대장 차에 무전 때려봐. 참말인가, 아닌가."

"기러니께 지금 음주 단속을 거부허는 거다 이 말씸여? 공무를 방
해허믄 무신 죄인 줄은 아시구 있을 턴디."

"허, 내래니께, 자율방범대장 김태봉이 말여."

"기러니께 자율적으루 법을 잘 지키시라 이 말여. 음주 측정을 거부

허는 걸루 알것슈. 면허증 내슈."

운전면허증이 있을 리가 없다는 건 단속하는 최 경사나, 자율방범 대장 김태봉이나 뻔히 알고 있는 일이니 주고받을 게 있을 리 없었다. 결국 길바닥에서 옥신각신하다가 얼큰히 마신 술기운이 오르기 시작한 김태봉이 길길이 날뛰고, 이어서 경찰차에 실려 유치장에 갇히고 말았다는 이야기였다.

면내가 발칵 뒤집어질 일이었다. 두 개밖에 없는 다방마다 삼삼오오 모인 누런 얼굴들이 모처럼 얼굴에 핏기를 뵈며, 김태봉이 옥에 갇힌 이야기를 저마다 감칠맛 나게 주고받느라 여념이 없었다. 졸지에 주인을 잃은 김태봉네 주유소는 하루 동안 문을 닫아걸었고, 이리저리 뛰어다닌 김태봉의 처 덕인지 그날 밤을 유치장에서 지샌 김태봉은 벌금을 오지게 물고 풀려났다.

나오자마자 김태봉은 긴급 비상회의를 열어, 제 발밑의 부하 대원들을 불러 모아 싸가지 없는 경찰과 지구대장의 표리부동함을 성토했다. 그리고 이후로 자율방범대는 경찰과 선을 긋고, 경찰을 견제하고 감시하는 본연의 활동에 충실하라는 지령을 내렸다 한다.

며칠 지나 지구대 앞마당에서 열린 '기초생활사범 추방 결의대회'에 자율방범대원은 한 명도 얼굴을 비치지 않았고, 어깨에 띠를 두르고 중앙통 거리에서 전단지를 나눠 주는 '청소년 유해환경 정화 캠페인'에도 멀찌감치 떨어져 팔짱을 두른 채 째려보고만 있었던 것이다. 경찰도 이에 굴하지 않고, 원래는 경찰서 마당에 놓여 있던 컨테이너를 당장 비우라고 했다 한다. 이에 김태봉은 '쓰라구 손바닥을 싹싹 빌어두 더러워서 안 쓴다'며 컨테이너 문짝을 발로 걷어차고 그날로 짐을 제 주유소 사무실로 옮겼다는 것이다.

이런 낭보를 듣고 가장 기뻐한 것은 말할 것도 없이 최 회장이었다. 눈꼴이 시어서 눈 뜨고 볼 수 없었던 김태봉이 쫓겨나는 꼴을 본 것이 첫째 기쁨이라면, 고엽제 전우회 사무실을 거저 얻게 된 것이 둘째 기쁨이었다. 사무국장을 지구대로 들여보내, 주인 없는 컨테이너를 위탁 관리해 주마고 전하게 했다.

그런데 난데없이 해병 전우회가 끼어든 것이다. 그동안 농협 창구에서 비료나 팔고 있던 정유문이가 어린 것들을 모아, 초등학교 운동회나 극장에서 하춘화 쇼라도 하는 날이면, 가슴팍에 뻘건 이름표를 붙이고 나와 교통정리를 할 때만 해도 그저 남아도는 기운을 쓸 데가 없어 봉사나 하나 보다고 여겼던 것인데, 결국 이런 일을 당하고 보니 호랑이 새끼를 키운 꼴이 되고 만 셈이었다.

"워째 여그는 월남 다녀온 육군만 군인이구, 육이오 때 나라 구헌 해병대는 민간인 취급을 허냐 이 말씸여?"

사무국장에게서 사단이 났다는 말을 듣고, 헐레벌떡 오토바이를 몰아 들어간 최 회장을 보고는 들으라는 듯 정유문이 하던 말이었다. 얼마 전까지만 해도 해병대가 월남서 흘린 피가 많다며 참전용사회 일이라면 무슨 일이든 미력이나마 보태겠다고 찾아온 정유문이었다. 최 회장은 이런 정유문을 기특히 여겨 화투라도 칠 때면 술심부름이라도 시키곤 했다. 그렇게라도 끼어 주는 것에 감지덕지하던 정유문이 고개 바짝 치켜들고 또박또박 제 할 말 하는 걸 보자니 최 회장은 기가 막혀 말도 나오질 않았다.

"내 보기엔 그게 그건디, 한데루 뭉치믄 딱 좋겄는디."

사람 좋은 정보과 박 경장이 두루뭉술하니 일을 묶어 보려 애썼다.

"무슨 소리여? 고엽제는 지금 나라서두 보상헌다 뭐다 을매나 중차 대허게 여기는디……."

나라를 팔아 은근히 해병대를 뭉개보려던 최 회장은 말도 끝나기 전에 정유문의 당돌한 말에 걸려 넘어졌다.

"공연히 가게마다 찾아댕기믄서 나뿌탈렌 좀약이나 앵기구, 여차하 믄 찍자나 붙을려구 허는 기 오죽 민폐가 심허믄 나라서 구호금이라 두 나눠 줄려구 허겄슈? 그것두 중차대허다믄 허겄지만서두."

"뭐여? 지금 그 말이 방 안에 꼼짝두 못허구 드루 누워 말루다 못헐 고통 받는 고엽제 전우덜을 모욕하는 말인 줄은 알구서 아갈배길 놀 리는 거여?"

씨근덕거리며 양쪽이 맞붙을 태세로 분위기가 험악해지자, 중간에 끼어 이도저도 못하던 박 경장은 합의를 해 오기 전에는 아무 쪽에도 컨테이너를 내어 주지 않겠다고 해서 별 수 없이 빈손으로 돌아와야 했다.

다 된 밥에 재를 뿌린 정유문이가 하도 밉상스러워, 지구대를 나오 자마자 귀쌈이라도 한 대 올려붙이고 싶은 걸 참느라 최 회장은 공연히 전충국이만 나무랐다.

"일을 워뜨케 허길래, 다 된 밥상에 똥파리가 날아들게 혀?"

대화를 해 보아야 피차 물러설 리가 없다는 걸 잘 아는 최 회장으로서는 한 살이라도 더 먹은 걸 내세워 우격다짐으로 밀어붙일 수밖에 없었다.

이튿날, 사무국장과 참전용사회원 몇을 불러내 무작정 컨테이너에 짐을 옮겨 넣으라고 시켰다. 짐이 들어간 다음에 쇠를 딱 채워 두면 해병대 아니라 개병대가 한 중대로 쳐들어온다 해도 걱정이 없을 일이었다.

그런데 농장 하는 경국 씨 트럭을 빌려 팔팔부동산에 있던 짐들을 싣고 컨테이너로 달려갔을 때, 막상 그 앞에는 예의 뻘건 이름표를 가슴팍에 매달고 하나 같이 맥아더처럼 시커먼 라이방을 쓴 해병대들이 컨테이너 앞에 학익진을 치고 있었다.

무슨 말이 필요할까. 차에서 내린 전우회원들은 하도 오래되어 가물거리는 분대 전투대형으로 산개하여 적진을 향해 돌격했다. 그럴 줄 알았다는 듯 해병대들은 콧방귀를 뀌면서, 허연 머리를 앞세우고 돌진해 오는 전우회원들을 공 굴리듯 언덕 아래로 떠밀어댔다.

힘으로나 수로나 중과부적인 전우회는 잠시 작전상 후퇴를 하여, 실전 경험과 전쟁터에서 살아남을 수 있었던 요령들을 긁어모아 이 난관을 돌파해야 했다.

"니들은 애비 에미두 읎는겨? 머리 허연 노인덜 잡아 패는 게 군인

74

이여?"

"그러게, 좋게 말루 헐 때 들어유. 공연히 다쳐서 파스 회사 돈 벌어
주덜 말구."

해병대의 억센 팔에 밀려 뒤로 벌러덩 쓰러지면서 전우회는 '노병
은 죽지 않는다. 다만 사라질 뿐이다' 라는 말을 곱씹어야 했다. 그 말
도 눈앞의 적인 해병대 두목 맥아더의 말이라는 사실을 누가 일러 주
어 곧 취소하고 말았지만.

눈앞에서 전우들이 참혹히 무너지는 걸 목도한 최 회장은 특유의
무기인 목발을 휘두르며 혈혈단신으로 적진을 향해 몸을 날렸다. 그
리고 바로 앞에 서 있던 정유문의 목에 매인 벌거죽죽한 목수건을 잡
아 댕기기 시작했다. 졸지에 당한 일이라 목이 조여 캑캑거리던 정유
문은 최 회장의 목발을 걷어차고, 닭목처럼 길게 주름진 그의 멱살을
맞잡았다. 장수들의 대결에 힘입은 각 부대원들은 왕년의 군인정신을
동원하여 맞붙으니 컨테이너 앞은 장렬한 육박전이 벌어지게 되었다.

지나가던 초등학생들이 보고 신고를 해서 최 회장과 정유문이 대표
로 지구대에 붙들려 간 것으로 한 시간 가량 격렬했던 '컨테이너 전
투' 는 멈출 수 있었다.

"왼종일 가겐 비워 놓구 워딜 그리 싸돌아 댕긴댜?"

전화통을 깨물어 부실 듯 쏟아대는 마누라의 고함 소리에 최 회장
은 귀에 붙였던 손전화를 멀찌감치 떼었다. 빨리 집에 들어와 열무 뽑

아온 거나 다듬으라는 악다구니에 온종일 땀에 절어 파장아찌가 된 몸을 부지런히 움직여 걸음을 독촉했다. 한잔 걸친 낮술에 오랜만에 짚은 목발이 여간 거북한 게 아니었다. 늘 오토바이를 다리 삼아 타고 다니다가 이렇게 무슨 집회 행사가 있는 날이나 짚는 목발질이 가뜩이나 좁은 논두렁길을 더욱 위태롭게 했다. 그 와중에서도 밀린 외상 술값을 어떻게든 사무국장에게 쪼개 내도록 할 궁리에 정신을 빼앗긴 최 회장의 몸이 기우뚱하는가 싶더니 이내 거꾸로 논바닥으로 굴러떨어졌다. 목발은 멀찌감치 날아가고, 온몸에 질펀하니 진흙 뒤발을 한 채 논두렁에 배를 깔고 기어오르던 최 회장은 용두산을 이제 막 넘는 저녁 해가 벌건 혀를 내미는 걸 하염없이 바라보았다.

"복날 멱 한번 션허게 잘 감었네."

농약 냄새가 분명한 논물에 축축하니 몸을 적신 최 회장은 여전히 납작하니 몸을 엎드린 채 뉘 들으랄 것도 없는 말을 중얼거렸다.

개 값

"옘비, 사무국장 좋어허네."

전충국은 다섯 달 전, 고엽제 전우회 창립식 때 공판장에서 누군가 제 앞으로 달아놓고 가져다 마신 막걸리 여남은 통 값을 나눠서 감당 하자는 최건출 회장 전화를 끊고 나서 그렇게 중얼거렸다. 며칠 전에 개병대 정유문이와 멱살잡이를 하다 지구대까지 붙들려 갔던 최 회장 이 사무실 문제는 벙긋도 않고, 몇 푼 되지도 않는 막걸리 값이나 쪼 개자는 전화를 걸어오자 충국은 심기가 사나와졌다. 명색이 사무국장 이라고 온갖 잔심부름을 다 시키더니 이제는 남이 먹은 막걸리 값까 지 떠넘기고 있는 것이다.

소파에 걸터앉아 텔레비전에 넋을 빼고 있는 수안의 토실토실한 엉덩이를 들고 있던 파리채로 철썩 후려갈겼다.

"왜, 때리신가여?"

"왜구 뭐구 간에 쿠엔 어딨어?"

"왜, 찾으신가여?"

"말두 안 되는 입으루 드럽게 쫑알거리기는…….."

자리에서 일어난 충국은 유리창에 강아지가 그려져 있는 건너편 애견센터를 다시 내다보았다.

"이 멍충한 놈이 어디서 무얼 허구 자빠져 있는 것이여?"

"사장님, 나빠여."

"뭐시, 나뻐?"

"왜, 쿠엔부러 자꾸 멍충, 멍충 해여?"

"이런, 제길."

대낮부터 집에 다니러 간 게 화근이었다. 식전부터 다음날 농협으로 들어갈 비닐봉지를 묶느라 땀깨나 쏟았던 충국은 잠깐 눈이라도 붙일까 싶어 마무리를 쿠엔에게 맡기고 집으로 들어온 것이었다. 일이 꼬이려면 평소 않던 짓을 한다더니 충국이 바로 그랬다. 집안일이라면 우물에 두레박을 던지는 것조차 마다한 채 고스란히 침으로 마른 목만 축이던 그가 무슨 바람이 불었다고 느닷없이 땡볕에 김을 맨다고 호미를 찾아 들고 나섰단 말인가. 뭐가 씌운 게 틀림없었다. 지어 봐야 농협 빚만 쌓인다는 농사를 집어던지고, 덜 고생스럽고 벌이도 낮다 하여 마트에서 물건 싸 줄 때 쓰는 비닐봉지 공장을 차리고부터는 농사일을 폐한 지 이태가 넘었다.

가만히 집에 들어앉아 있는 것도 못할 일이라고 노모가 이른 봄부터 심심풀이 삼아 집 앞마당을 호미로 되작거려 텃밭을 일구더니, 며칠 전부터 고추 고랑에 풀이 올라서서 뱀 나올까 무섭다는 말을 눈 마주칠 적마다 되뇌던 것이 생각나 시작한 일이었다.

땡볕에 땀을 비질비질 흘려가며 머리카락에 슨 서캐 잡듯 풀 한 포기 남김없이 잡아내더니, 그도 모자라 때 아닌 거름까지 낸다고 법석을 떨 것은 무엇인가. 날이 더워지며 눈에 띄게 기력이 달린 노모는 문지방에 턱을 괴고 밖을 내다보고, 사람 구경 별반 할 일 없었던 진돗개 흰둥이란 놈만 곁에 다가와 별난 일도 다 보겠다는 낯짝으로 주인 곁에 쭈그리고 앉아 있었다.

그때, 뭐가 뛰면 뭐가 뛴다고 촌구석에서 무슨 놈의 운동인지 다이어트인지 유난을 떠는 여편네들이 지나간 게 화근이었다. 얼마 전까지만 해도 못 먹어서 얼굴에 허옇게 버짐이 피고, 고기 맛이라면 명절 때 솥뚜껑에 부침개 기름 내느라 휘두르던 비계 조각이나 넘실거리던 게 고작이던 촌것들이 이제는 너무 먹어 죽겠다고 아우성이었다.

충국은 내치기 박 서방댁과 쥐 잡아먹은 것처럼 늘 요란하게 입술 연지를 바른 부녀회장 용칠이 처가 저녁이면 용두산 오름에 있는 그의 앞마당을 지나, 두 팔을 어깨까지 추켜올리며 비가 오나, 눈이 오나 벌써 이태째 운동을 다니는 걸 심히 못마땅히 여겼다. 여편네란 것들이 세상 좋아져 할 일들이 오라지게 줄고 나니, 바깥에서 제 남편들 등줄기가 휘는지도 모르고, 허구한 날 심심해 못살겠다고 모여서 주둥이를 맞대고 쓸데없는 수다로 기운을 빼고는, 그것도 일이랍시고 허기진다고 부어라 마셔라 먹어대니 배에 기름이 끼지 않을 재간이 있겠는가. 종당에는 늘어난 비곗살을 주체하지 못해 죽겠다고 아우성이니 누가 먼저 죽을 일인지 알다가 모를 일이다. 무슨 놈의 운동을 술 좋아하는 주정뱅이 경태 놈이 선술집 기웃거리는 것보다 더 거름 없이 꼬박꼬박 일수 도장 찍듯 한단 말인가. 제미, 공부를 그렇게 했으면 과거에 장원급제를 하고도 남을 일이었다.

"사장님, 돈 줘여."

"무슨 돈?"

"오늘 장 보러 가야 하구, 약두 사야 해여."

"그래, 아주 날 뜯어들 먹어라. 오뉴월에 개 잡듯이 한꺼번에 달려들어 뼈다귀를 아주 추리랴구 혀."

"뭘, 무거여?"

벌써 반년이 넘었건만 아직도 한국말을 떠듬거리는 수안을 바라보자니 충국은 가뜩이나 부글거리는 가슴이 폭 소리를 내며 터질 것만 같았다.

일찌감치 상처를 하여 마누라 잔정도 모른 채 반백이 된 충국이었다. 하나뿐인 딸을 출가시키고 나니, 그동안 모르고 지내던 옆구리의 허전함이 한꺼번에 밀려들었다. 그렇다고 거동도 편치 않은 노모를 모셔야 하는 홀아비에게 선뜻 인생을 의탁해 올 만큼 어수룩한 여자를 만나기도 쉽지 않았다. 이리저리 선도 보고, 중매쟁이에게 돈도 수월찮게 뜯겨 보았건만 공연히 재물만 축내고, 동네방네 입소문만 무성히 오르내릴 뿐이었다.

생각 끝에 베트남 처녀들이 예쁘기도 하고, 착하다는 소문에 면 청년회에서 단체로 선 보러 가는 길에 끼어 수안을 데려 온 것이다. 머리 허옇기는 마흔이나 쉰이나 마찬가지건만 그래도 총각들 틈에 홀아비가 끼고 보니 민망스럽기 짝이 없는 일이었다. 하지만 돈 오백만 원만 주면 처녀장가 들 수 있다는 말에 용기를 내어 나선 길이었다.

'왜 하필 베트남 처녀여? 연변 조선족두 있구, 필리핀두 있다는디.'

쇳골 최건출 양반이 월남 다녀와 팔자가 폈다는 말을 일찌감치 듣고서는 너도나도 군대로 달려갈 때, 엉겁결에 따라나섰다가 근동에선 운 좋게 혼자서만 월남 땅을 밟게 되었던 충국이었다. 가던 날이 장날이라고, 멀대 같은 양코배기들이 악착같은 베트콩에 밀려 짐 보따리를 싸느라 정신이 없던 때라 쓰다 버린 냉장고 한 짝이라도 주워올 경황이 없었다. 이리저리 하루가 멀다 하고 옮겨 다니다가 어디 숨었는지 뵈지도 않는 밀림에다 총질이나 해대는 게 고작이었으니 어디 다리 한 짝을 끊어 바치려 해도 영 기회가 오지 않았다. 사람의 운도 다 때가 있으니, 누구는 이발하러 가다가 지뢰도 잘 밟건만 충국은 월남에 있던 육개월 동안 총은 멀찌감치 팽개쳐 둔 채, 본국으로 돌아가는 고참병들

짐 꾸리는 일만 손이 부르트도록 거들다 돌아오고 말았다.

그래도 한때나마 베트콩들과 싸운 과거가 있는 충국으로서는 아무리 세상이 바뀌었다 해도, 베트남 여자를 부인으로 들어앉히는 데는 꺼림칙한 구석이 없지 않았다. 조선족은 발랑 까져서 안 되고, 필리핀 여자는 게으르고 둔해서 안 되고, 베트남 여자들이 눈치도 빠르고 순진해서 좋다는 말에 찬밥 더운밥 가릴 형편이 아닌 충국은 장 속에 꽁쳐 두었던 오백만 원을 서둘러 꺼내 놓았던 것이다.

그런데 그의 짝이 되기로 한 수안은 그냥 순진한 것만은 아니었다. 오백만 원을 그쪽 가족들에게 건네고 한국에 들어와 결혼식을 올리기로 했는데, 뒤늦게 그가 총각이 아니라는 걸 안 수안이 트집을 잡는 바람에 결혼식을 뒤로 미뤄야 했다. 홀아비라고 솔직히 말하지도 않았지만, 총각이라고 속이지도 않았던 충국은 자칫 돈만 날리고 남의 우스갯감이 될까 봐 우선 수안에게 납작 엎드려 잘못을 빌었다. 수안은 거짓말을 용서하는 대신에 자기 오빠를 불러들이는 조건을 걸었고, 그는 받아들일 수밖에 없었다. 그래서 한 달 전에 그녀의 오빠 쿠엔을 불러들여 공장에 두고 일을 시켰다. 그나마 이번 가을에 정식으로 결혼식을 올리기로 한 것만으로도 충국은 다행스레 여겼다. 가을이라고 해야 두어 달밖에 남지 않았건만 수안은 조금도 곁을 주지 않았다. 집에 들어와 함께 지내자고 해도, 공장에 붙은 단칸방에서 제 오빠와 기거했다.

울화가 치밀다가도 유난히 육덕이 좋은 수안을 바라보고 있자면 슬며시 화가 가라앉았다. 도톰하니 살이 오른 가슴이며, 잘록한 허리 밑으로 드러난 탐스러운 엉덩이에 눈길이 닿으면 결혼식이고 뭐고 당장 끌어안고 요절을 내고 싶건만 두어 달을 참으면 될 일이라 여겨 목까지 넘실거리는 욕심을 간신히 짓눌러왔다. 수안을 볼 때마다 동네 남정네들이 널름거리며 입맛을 다실 때마다 충국은 은근히 기분이 좋았다. 얼마 전까지만 해도 마누라 복 없다고 술만 취하면 아무나 붙잡고 신세 한탄을 늘어놓았는데, 늘그막에 여복이 터지려나 보다고 자다가도 소처럼 웃었다.

충국이 평소 않던 집안일을 한 것도 사실은 얼마 남지 않은 잔치 때문이었다. 가까운 친척들이 며칠 묵어갈 집이니 깔끔하게 손질이라도 해 두려는 요량이었다. 집에 들어서자마자 눈에 들어오는 텃밭에 엎드려 꼼꼼히 김을 매고 있던 중이었다. 화근은 얼마 전에 이사 온 아랫집 강아지였다. 요크샨지, 바크샨지 털이 눈썹까지 내리덮어 마치 털실뭉치가 굴러가는 것처럼 보이는 것이 어찌나 앙살을 부리고 짖어대는지 아침마다 단잠을 설쳤다. 마당을 사이에 두고 있는 아랫집은 닭을 기르다가 사료 빚만 잔뜩 진 병기네가 집까지 넘기고 서울로 떠난 뒤에 퇴임을 한 목사 내외가 들어와 살고 있었다. 아이가 없는 안주인은 또또라는 '털실뭉치'를 늘 가슴에 안고 다녔다. 복돌이라고 하는 수캐는 밖에서 길렀지만 또또는 집 안에서 자식처럼 끼고 길렀다. 무슨 놈의 여자가 기차 화통을 삶아 먹었는지 목소리가 워낙 크고 우렁차서 충국은 방에 앉아서도 여자가 또또와 주고받는 이야기를 고스란히 들어야 했다.

"또또야, 이리 못 와. 엄마가 가만히 있으라구 했지? 혼난다. 애, 애. 너 정말 그럴 거야."

처음에는 그 집에 또또라는 아이가 있는 줄 알았다. 한참 지나서야 여자가 가슴에 안은 강아지에게 "또또야, 인사드려야지" 하기에 또또가 개 이름이라는 걸 알게 되었다.

생긴 건 흡사 토깽이 같고, 수북한 털만 깎아 놓으면 시궁쥐만 한 것이 어찌나 성깔이 사납던지 낯선 사람이 쳐다보기만 해도 이를 하얗게 드러내고 손톱으로 유리창 긁는 소리를 내며 짖어댔다.

그날, 충국이 앞마당에 쭈그리고 앉아 풀을 뽑고 있을 때 마루 밑에 들어가 낮잠을 자고 있던 진돗개 흰둥이가 어슬렁거리며 주인을 따라나섰다. 그리고 시곗바늘처럼 정해진 시각에 운동하는 두 여편네가 팔을 어깨까지 치켜 올리며 씩씩하게 산에서 내려왔다. 언제 기어 나왔는지 털실뭉치가 또르르 굴러 나와, 지나가는 여편네들 발꿈치를 물어 뜯으려 악악대며 달려왔다. 여편네들은 황급히 달아나고, 그녀들을 따라 털실뭉치가 짖으며 달려온 순간, 주인 곁에서 의젓하게 앉아 있던 흰둥이와 마주치고 말았다. 흰둥이 귀가 뒤로 젖혀지는가 싶더니 비호처럼 허공을 날았다. 털실뭉치는 깩 소리도 못한 채 흰둥이 입속으로 물려 들어갔다. 딱 한 번 질끈 물었는가 싶던 흰둥이는 충국이 고함을 지르며 쫓아가자 털실뭉치를 좌우로 한번 부르르 흔들어대고는 땅에다 뱉어 놓았다. 털실뭉치는 죽겠다고 깽깽거리며 제 집으로 달아났다. 불과 몇 초 사이에 일어난 일이라 조금만 딴 척을 했어도 미처 제대로 보지 못했을 일이었다. 충국은 지금도 그것을 후회했다. 차라리 보지 못했으면 될 일이었다.

흰둥이를 묶어 놓고 나오니, 아랫집에서는 여전히 털실뭉치의 울음소리가 들려왔다. 모른 척하고 있으려다가 운동하던 여편네들도 다본 일이라 그럴 수도 없었다.

잠시 후, 아랫집에 내려가 보니 안주인 여자는 파리채로 마당에 묶어 놓은 수캐 등가죽을 후려갈기고 있었다.

"왜 동생을 물어? 복돌이, 너, 미쳤어?"

"괜찮은가유?"

영문도 모른 채 두들겨 맞고 있던 수캐를 바라보며, 충국은 사실 자기네 흰둥이가 털실뭉치를 딱 한 번 입맛 다시듯 살짝 물었다 뱉었음을 자복하였다. 여자는 처음엔 그게 무슨 소리인가 더듬거리더니 이내 상황이 파악된 듯, 개 때리던 파리채로 충국에게 삿대질을 하며 하얗게 눈을 호벼 뜨고 달려들었다.

"그러게, 그 큰 개를 왜 풀어 놓는대요? 그러다 사람이라두 물면 어쩌려고. 그나저나 우리 또또, 불쌍해서 어째? 어쩌면 좋아?"

미안하기도 하고, 살짝 물었다 놓았으니 병원에 데려가 빨간약이라도 발라주면 되겠다 싶어 충국은 염려하지 말라고 여자를 안심시켰다. 여자와 털실뭉치를 자동차에 태우고 읍내에 있는 '도그사랑 애견센터'로 달려갔다. 차 안에서 여자는 개를 끌어안고 중얼중얼 기도를 드렸다.

"하나님, 아버지. 나사로를 살리신 주님, 제발 우리 또또를 살려 주십시오."

충국은 여자가 울부짖으며 기도를 드리는 걸 보고는 자신도 모르게 신호등도 무시한 채, 무인 카메라도 무시한 채 전속력으로 자동차를 달렸다. 그 덕분에 간신히 애견센터가 문을 닫기 전에 도착할 수 있었다.

털실뭉치를 보는 순간, 애견센터의 젊은 수의사는 눈을 빛냈다. 상처 난 곳을 보려고 털을 깎자 이빨에 물린 자국이 보였다. 수의사는 개의 상처를 만지작거리며 물건을 흥정하듯 중얼거렸다.

"일단 큰 개에게 물린 상처는 사람으로 치자면 총알에 맞았다고 생각하면 됩니다. 들어간 자국은 작아도 안에서는 모든 세포조직이 다 찢긴 상태지요……."

빨간약이나 바르고, 좀 심하면 바짓단 꿰매듯 두어 바늘 찍어 놓으면 되리라고 생각했던 충국으로서는 적이 당황스러웠다.

"우선 늑골이 두 대 정도 부러졌구요. 폐가 찢어졌고……. 창자들도 다 손상되었다고 봐야겠지요."

"그러면 어떻게 되는 건가요?"

"바로 수술을 해야겠지요."

"수술요?"

"일단 자세한 상태는 수술에 들어가야 알 것 같은데요."

"오, 주여……."

까무러치듯 비틀거리며 소파에 주저앉는 여자를 바라보며, 충국은 슬며시 수의사를 구석으로 잡아끌었다.

"비용은 을매나 든대유?"

"우선 수술 비용만 대략 백오십만 원 정도 나올 거 같구요. 수술이 끝나면 일주일 정도 입원해서 치료를 받아야 할 것 같습니다."

충국은 망치로 뒤통수를 맞은 기분이었다. 백오십만 원이라면 공장 일꾼 두 사람 월급이었다. 말이 좋아 사장이지, 얼마 전까지만 해도 그가 한 달 꼬박 뜨거운 불 앞에서 온종일 비닐봉지를 뽑아 버는 액수와 맞먹는 돈이었다.

"그라믄 살릴 수는 있겠슈?"

"장담은 못합니다. 해 봐야 알겠지요."

"아니, 백오십만 원이라는 돈꺼정 들이는디 장담을 못혀믄……."

"지금 이 상태로 꼭 살려야겠다면, 더 큰 병원으로 가야 합니다. 이십사 시간 스탭들이 대기하는 병원이 있는데, 그리로 가시겠다면 연락을 해서 앰뷸런스를 오라 하구요."

"거긴 더 비싼 데겠쥬?"

"일단 이삼백은 나온다고 보시면……."

"이삼백여?"

이삼백이면 금 헐할 때 소 한 마리 값이요, 쓸 만한 중고차 한 대 값이다. 딱 한 번 입맛 다셨다가 뱉은 값이 이삼백이라니. 충국은 헛입만 쩍쩍 다시며 여자의 얼굴만 넋을 놓고 바라보았다.

그래도 양심은 있는지, 여자는 개를 그냥 집으로 데려가겠다고 했다. 의사는 굴러온 돈뭉치가 돌아가는 게 영 안타까운 눈치였지만, 매일 병원에 데려와 치료를 받으라며 내어 주었다. 당장 배를 째고 눈앞에서 기백만 원의 돈이 날아가는 일을 피하게 된 것만으로도 충국은 한시름을 놓았다. 잠깐 털 깎고 들여다 본 값으로 오만 원이라는 돈을 빼앗기고도 조금도 아깝지가 않았다.

"오늘 밤에 기도로 고쳐 볼 참예요."

벌써부터 강아지를 끌어안고 무어라 주문을 외던 여자가 말했다.

"아무렴요."

충국은 돈 안 드는 기도라는 말에 우선 고개부터 힘차게 끄덕였다.

"낼 아침까지 탈 없으면 며칠 병원에나 데리고 다녀 볼래요."

어쨌든 미안하게 되었다고 머리를 조아리면서 충국은 치료비는 염려 말라고 덧붙였다. 그리고 집에 돌아와 가만히 생각하니, 하루에 오만 원씩만 잡아도 치료비가 결코 만만찮은 돈이라는 생각이 뒤미처 가슴을 내리눌렀다. 하루에 오만 원이면 이틀이면 십만 원, 열흘이면 오십만 원이었다. 운이 사나워 죽지도 않고 자리보전한 채 질질 시간을 끈다면, 한 달이면 백오십만 원이요, 두 달이면 꼬박 삼백만 원이 들고 말 것이었다. 개 알기를 제 자식처럼 여기는 여편네가, 치료비는 염려 말라는 말까지 들었으니, 이젠 개가 '끙' 소리만 내어도 병원으로 달려갈 판이었다.

도대체 무슨 놈의 개 병원은 그다지 비싸단 말인가. 사람이 아파도 진찰하고, 주사 한 대 꽂고, 약국에서 삼 일치 약까지 받아다 먹어도 사천 원이 안 되는데, 무슨 놈의 개새끼는 배를 꾹꾹 눌러보고, 아까 징끼 쓱쓱 발라주고는 오만 원이란 말인가. 충국은 어째서 개는 그 흔해 빠진 의료보험도 안 되는지 뒤늦게 가슴에 열불이 나 마당으로 뛰어나가 수도꼭지에 입을 대고 찬물을 정신없이 빨아댔다.

차라리 내일이라도 죽어 버리면 그보다 좋을 일이 없었다. 요즘 아파트에서 개를 못 기르게 하는 법이 생기고부터 읍내에 나가면 여기저기 내다 버린 애완견들이 널렸다는데, 후히 마음먹어 비슷한 놈으로 사다 주어도 오만 원이면 떡을 칠 일이었다. 문제는 그 개새끼가 서둘러 죽지도 않고, 비실비실 앓으며 병원을 오가게 되는 일이었다. 의사 말로는 갈비뼈가 몇 대 부러졌다는데, 그것만으로도 몇 달 끙끙거리며 병원을 드나들 것이 뻔했다. 차라리 모갯돈을 들여 수술을 시키는 편이 나았을지도 몰랐다.

그러나 아무리 개가 사람 부려먹는 세상이 되었다 해도 백오십만 원은 가벼운 돈이 아니었다. 그 돈이 없어서 시퍼렇게 뜬눈으로 죽는 사람도 널린 판이다. 충국은 자리에 누웠다가도 생돈 날아갈 걸 생각하자니, 열불이 뻗쳐 가만히 누워 있을 수가 없었다.

벌떡 몸을 일으켜 머리맡에 던져 놓았던 담배를 꺼내 물며, 충국은 이 모든 게 자신의 띠 탓이라고 생각했다. 잔나비 띠인 충국이 개로 인해 겪는 수난은 이번이 처음이 아니었다. 오죽하면 견원지간(犬猿

之間)이라는 말까지 있겠는가. 충국은 돌아보기도 싫은 개 같은 일을
어쩔 수 없이 되살려내고야 말았다.

양코배기 미군들이 제 나라로 돌아가고, 전쟁이 끝날 날이 다가온
다는 소문이 낭자해지자, 어떻게든 한몫 잡아 제대하면 구멍가게라도
차릴 꿈에 잠겼던 이들은 낭패한 기색이 역연해졌다. 그렇긴 중대장
도 마찬가지였다. 모자에 매단 밥풀떼기 계급장이 녹이 슬 정도로 만
년묵기 중대장 노릇을 하던 김팔도 대위가 절치부심하여, 저도 한번
말똥 하나 달아 보겠다는 기대감에 고향의 문전옥답까지 팔아 빽을
써서 겨우 월남 가는 배 꽁무니에 매달려 온 것인데, 그냥 한 것도 없
이 되돌아가야 한다니 맥이 풀릴 일이었을 것이다.

온종일 숲에 들어앉아서 야자열매만 따먹다가 해질녘에 귀대하던
김팔도 대위 눈에 미군 비행기 폭격에 숯검정이가 된 베트콩 시체 몇
구가 띄었다. 중대장은 대뜸 거기다 제 엠16 소총을 갈겨댔다. 그리고
그 시체를 발로 밟고는 찍사를 불러다가 사진을 박게 했다. 노획품으
로 시커멓게 그을린 총들을 주워 온 것까지도 괜찮았다. 비로소 공을
세우게 된 게 너무 기분이 좋은 탓이었는지, 아니면 뻔히 눈 뜨고 지
켜본 병사들 입막음이라도 하려 했는지, 왜 공연히 옆에 얌전히 쭈그
리고 앉은 세빠뜨는 총으로 쏴 죽였는가 말이다. 미군 군견대에서 수
색정찰에 쓰라고 중대마다 한 마리씩 배치된 세빠뜨는 군번까지 있던
군견이었다.

영문을 몰라 어리벙벙한 병사들에게 중대장은 군견 '케리'가 작전 중에 베트콩의 흉탄에 맞아 전사하였음을 침통한 목소리로 선언했다. 병사들은 엄숙한 표정으로 케리의 시신을 야자수 그늘 밑으로 운구한 뒤 불로 그을렸다. 그리고 그 살점을 수통에 든 조니 워커와 함께 나누어 먹었다.

베트콩 시신은 그냥 현지에 매장하고, 총과 증거사진만 제출하라는 상부 지시가 있을 때만 해도 중대장과 병사들은 희희낙락했다. 문제는 케리였다. 원 소속인 미군 군견대에서 나온 흑인 장교가 케리의 시신을 인수하러 온 것이다. 케리는 부검을 통해 정확한 사인을 규명한 뒤, 미국의 애리조나로 돌아가 재향군인 국립묘지에 묻히게 된다는 것이었다. 이런 설명에도 중대장과 병사들은 꿀 먹은 벙어리가 될 수밖에 없었다. 이미 부대원들의 몸속에 들어간 케리를 어떻게 꺼내 놓는단 말인가. 전사한 케리를 정중히 안장했다는 대답에 흑인 장교는 그곳이 어디인지 가자고 길을 나설 채비를 했다. 시신 상태가 심히 훼손되어 차마 눈으로 보기가 참혹하다 하자, 흑인 장교는 케리를 기다리는 조국의 부대원들은 적과 용감히 맞서 싸우다 전사한 동료의 유해를 영예스럽게 여길 것이라고 했다. 하다못해 살점 한 점, 털 한 올이라도 찾아서 안치해야 한다는 말에, 이리저리 둘러대던 중대장도 별 수 없이 케리를 그을렸던 야자수 나무 아래로 데려갔다. 주변을 샅샅이 뒤지던 흑인 장교는 마침내 거기서 케리의 턱뼈와 뜯다 남긴 갈빗살, 그리고 여기저기 흩어진 술병과 고추장 통을 발견했다.

결국 중대장은 재판에 넘겨졌고, 케리의 살점을 한 점이라도 먹은 병사들은 일인당 천 불씩 배상금을 물어낸 뒤 그 흔한 코티분 한 곽도 지니지 못한 채, 즉각 귀국선에 올라타야 했다. 그 중에 전충국 일병도 끼어 있었던 것은 당연한 일이었다.

"시상에 그렇게 비싼 개고기는 츰 먹어 보았네, 드러워서……."

새삼 지난 악몽에 치를 떨며 충국은 마당에다 "돼앳" 소리를 내며 침을 뱉었다. 딴 때 같으면 월남 가서 군견 잡아먹었다고 허세를 떨었겠지만, 오늘은 그럴 기분이 아니었다. 말 그대로 개 값이란 걸 오달지게 물어내는 일을 한 인생에 두 번이나 겪는다는 게 스스로 생각해도 혀를 찰 일이었다.

"워쩐 일이여?"

와 보면 알 것이라는 김 순경의 말에 내키지 않는 걸음으로 미루적미루적 들어서며 충국은 공연한 사람 불러들인 걸 따지는 어조부터 앞세웠다. 들으나 마나 회장과 멱살잡이를 한 정유문이가 동티를 냈나 보다고 대강 요량을 하고 있던 충국은 공연히 더운 날 발품을 팔게 한 김 순경이 마뜩찮았다.

"경찰서서 볼 일이 뻔허지 않겠어?"

"도적 잡는 포졸이 워째 나를 보재?"

"내가 허구 싶은 말여."

김 순경은 콧구멍을 쑤셔 번질거리던 손가락으로 뒤편을 가리켰다.

밝은 데 있다가 갑자기 어두운 서 안을 들여다보자니 침침하여 잘 보이지는 않았지만, 충국은 긴 의자 끝에 우렁이처럼 몸을 말고 있는 것이 조금 전에 장 보러 나갔던 수안임을 알았다.

"워째 장 보러 간 애는 여다 잡아다 놓았대?"

"장 좋어허시네."

김 순경은 의자에 벌렁 몸을 뉘며, 무언가 까맣게 적힌 종이 쪼가리를 충국 앞에 던져 주었다.

"이게 뭐여?"

"워째 전우회는 회장서껀 사무국장까정 단체루다 포도청을 드나든댜?"

조서라고 적힌 종이 쪼가리에는 국적이 베트남이고, 이름이 쿠엔이라고 적혀 있었다. 아뿔싸. 충국은 뭔가 사달이 났음을 감지하고, 대번에 서리 맞은 배춧잎처럼 어깨 힘부터 한풀 빼고 보았다.

"일일리루다 바루 때렸으니, 봐 주구 말구 헐 새두 읎었대니께. 워째, 그 쿠엔인지 뭐시깽이는 하필이믄 남의 집 강아지 새끼럴 훔치러 담을 넘었댜?"

애당초 그런 어리보기한테 일을 시킨 자신이 원망스러워 충국은 당장 제 얼굴이라도 쥐어뜯고 싶은 심정이었다. 목사 내외는 금요일이면 구역 예배를 보러 집을 비우니까 그냥 집 안에 들어가 다 죽어가는 강아지를 달싹 들고 오면 된다고 했을 때, 제 나라서 오소리며 너구리 같은 짐승 잡는 사냥질로 먹고살았다며 두 손으로 허공을 움켜잡고 설쳐댈 때부터 알아봤어야 했다.

"그냥 놀러 갔겄지, 뭐에다 쓰겄다구. 한 줌두 안 되는 개새끼 럴……."

"그 나라선 마실 가서 남의 강아지를 비료 푸대에 담구 나오는 게 풍속이라?"

김 순경의 말로는 집 안에 몰래 들어간 쿠엔이 깽깽거리는 강아지를 비료 부대에 담는 걸 마침 방 안에서 구역 예배를 보던 신도들이 눈 똑바로 뜨고 시종을 지켜보았다는 것이다.

금요일이면 목사 내외가 구역 예배를 보러 집을 비우던 것만 생각했지, 그 집에도 차례가 돌아오는 것을 미처 몰랐던 충국은 뒤늦게 제 혀를 깨물었다.

"근디 강아지가 문제가 아녀."

무언가 할 말을 입 안으로 눅이며 대구 곁눈질만하는 김 순경이 충국은 더욱 흉측스러워 보였다. 긴 의자에 옹송그리고 앉아 손톱만 물어뜯고 있는 수안 쪽을 힐끔거리며 충국이 입을 열었다.

"애덜 문제집두 아니구, 뭔 문제가 그리 많다? 장차 처냄 될 사람이니 그 법적으루다 흔히 말하는 불법뇌동이라 헐 수는 읎을 테구."

"뉘가 처냄이여?"

"뉘는 뉘여? 전충국이 월남 마누라 데려온 건 시상 다 아는 일인디."

"아무리 속이 좋아두 그렇지, 워째 멀쩡히 냄편 있는 여자럴 데려다 색시럴 삼는다? 그러니께 망측헌 소리럴 듣는 겨."

충국은 한동안 말뜻을 몰라 무말랭이처럼 비틀린 김 순경의 얼굴만 봉사 색경 들여다보듯 멀거니 바라보았다.

"뭔 말을 쉽게 혀지, 꽈배기 꼬듯 비비 꼬구 그랴?"

"워쩔까 모르겄네. 본인헌티 직접 듣는 거이 나슬까, 아님 내 입으루 전해 줘야 옳을까."

평소 충국에게 쥐어박히며 눈치만 는 수안이 더욱 어깨를 옴츠리며 벌벌 떨기까지 했다.

"그려, 어채피 알 일인데, 뉘 입이믄 어뗘. 그러니께 거기는 저이와 쿠엔이 뭔 사이루 알구 있는 겨?"

"뭔 사이는 뭔 사이? 나라가 다르다구 오래비 누이두 읎는 줄 아나베?"

"오래비 누이 좋아허네. 귀 크게 열구 잘 들어봐. 본서서 조서럴 꾸미느라구 쿠엔인가 하는 작자 인적사항을 조사허다 알게 되었다는 사실인디, 거기가 죽구 못 사는 저 수안이란 여자가 말여, 쿠엔이랑 부부 사이다 이거여."

이게 무슨 맑은 하늘에 벼락 치는 소리란 말인가. 충국은 무슨 말인지 가늠이 되지 않아 수안과 김 순경의 얼굴만 번갈아 들여다보았다.

"망측스럽다더니, 증말 망측헌 소리 다 듣네."

"진짜 망측헌 야그는 남덜 다 알구 거기만 모른 일이었어. 발써부팀 두 사람 사이가 심상찮다구 동리 사람덜 입을 탔는디, 보리밭서 둘이 나오는 걸 봤다는 이가 한둘이 아녀."

남의 집 월장을 한 죄목으로 쿠엔을 조사하던 담당 경관이 불법 체류 문제까지 뒤져 보려고 쿠엔의 인적사항을 조회했다가 알게 된 사실이라고 했다.

그러고 보니 비로소 의심쩍은 일이 한둘이 아니었다. 결혼을 약정하고 데려온 색시가 이런저런 이유로 식을 미루고, 손 한 번 잡을 곁을 주지 않는 것도 이상한 일이었다. 저녁 상 무르고 나면 말 통하는 제 오빠 얼굴 보러 간다고 겨우 한 사람 들어앉으면 다리도 펴지 못할 골방에 붙어 앉던 일도 이제 보니 알 만한 일이었다.

벌게진 얼굴로 다가서는 충국이 무서운지 수안은 두 손을 파리처럼 모아 빌었다.

"잘못했으요. 봐 줘요. 봐 줘요."

"봐 줄 건 내여? 거기 봐 주면 내 뭐여? 내 생돈 오백만 원은 뭐시구, 여즈껏 들어앉히구 철철이 무색옷 사 입히구, 화장품 처바르게 사다 바친 건 뭐시여?"

경찰서 밖으로 나선 충국은 온통 땀으로 후줄근히 늘어진 바지 속에서 자꾸 휘청거리는 다리를 길가에 선 플라타너스에 잠시 기대었다. 아까까지만 해도 밖으로 나오기만 하면 사람 시늉 못하게 패 주려 했지만, 이제 와 생각하니 그저 못 사는 나라 것이라고 함부로 깔본 제 불찰이니 누구를 원망하랴 싶어 애꿎은 담배만 뻑뻑 빨아댔다.

참 오늘 하루가 개로 시작하여 개판으로 맺어가고 있었다. 개 값 한번 오지게 문 셈 치자고 통 크게 마음먹어 보지만, 생각할수록 맥이 풀려 헛웃음만 매가리 없이 새어나왔다. 제 남편 팔아 한몫 잡으려던 수안의 살집 좋은 얼굴 위로, 충국은 자꾸 다리 한 짝 내어 주고 호강한다는 소리 듣는 최 회장 얼굴이 겹쳐졌다. 오지게 정신 사납게 흘러간 하루도 저물어가고, 벌써 거무스름하게 식어가는 저녁 해가 비스듬히 걸쳐진 용머리 산등을 바라보며, 충국은 선뜻 가늠이 가지 않는 생각을 입속으로 중얼거렸다.

이쪽에서 보자면 멀쩡한 다리 한 짝 뺏어가서는, 먹고살 수도, 안먹고 죽을 수도 없을 만치 감질나게 내주는 보훈금도 개 값인 셈이고, 저쪽에서 보자면 있어도 별 뾰족한 수 없었을 다리 한 짝 제 운수대로 잘라먹고는, 언제 가야 끝날지 모를 보훈금을 꼬박꼬박 내주어야 하는 것도 말 그대로 개 값 물어주는 셈이었다.

잿불로 사위는 저녁해 속으로 비척거리며 걸음을 떼어놓던 충국은, 어제까지만 해도 목사집 개를 보고 차라리 그 자리서 죽었으면 한몫 털어 주고 말 것을 공연히 살아남아 개 값 물어 주게 생겼다고 속 태우던 일들이, 벌써 까맣게 오래된 고릿적 이야기처럼 아득해졌다.

누가 말을 죽였을까

그러니께, 우칠이가 누구여. 장도리로 머리를 탁 까 보믄 새마을 정신이 호두알매니, 그것두 헐렁헐렁한 중국산이 아니라 신토불이 국산 것으루다 영근 알맹이가 꽉 들어찬 지도자 아녀?

시방 때가 원체 우습게 되어 놔서 새마을이라는 것이 영 꼴이 아니게 되었지만, 한때는 온 백성들마다 푸릇한 새싹이 그려진 모자를 머리에 얹구 댕기든 시절이 있잖았는가. 그때야 그 모자 안 쓰면 곧장 간첩으루 신고를 받을 정도였으니께. 지금은 워디 가 처박혔는지 죄다 벗어던지고 지 잘났다고 악악거리며 사는 시상이 되어 버렸지만.

하지만 아무리 세상이 감주 맛 변하듯 혀두, 쇠심줄처럼 심지 굳게 지키는 이가 마을마다 하나는 남게 마련이니, 바로 우칠이가 그런 이여. 안즉두 나달나달한 새마을 모자를 머리에 얹구, 아침마다 마이꾸로 그날그날에 마을 일덜을 아침 뉴스 아나운서모냥 방송허는 것이 일 년 삼백육십오 일 하루두 거름이 읎단 말이여. 을매 전까지만 혀두 마을 복판 느릅나무에 매단 스피카루다 새마을 노래도 줄창나게 틀어 주었는디, 말 많은 이덜이 시끄럽다고 파출소에 찔러댄 바람에 노래 소리 못 듣는 게 좀 아쉽긴 허지.

그 일만 혀두 그려. 아침 여덟 시면, 새벽 닭새끼가 울다 지쳐서 목이 잼길 참인디, 그즈녘까지 자빠져 자는 건 뭔 자랑이구, 같은 동니서 그깐 일루다 일일리를 부를 건 또 워느 시절 인심이냔 말여.

예전 같음 그런 것들은 그저 거적대기에 둘둘 말아서 복날 개 잡듯 지게 작대기루다 여그가 뼌지 살인지 모를 정도루다 녹신녹신허게 조져댄 뒤에 불로 확 끄실러 버려야 정신이 버쩍 난대니께.

워쨌든 간에 그이가 소음공해쥔가, 뭔가루 파출소꺼정 댕겨 온 뒤루, 예사 사람 같으믄 김이 새서라도 허던 일을 걷어칠 판인디, 우칠이 긔가 누구여? 새마을 정신루다 똘똘 뭉친 지도자 아녀? 그런 근기가 있으니 동니서두 지도자루 발써 수십 년을 뽑아준 것이구, 한때는 나랏님 궁궐까지 불려가 밥꺼정 은어먹구 온 거 아니겄어.

나랏님 야그가 나왔으니 허는 말인디, 시방 이나마 삼시 세끼 꼬박꼬박 챙겨 먹구, 기것두 모자라 짬짬이 지름 튀긴 통닭에 양념 바른 치킨으루 군입질꺼정 허다 못혀, 배지가 밖으루 튀어나와 온 잡것덜이 다이어튼가 뭐씨깽인가 헌다구 조석으루 뜀박질을 허게 된 것두 다 그 양반 덕이 아니겠어? 태어나기를 빈농의 집안에서 태어나, 땅만 파 먹구사는 농민들 심정을 뉘보담 잘 헤아리구, 그 지긋지긋한 보릿고개를 옰애 보겄다구 잘 나가던 장군 자리꺼정 스스로 벗어던진 것두 그 양반 아니믄 누가 감히 숭내나 낼 일여?

깡패들꺼정 정치허겠다고 설쳐대고, 철딱서니라군 눈꼽만치도 없는 대학생놈들은 죄다 빨갱이 물이 빨갛게 들어서는, 시상 무서운 줄 모르구 설쳐대니, 나라의 운명이 풍전등화격이었지 않느냔 말여. 그때, 다 부서진 배 몇 척 띄우구 왜적과 맞서 싸우던, 거 뭐시냐. 얼마 전에두 케비에수 주말 드라마에두 나오든, 이잉, 불멸의 이순신, 그이랑 딱 맞는 양반 아니겄냐 이 말이여.

그이가 이순신이라면 말여, 우칠이는 그 드라마에 나오는 충직한 부하 장수 격이다 이 말이여. 백척간두에 선 나라를 지키던 이순신 장군이 왜눔들 흉탄에 맞아 세상을 뜨드키, 박 대통령두 숭칙허기가 나찰 겉은 역적패의 흉탄에 쓰러지는데, 쓰러지면서두 "내 죽음을 적에게 알지 못 허게 하라"구 했다는디……. 뭐시? 그 말은 이순신 장군이 헌 거시라구? 아, 글쎄, 그 양반이 그 양반이라니께 자꾸 그러네. 하여간 그려서, 아, 내가 뭔 말을 허려구 했지? 아, 그러니까 남 말 허는데 톡톡 끼어들지 말라 이거여. 그려. 우칠이 그이가 박 대통령 돌아가신 뒤에두 여전히 충직허기가 이 충무공 부하 장수, 거 수염이 장비츠럼 하늘루 뻗친 그이 말여. 딱 그이란 말여.

우칠이 그이가 대통령 돌아가셨단 말을 듣구, 한창 추수 허느라 강아지꺼정 붙들어다 품 시킬 판인디, 죄 농사는 논바닥에 그대루 버려 둔 채, 동니서 나갈 적버텀 곡을 허믄서 서울루 달려가 근 달포동안 국장을 죄 치르구 뒷매무리꺼정 허구 온 이여. 집에 나려와서두 젤 먼저 마루에 걸렸든 고조 영정 내려 놓구, 그 자리에 박 대통령 사진을 뫼셔 눟구, 조석으루다 더운 밥 진설하고, 곡 허기를 삼 년을 넴겼어. 시방두 시월 스무엿새믄, 만사 제쳐 놓구 제사를 올리는디, 그 장엄허기가 국립묘지는 저리 가라여.

근디, 뭔 말을 허려는 거였지? 내가 요새 깜빡깜빡허는 게 치매가 오려나 봐. 글씨, 지난번엔 테레비 리모콘을 즌화기에다 꽂아 놓구 밤새두룩 찾아댕겼으니 말 다혔지 뭐여. 뭐시? 고시톱? 아, 그거이 치매 예방에 좋다들 허지만, 워디 같이 놀 동모가 있어야지. 그저 머리 허연 중늙은이버텀 허리 꼬부라진 파파 할멈꺼정 틈틈이 한 푼이라두 벌겄다구 아파트 경비다, 콩나물 공장이다 일 댕기구, 허다 못해 읍내 길거리에다 나생이라두 뜯어다 늘어놓구 앉았을망정 한갓지게 고시톱이 뭐여? 아, 그려. 저이가 바로 우칠이 그이여. 저그, 삽 들구 구덩이 묻는 이 말여.

재명은 읍사무소 옆댕이에 '바르게 살기 운동본부'와 더불어 곁방살이로 붙어 있는 문화원을 찾아갔었다. 안경잡이 사무장은 신문지 쪼가리에 광대리 가는 약도까지 그려가며 자상히 일러 주었다. 그러나 약도 한 장 가지고 처음 가는 시골길을 찾기란 어려운 일이었다.

눈에 뵈는 건 온통 퍼런 논두렁을 이리저리 더듬느라 반나절을 허비한 끝에야 재명은 겨우 광대리 마을회관 앞에 다다를 수 있었다. 마침 회관 앞 정자목 아래 심심하니 앉아 있던 노인에게 자발없이 말을 붙였다가 벌써 한 시간째 붙들려 있는 중이었다.

이태 전에 돈 되는 직장을 걷어치우고, 전혀 돈이 되지 않는 소설이란 걸 쓰겠다고 안방에 들어앉아 있던 재명이 시민운동이란 걸 하는 이들이 매달 푼돈을 모아 찍어내는 잡지에 농촌 문제를 얼핏 다룬 소설을 한 편 실은 것은 석 달 전이었다. 그런데 기다리는 원고료는 소식이 없고, 뜬금없이 기자 노릇을 해 달라는 청탁만 돌아왔다.

에프티에이 체결을 앞두고, 농촌의 분위기를 취재해 오라는 요청에 따라 재명은 음정면에서 농사가 가장 많이 남아 있다는 광대리를 찾아온 것이다. 취재할 마을에 대해 귀동냥이라도 하려고 들른 문화원 사무장은 대뜸 우칠이라는 사람을 꼭 만나보라고 권했다.

"그이 안 만나믄 광대리 야그는 도우미 읎는 노래방이나 매한가지여."

뭐 하는 사람이냐는 물음에, 사무장은 일단 가보면 알 거라며 등부터 떠밀었다.

"뭐, 볼 게 있다구 보자구 그런신대유?"

볕에 그을려 반질거리는 이마에 땀방울을 주렁주렁 매단 우칠은 손바닥만 한 산뽕나무 그늘에 기어들어가, 뒤집은 삽을 깔고 앉은 채 재명을 맞았다. 대강의 이야기 졸가리를 엮는 동안 땀에 젖은 담배에 불을 붙이느라 목줄기에 핏대를 돋우던 우칠은 에프티에이라는 말에 숙

102

였던 머리를 번쩍 곤추세웠다.

"그게 다 관 붙들구 우는 상주에게 슬프냐구 자꾸 물어대는 짓이나 진배없는 일이잖겠슈? 기자 슨상두 생각을 혀 봐유. 상판대기라구 꼭 잔내비 닮은 부신지 뭔지가 왼갖 잔재주를 부려설람 미친 쇠고기부텀 농약 뒤발을 헌 푸성귀꺼정 잔뜩 싣구 처들어와 배가 터지두룩 처먹어야 할 참인디, 분위기는 뭐구 취재는 뭐대유?"

시작부터 남이 겪을 핀잔부터 듣고 나니, 재명은 새삼 잡지사 편집장이 얄미워졌다. 풀밭에서 굶주리던 쇠파리가 모처럼 만난 쇠잔등에 달려들듯, 욕지거리를 퍼부어댈 기회를 잡은 우칠이 눈을 빛내며 다가앉았다.

"근디 기자 슨상은 봉급을 을매나 받길래 이렇게 촌구석꺼정 터덜터덜 걸어서 취재를 다닌대유?"

신고 있던 장화를 벗어던지고 무좀으로 잔뜩 허물이 벗겨진 발가락 새를 부지런히 후비던 손가락을 재명이 안 본다 싶을 때를 골라 콧구멍에 갖다 대던 우칠이 게슴츠레 눈을 흘겨 뜨며 물었다. 그 말 가운데는 오죽 변변찮으면 그 흔해 빠진 자동차 한 대 끌고 오지 못하고 맨다리로 걸어왔느냐는 조롱과, 고된 일이라면 너나없이 뱀 보듯 멀리 하는 요즘에, 이렇게 먼지 뽀얗게 뒤쓰고 다니니 꽤 두둑한 봉급을 받으리라는 궁금증이 한데 뒤섞여 있었다. 재명은 사실 그대로 말해도 더 나을 것도 없지만, 자신이 그런 고된 일로 생계를 잇는 기자가 아니라, 아는 이의 부탁을 마다치 못하고 일시로 나선 것임을 밝혔다.

그리고 덧붙이지 않아도 좋았을, 소설 쓰는 이라는 말까지 얹었다.

"소설가라믄……. 오동추야 진진 밤에 전전반측헐 때 베개 대신 끌어 안구 밤 패서 읽는, 그 야그책 지어 파는 이 말이유? 참, 내가 살기두 오래 살았나 보네. 그간 나랏님이 팔자에 읊는 절간서 독경 읽는 거며, 옥에 갇혀 콩밥 먹는 것두 봤지만, 야그꾼을 눈앞에 보기는 첨이니 말유."

명색이 소설가라도 대표작이 뭐냐고 묻는 말에 제대로 답할 입장도 못 되는 처지이고 보면 그리 억울한 것도 없건만, 재명은 소설가를 무슨 시골 장터 구석에 쭈그리고 앉아 엉터리 고약이나 파는 약장수쯤으로 여기는 우칠이 마뜩찮아 눈을 흘겨 떴다.

"이야기 팔아서 목에 풀칠하는 처지는 아닙니다."

이쪽의 반응에 더 구미가 당겼는지 우칠은 붉은 잇몸을 숨김없이 드러내고 웃어 보였다.

"내 말은, 그리 재미난 야그를 지어내는 양반이니, 서책도 많이 보았을 터이구, 아는 것두 박사급이겠다 싶어서 헌 말이유."

"모르는 거 빼고는 다 압니다."

"그러게 말유. 탯줄 끊기 무섭게 봉당 흙부팀 줏어 먹구사는 농투사니들이야 그저 뻐꾸기 울믄 열무 그루에 콩 두어 먹구, 벼 익는 거 보믄서 시상 시르죽여 지내는 뱁이나 배우는 게 고작이쥬, 뭐. 문자래봐야 벽에 걸린 읍내 만수 한약방 달력에 적힌 절기나 들여다보는 것이 전부이구유. 그래서 메칠 전부팀 그 머리가 그 대가리인 것들끼리 이마를 맞대구, 도토리 키 재기를 했으니 워디 논구렁에서 와와대는 개구락지마냥 즈마다 옳다구 악만 쓰지, 머, 제대루 아는 이가 하나라두 있어야쥬."

땀에 절어 후줄근해진 곽에서 꺼낸 담배 한 개비를 입에 물려주며 우칠은, 사람에게 반드시 전생의 흔적이 얼굴에 나타난다면 촌에서 놓아먹인 소나 말이 영락없었을 웃음을 얼굴 가득 담아 놓았다. 께름칙한 담배를 건성으로 몇 모금 빨며 재명은 그가 갑자기 착살맞게 달라붙는 연유를 조심스러워했다.

"발써 두텁골 볕 바른 언덕배기에 오종오종 누워 계시지만, 어른들 생전에 하신 말씀에 따르자면, 새냇말 웃댁자리에 여흥 민씨 민비네와 몇 춘 오래비 되시는 분이 아흔아홉 칸 고래등 거튼 거옥을 짓구 수염 쓰다듬구 살았다는디, 민비가 살았을 적에는 그 세도가 하늘을 찔러서 장날이면 이 앞을 지나는 장꾼들이 길바닥에 납죽 엎드려 절을 허구서 지나가야 혔구, 인근에 그이네 땅을 밟지 않구는 한 발짝두 댕길 수가 없었단 말이 있슈. 그이가 워낙 말 타구 산행 나가는 걸 즐겨서 세상의 좋은 밀이라믄 재물을 아끼지 않구 바꿔오는디, 궁에 있는 누이 덕이겠지만 적토마 비스름한 명마 한 필을 읃었다는 거유. 그 말을 워찌나 애끼는지 산엘 가나, 장엘 가나 꼭 그 말만 올라타구 댕겼다는디, 잠시도 잔등에서 내려오질 않고 밤낮으로 산 넘고 물 건너 오만 군데를 다 끌구 댕기니 워디 말이 배겨내겠슈? 견디다 못한 말이 여그 광대울 고개를 넘다가 그만 맥없이 주저앉드니 그 자리서 일어나덜 못허구, 끝내 주인이 보는 앞에서 숨을 거뒀다구 허대유."

돌아가려면 해가 기울기 전에 읍내로 나가 서울 가는 버스를 타야 하는데, 애초에 들으려던 에프티에이 이야기는 꺼내지도 못한 채 난데없는 양반집 말 이야기를 듣고 있자니 재명은 가슴이 답답해졌다.

"지가 묻고 싶은 것은 다름 아니라 웃댁에 살았다는 여흥 민씨 양반네가 참말 여그에 살았는지, 무슨 분순부윈(奮順副尉)가 뭔가 허는 벼슬을 해 잡쉈다는디, 그게 사실인지 궁금허구먼유. 글구 증말 알고 싶은 건 따로 있는디, 뭐, 이런 걸 물어봐두 숭이나 안 되는지 모르겠네유. 동니 사람들 말루는, 모다 즤 할아버지헌티 들었다는디, 워낙 말을 애끼는 민씨네 양반이 죽은 말을 여그 고갯길에다 묻었다 허대유. 그러거나 말거나, 우리 겉은 이야 말이구 뭐이구 평생 땅만 파 먹구 살아오느라, 농삿일에나 관심이 있구 나라에서 허는 일에나 미력을 보태는디, 남 야그라믄 죽구 못 사는 이덜두 드문드문 있거든유. 돈 안 드는 야그라믄 상갓집 꽁술보담 더 밝혀가메 밤낮을 잊는 이들이 여그 광대리 안골 사람들인디, 그 버릇 어디 가겠슈. 입이 열이믄 생각두 열인 거유. 을매 전에 있던 일두 그런 셈이쥬. 마을 길 가생이에 풀이 더부룩혀서 밤이믄 뱀 나올까 겁이 날 지경이 되어 오랜만에 동니 부역을 허게 되었슈. 머리 허연 이들은 새벽버텀 낫을 반들반들 갈아 갲구 나왔는디, 멫 안 되는 젊은 것들이 콧배기두 안 내미는 거여유. 이장이 마이꾸루 목이 터져라 방송을 혀구서야, 지난 밤에 마신 술이 들 깨었는지 비척거리며 느지막히 기들 나오는 거여유. 해가 똥

구녕을 치받을 때가 되어 가지구서야 말이유. 그러구서는 기껏 헌다는 말이 요즘이 어느 시절인디, 금 겉은 공휴일날에 쉬는 사람 불러내여 강제노역을 시키느냐구 됩대 툴툴거리는 거여유. 제우 즈 앉은 자리 풀 모가지 한 줌 비어 놓구는, 그것두 일이라구 참으로 내온 막걸리 앞에는 으른들 밀어 놓구 젤 먼저 차구 앉더만, 게 눈 감추듯 조깝데기 막걸리 서너 통을 비워 버리는디 기가 맥혀 말이 안 나오대유. 좋어유. 먹는 거 두구 뭐랄 순 읋으니, 그렇게라두 처 먹었으믄 염치가 얌치라구 일을 허는 척이라두 헐 거 아녀유? 정자나무 그늘에 기들어가 신 트름을 허믄서 기껏 헌다는 야그가, 고랫적에 진토가 되구두 남았을 민씨 양반네 말새끼가 여그 묻혔네, 아니네루 한나절을 지새는 거여유."

그렇게 시작하여 발밑에 수북이 담배꽁초가 쌓일 동안 우칠이 들려준 이야기는 다음과 같았다.

거기 모인 용철이니, 병호, 경수로 말하자면 우칠보다는 나이가 두엇이 아래라서 국민학교 다닐 때는 어지간히 성가실 정도로 꽁무니를 따라다녔던 것들이었다. 시오릿길을 걸어가야 하는 통학길에는 다리가 아프다고 징징거리는 통에 하나씩 번갈아가며 업어주곤 했다. 하는 짓들이 어려서부터 밉살맞아서 애써 등을 빌려 업어 주면 남의 저고리 등판에다 온통 번들거리도록 코나 발라놓던 것들이었다. 그런 것들이 이제는 저도 자식을 낳아 무릎 꿇려 앉혀 놓고 훈계라는 걸 할 나이가 되었다 싶은지, 농이라도 주고받는 술자리에서 슬그머니 말꼬리를 내려놓기 시작했다. 하도 기가 막혀 맥없이 웃고 말았더니, 이제는 아예 '재범 아부지'라는 말을 조금의 주저함도 없이 함부로 불러대는 것이었다. 그렇다고 머리가 희끗거리는 나이에 위아래를 따져 보자며 멱살잡이를 벌이는 것도 사람 꼴 우스워지는 일이라 아예 소 닭 보듯 지내왔다.

그날도 제 돈 한 푼 도른 것도 없는 막걸리 통들을 턱하니 발밑에 끌어다 놓고는 여기저기 떡 돌리듯 술 인심을 쓰면서 '재범 아부지도 와서 한잔 하라'며 생색을 내는 꼬락서니가 보기 싫어, 뒷머리를 흥건히 땀에 적시면서도 대구 길바닥의 풀만 베고 있었다.

"아, 동니 일을 쉬엄쉬엄 허는 거지, 무신 충신 났다구 목두 안 축이구 일을 헌댜?"

"냅둬여. 지도자가 달래 지도자여? 우리겉은 흑싸리 껍데기덜이야 막걸리 비우는 재미루나 허는 것이지만, 지도자는 국가적으루다 운명을 함께허는 분인디, 쉴 틈이 어딨겠어?"

요새 제 논에다 오리 풀어 놓고, 서울에서 놀러오는 이들에게 유기농이니 뭐니 한다고 마이크나 잡은 뒤로는 감물 들인 개량한복부터 걸쳐 입고, 턱주가리에 염생이 수염까지 매단 병호가 깐죽거리며 얄미운 소리만 달아 놓았다.

한마디 쏘아 붙여 주려다가 우칠은 목까지 치밀어 오른 말들을 진가래 삼키듯 되넘기고 말았다. 세상 변할 때마다 남의 등 떠밀어 앞세우고, 뒷전에서 눈 굴리다가 앞에 놓인 떡이 삼켜도 좋을 법하다 싶으면 언제 제가 등을 밀어 주었냐 싶게, 남을 밀어젖히고 앞에 나서서 난 체를 하는 것들을 어디 한두 번 보았던가. 어르신 생전에 저마다 애국자라고 손가락 깨물어 '충성 충(忠)' 자 적던 것들이, 가문 밭에 가랑비 스미듯 자취도 없이 몸을 숨긴 것만 보아도 알 수 있는 일이다. 어르신이 흉탄에 쓰러지는 변고를 당하자, 하수상한 세상에 납작하니 엎드려 눈치를 살피다가 '새 세상이 밝았다'며 한껏 감격스러운 목소리로 어르신 치세를 암흑기에 빗대며 콩이야 팥이야 험한 주둥이들을 놀려대던 것들이 어디 흉 거리나 되는 세상이더냐 말이다. 우칠은 그렇게 속으로 분을 삭이며 아예 병호 패들의 지분덕거림에도 대거리를 하지 않았다.

몇 번 찔러대도 반응이 없자, 저들끼리 찧고 까불던 병호 패거리들은 '이제 웬간히들 먹었으믄 일허는 척이라도 허자'는 이장 말에도 들은 척을 않고 공연히 아침결에 고추밭에 약 치러 가는 범석이네 경운기를 손가락질하며 말을 달았다.

"아무리 내놓을 건 맑은 물, 선헌 공기뿐이라는 촌이라지만 혀두 너무들 허네. 저게 솔가지 때서 굴러가는 목탄차여, 기름 먹는 경운기여?"

"똥구녕으로 쏴대는 거이니 직 입으룬 안 들어간다 이거지, 뭐."

"환경이 생명이란 말두 못 들어봤나. 유럽서는 녹색당이라구 혀서, 환경 지키는 이들이 정치두 맡아서 허는 판이라는디, 노상 방원이가 조카 잡는 연속극이나 볼 줄 알지, 그런 늬우슨 보덜 않으니 알 턱이 있나."

"그랴두, 보기보담 심은 좋네 그려. 약통 가득 싣구 끄떡읎이 겨울 라가는 거 보니."

패들은 꽁무니로 시커먼 매연을 뿜어내면서도 털털거리며 언덕을 오르는 경운기와 풀숲에 머리를 박고 있는 우칠에게 번갈아 가며 삿 대질을 해댔다.

"그랴두 저거나마 있으니 밭이라두 갈아먹지, 예전 같았으믄 지게 루 전부 져 나를 판여."

"촌에선 저보담 요긴헌 물건두 읎어. 밭 갈구, 짐 나르구, 워디 그뿐 여. 가물면 땅 파서 물 끌어 올리구, 홍수나면 물 퍼내구."

"웅덩이 퍼서 미꾸리 건지구."

도통 윗사람 말도 안 타고, 안하무인격으로 노는 병호네 꼴이 눈 서 서 머리 허연 축들이 슬그머니 자리를 뜨고 이제 남은 건 풀 깎는 우 칠과 연장을 챙기는 이장뿐이었다. 어쩌나 지켜보자니, 무얼 가지고 서로 옳다고 씩뚝꺽뚝 목소리를 높이는 중이었다.

"경운기가 아무리 거시기 허대두, 예전 소나 말에 비할까. 꼴이나 한 줌 베어다 던져 주면 왼종일 쟁기를 끌구두 군말 한번 읎으니, 요 즘처럼 지름값 다락겉이 오른다구 걱정을 허나, 그저 만고강산이지."

"소는 거저 생기나? 그것두 다 살피구 멕이구 혀야지. 글구 입 달린 짐승이 워째 기계만 같겠어? 툭허믄 입질허느라 딴전부리구. 느려 터 져가지구 긴 밭 두 새 갈믄 반나절 지나가는 거에 비헐까."

"경운기는 을매나 빠르다구 소를 탓헌댜? 글구 워째 그 동니는 소

110

만 있구, 말은 옳았나 보네."

"김유신 장군 말 달리든 화랑 관창 시절두 아니구, 촌구석에 무슨 말이랴?"

"말루다 연자방아 돌리구, 새색시 시집올 즉에 싣구 오는 달력 그림 두 못 봤능가 부네. 아마 공화당이었나 부네."

"워째 그 대목서 공화당이 나온댜?"

"채신당 약국 쥔이 신민당으루 의원 한 번 해 묵을려구 연년세세 나 눠 주던 달력에 보믄, 말 타구 장개 가는 그림이 꼭 들었는디, 그것두 못 봤으믄 소머리표 공화당 아니겄어?"

"소머리표는 삼강 마가린 빠다 회사여. 뙥뙥히 알구나 지껄여."

그렇게 촌에 말이 흔하니, 아니니 옥신각신하던 패들이 하도 우스 워 잠시 낫을 놓고 망연히 바라보고 있자니, 패들은 우칠에게 누가 옳 은지 가늠을 물어왔다.

"재범 아부지, 뉘 말이 옳은지 심판 줌 혀 보슈. 예전에 동니마다 말 타구 장개가는 일이 있었슈, 옳었슈?"

우칠은 지금 와 생각하면, 그때 하던 대로 풀숲에 머리 박고 낫질이 나 부지런히 할 것을 그따위 지나가는 개도 주워 먹지 않을 허튼소리 에 물려 들어간 것이 두고두고 후회되었다. 우칠은 집 나간 마누라 말 대로 제 일도 제대로 못 챙기는 주제에 남의 일이라면 얻는 것 없이 끼어드는 오지랖이 병이었다.

"심들게 예전꺼정 올라갈 일이 뭐 있댜? 재 너머 가오실 즌천이는 작년 갈에두 말 타구 장개갔는디."

마지못해 답하듯 시큰둥한 목소리로 우칠이 허리를 펴고 한마디를 얹어 주었다. 마냥 모기떼가 뜯어대는 풀숲에 머리 박고 있기도 견디기 힘들고, 아침부터 땀을 흘린 탓으로 목도 말라 우칠은 핑계 삼아 낫을 놓고 그늘 밑에 뉘어 놓은 막걸리 곁으로 다가앉았다.

"그야, 즌천이 삼춘이 마방에서 일을 허니께 한 마리 빌려 온 것이지, 워디 흔헌 일여?"

"빌린 것이든, 사온 것이든 신랑이 말 타구 장개가는 게 우리게 법도인 건 초등핵교 들어간 애덜두 다 아는 사실여."

되바라지게 아는 척을 해대던 병호를 초등학생보다 못한 축으로 몰아주고 나니, 우칠은 아까부터 무지근하던 속이 시원하게 뚫리는 기분이었다.

"법도두 법도 나름이지, 나귀 새끼라믄 몰러두 이런 촌구석에서 말이 가당키나 혀. 내 근동 십오 개 리서 말 타구 장개갔다는 말은 들어본 적이 읎네그려."

그 정도서 입을 다물려던 우칠은 제 아우 닦아세우듯, 아예 토막말을 함부로 내뱉는 병호의 버르장머리가 하도 괘씸해서 또 말을 받고 말았다.

"거기는 사일구루 이 박사 쫓겨난 것은 복중에서도 못 들었을 테니께, 예전 일은 잘 모를 것이지만, 조금 오래 살았다 싶은 이덜은 다 아는 사실여. 우리 마을만 혀두 민씨댁 큰어른 겉은 이는 장엘 가나, 마실을 가나 노상 말 등에 얹혀 다닌 이여."

"제미. 두 번만 오래 살았다간 호랭이랑 맞담배질 혔다겠네. 조선시대 민씨 으른이 말 타구 다니는 걸 재범 아부지가 눈으로 지켜봤냐 이 말이여?"

"꼭 봐야 이순신 장군이 왜적을 물리쳤다 믿겄어? 솔개미츠럼 공중에 올라서 내려봐야 호미곶이 토끼 꼬린지, 호랭이 꼬린지 믿겄냔 말여? 다 으른들 허는 말씸 귀루 듣구 허는 말이여."

"워째, 그 말씸이 그 귀루만 출입헌댜? 내두 귀때기 붙이구 사는 인종인디……."

"그러게 머리 허여진다구 다 같은 게 아니래니께. 한 살이래두 더 주워 먹은 이가 지내가는 말 한마디래두 더 읃어 듣지 않았겄어?"

은근히 나이를 앞세우는 우칠의 속내를 늦게야 깨달은 병호는 '끙' 소리를 내며 입을 다물었다가 이내 깐죽거리는 입을 열었다.

"그려, 뭐헌 이들이 머리 허여지면 꼭 나이 치수부텀 따진다는디, 그 순으루 북망 가는 줄은 알구나 있는 줄 모르겄네."

북망산까지 끌어다 대는 병호가 참 상종 못할 인간이라 여겨져, 우칠은 불끈 자리에서 일어서려 했지만 그냥 자리를 뜨는 것도 분한 일이었다.

"그러니 한 살이래두 더 먹은 이가 허는 말을 잘 들어 두. 민씨 으른 말 태구 다닌 거는 모실 홍옥 할배두 얘깃자리마다 허는 말씸인디, 그 으른네 말이 여그 고개를 넘다 갑자기 다리를 꺾구 죽어서 묻었다는

디를 눈앞에 두구두 못 믿겄다믄 워쩌겄어. 청맹과니루나 여겨야지."

평소 만만히 보던 우칠에게 청맹과니 소리까지 들은 병호는 웬만해
선 사람 말을 타지 않던 유들유들한 얼굴에 벌겋게 열꽃을 피웠다.

"아니, 그러니께 민씨네 말 묻은 자리가 지금 여그 있다 이 말씸여?"

"그건 내두 들은 적이 있어. 워낙 말을 애끼든 으른이라, 여그다 사
람 묘츠럼 묻어 주었다든디."

"내두 살긴 오래 살었나베. 타구 댕기든 말 장례 치러 준대는 말꺼
정 듣는 걸 보니. 예끼, 아츰부텀 귀신 씨나락 까묵는 소리 작작혀."

병호는 물색없이 말 틈에 끼어든 경수에게 화풀이 삼아 한바탕 부
아를 냈다. 잠시 멀쑥해졌던 경수도 분이 나는지, 고개 중턱을 손가락
으로 짚어가며 제가 들은 이야기를 멈추려 하지 않았다.

"돌아가신 울 할아부지헌티 들은 말여. 바로 저그, 뭉툭허니 불거져
나온 자리가 바로 민씨네 말 무덤이래는 소리꺼정 들었는디."

"시방 전설의 고향 찍는 겨? 아츰부텀 마신 막걸리에 발써 취한 겨?
헛소리를 허게."

"그럼 거긴 내 돌아가신 할아부지께서 허는 일 읇어 헛소리를 혔단
말여? 헛소린 누가 허는지 모르겄네."

오리발처럼 붙어 다니면서도 엄지 노릇을 하던 병호에게 치여서 늘
목소리를 낮추고 지내던 경수도 제 조부를 욕 뵌다 싶었는지 정색을
하며 대들었다.

"갈수록 가관이네그랴. 경운기보덤 소가 낫다는 이가 있더니, 촌서

말 태구 장개거는 게 흔헌 일이라 아는 체 허는 이가 읎나, 이젠 무너진 밭두둑이 고릿적 말 무덤이라 우기는 엄벙덤벙이꺼정 등장허네."

엄벙덤벙이라는 소리를 들은 경수는 불끈 화를 내며, 자리에서 몸을 일으켰다.

"그름 입 아프게 지껄일 게 아니라, 까 보믄 될 거 아녀?"

"까 봐? 무슨 화투짝인가 까 보게."

"누가 엄벙덤벙인지 파 보잔 말여."

제게 날아오던 불똥이 강 건너로 날아가자, 우칠은 병호와 경수가 울룩불룩 다투는 모습을 멀찌감치 서서 느긋이 바라보았다.

"근디, 민씨 으른네 말이라믄 파 묻은 보화두 제법 쏠쏠허겄네."

평소와 달리 잰 주둥이를 꾹 다물고 곁에서 다투는 모양만 샐샐거리며 바라보던 민대가리 용철이 끼어들었다.

"보화?"

"안 그려? 방구깨나 뀌던 집안넨디, 그리 애끼든 말을 그냥 묻었겄어? 묘꺼정 써서 묻었다믄 노잣돈이며, 허다 못혀 끼니 채울 탱기나 보시기라두 넣어 두었겄지."

네가 옳으니, 내가 옳으니 씩둑거리던 패들은 난데없는 보화 소리에 침 소리가 나게 투레질을 하더니, 이내 고개를 배배 꼬며 얼굴에 잔웃음을 지었다.

"허다못해 구슬 달린 안장이라두 묻었어 봐. 그것만 혀두 보화구 말구."

"말을 묻었다믄야."

제가 한 소리가 있으니 덥석 한입에 달려들지는 못하면서도 공것이
라면 입 안에 침부터 괴던 병호가 목소리를 한결 누그러뜨리며 말을
이었다.

"황새울서 논 갈다가 파낸 사금파리 쪼가리 개지구두 왼 여름내 교
수버텀 문화재 공무원들꺼정 그런 난리가 읎게 북새통을 벌인 거 보
구두 몰러?"

"뭔 삭은 생철 조가리두 나왔다든데."

"왕관이려. 백제 무신 왕 꺼라든데."

"왕관이믄 뭐혀? 공연히 신고혀가지구 여름내 폐농허구 게우 십만
원인가 을매 받았대는 걸."

"허느니 내 말이여. 열쳤다구 신골 혀? 슬그머니 광에 뉘 두었다가
알음알음 임자 찾어서 넴기믄 큰 거 한 장은 너끈히 챙길 턴디, 남헌
티 헛뙤뙤이 소리나 듣구 그게 뭐여."

제가 한 소리도 까맣게 잊고, 병호는 또 나서서 남의 말을 늘어놓으
며 자발머리없이 난 체를 하고 있었다.

"시상이 조석으루 바뀌는 판이라, 이태만 지나믄 고릿적이 되는 거
여. 을매 전까지만 혀두 다 쓰러져가는 초가삼간에 으레 들어앉았던 고
리짝이 박물관에 가 으젓이 앉어 있구, 허다못해 외양간에 걸어둔 구유
부텀 추녀 끝에 매달아 사금사금 삭은 멍석두, 민속품이라 혀서 비싼
값에 사구파는 시상에, 조선 양반이 타든 말안장이면 보화구 말구."

언제 악을 쓰며 다퉜느냐 싶게, 한 목소리로 입을 모아 지껄여대는

116

수작들이 우스워 우칠은 돈 안 드는 고개만 대구 주억거리며 담배만 폴폴 피워댔다.

"근디 저걸 워뜨케 판대? 사람 삶아 묵게 더운 날에……."

"장비루 혀야지."

"장비는 거저 쓰나?"

약삭빠르기로는 누구 하나 더도, 덜도 않을 셋은 이야기가 막상 돈이 들어가는 부분에 이르자 물을 끼얹은 듯 잠잠해졌다.

"근디 거시기는 증말 묻힌 거여?"

"이잉, 안쪽두 내 말을 못 믿는 겨? 그러게 파 보자는 거 아녀."

"근디 일껏 파서 썩은 내 나는 말 뼈다귀만 나오믄?"

"갑갑혀. 맥읎이 묻을 바에는 묘는 워째 쓴댜? 그냥 약 먹은 개 치듯 내다 버리구 말지."

기연가미연가 못 믿어하는 병호에게 제 가슴을 두드리며 경수가 답답해하자, 곁에서 막걸리 남은 걸 비우던 용철이 나서서 입을 막았다.

"평생 얹혀 댕긴 것인디, 읎는 집두 아니구 있는 집서 그냥 묻기야 혔겠어?"

"근디 어서 장비를 댄댜? 당장 선금부텀 달랄 틴디."

서로 얼굴만 바라보던 패거리들의 눈이 일제히 옆에서 담배를 빨던 우칠에게 모아졌다. 우칠은 어리둥절한 채 자신에게 쏠린 패들의 눈을 우선 피하기 바빴다.

"들어온 구녕이 있으믄 나갈 구녕도 있다더니……."

"발 넓기루는 재범 아부지, 아니 우리 지도자 양반 따를 이가 없쥬. 저 읍내 화룡장비 김 사장두 재범 아부지허군 막역헌 사이라든디……"

"하여간 우리 겉은 쭉쟁이들은 두름으루 엮어 내두 지도자 양반 발뒤꿈치두 못 따라간대니께."

저들끼리 눈을 찡긋거리며, 기름 안 드는 비행기를 돌아가며 태워대는 바람에 우칠은 벙벙하긴 했지만 썩 나쁜 기분만은 아니었다.

하긴 화룡장비 김 사장과는 새마을 지회 회원 간이니까, 막역한 사이라는 말이 영 그른 것은 아니었다. 다만 자고 나면 공사 벌이던 예전만큼은 못하니, 일감이라도 얻어내려고 지회 식구로 들어온 김 사장이 예전만큼 봉사적일지는 장담할 수 없는 일이었다.

"막역허믄 돈 읂이두 되는 줄 아는가 부네."

우칠이 행여 자신에게 불똥이 튈까 봐 서둘러 침을 놓았다.

"누가 공짜루 해 달랠까베. 아, 땅을 파믄 보화가 쏟아질 판에, 웃돈을 얹어주믄 얹어주지, 공짜루 일을 시켜 먹을께베 그려여."

"안장만 파내두 메칠 장비 값은 뽑구두 남지."

그러거나 말거나, 우칠이 먼산바라기만 하고 있자니 저들끼리 무어라 주둥이를 맞대고 돼지새끼들처럼 꿀꿀거리더니, 병호가 앉은뱅이 걸음으로 다가앉는다.

"근디 우리 겉은 허릅숭이들 보구 선일버텀 해 줄 이덜이 있어야지. 그런 일이래믄 발 넓은 지도자 양반밲에 기댈 데가 읂다니께."

"그랴서 사람은 안면이 재산이라는 겨. 우리 겉은 것덜은 장바닥에 왼종일 서 있어야 허다 못해 땡볕에 고생헌다구 션헌 물 한 보시기 떠다 줄 이가 옶대니께. 헛산 거여, 오십 평생을 홑껍데기루 살아온 심여."

"말이 쉽지 그게 아무나 될 일여? 지도자 양반 겉은 이가 이런 촌구석서 낫질이나 허구 있으니 속 모르는 이덜은 맥옶는 농부루뱄에 안 보겠지만, 면내 십오 개 리서야 광대리 새마을지도자 허믄 쨍혀지. 솔직히 말혀서 이런 디서 묻혀 지낼 양반이 아닌데, 아까운 양반여."

"지금두 읍내 나가믄 그려두 헌다 허는 이들허구만 친교를 맺구, 대소사 있을 적마담 빠짐옶이 모셔다 호이를 허는 것만 봐두 그 발이 을매나 넓은 거여."

듣기 좋으라고 하는 소리인 걸 번연히 알면서도 우칠은 그다지 귀에 거슬리지가 않았다. 솔직히 제 자랑 같지만 반백이 되도록 살아온 오십여 성상이 그저 깨진 독 구멍으로 드나드는 낙목한풍(落木寒風)처럼 허전하기만 한 것은 아니었다. 사람이 산다는 게 무언가. 재물도 좋고, 명예도 귀하지만 남들 입에서 나올 평판이 심판 아니던가. 사람이 죽어서 이름을 남긴다는 말이 거저 생긴 말이 아니었다. 비록 지금 세상이 아사리판으로 돌아가고 있지만, 여태껏 오로지 조국과 민족을 위해 살아왔다는 자부심만으로도 우칠은 가슴을 활짝 펼칠 수 있었다. 한 사람의 인생 농사를 가름하는 것은 어려운 일을 당할 때 드러나는 법이다. 조석으로 변하는 것이 인심이고, 얼음 녹고 기와 깨지듯 자취 없이 사라지는 것이 세상사라지만, 지금도 일이 궁해지면 어김

없이 저를 찾아오는 사람들만 봐도 우칠은 여태껏 살아온 제 인생이 마냥 허망한 것만은 아니라는 생각이 들었다. 공연히 속 좁은 여편네가 그 깊은 뜻을 모르고, 세상 잡것들 놀아나는 꼴에 현혹되어 살림을 작파하고 뛰쳐나갔지만, 언제고 고개 꺾고 비척거리며 애 앞세워 기어들어 올 것이 번했다.

"그려서 드리는 말씸인디, 장비 하나 선일루 부를 수 읎을까여?"

병호가 우물가 처녀가 외간 남자 앞에서 댕기 꼬듯 모가지를 배배 틀면서 우칠에게 아양을 떨었다.

"장비?"

"아무래두 저걸 파 보려믄 장비가 들어와야 허니께. 아까 지도자 양반 말씸으루두 민씨 어른네 말이 저기 묻혔댔으니……."

자발없이 자신을 물고 들어가는 병호가 얌통머리 없었지만, 우칠은 모처럼 손을 모으고 제 앞에 비칠거리는 패들 보는 맛이 참깨를 한 움큼 입에 털어 넣은 것보다 고소해 이리저리 말을 늘였다.

"아무리 급혀두 말은 거시기 허란다구, 묻었다더라는 소리지, 워디 묻혔다구 헌 소리는 아니여."

"엎어치나 메치나 매 한소리유."

"그나저나 내가 홍길둥두 아니구, 돈 없이 뭔 재주루 거시기를 빌린대?"

"에으, 뭔 겸손의 말씸을 그리 허신댜? 천하의 지도자 양반이 장비 하루 못 빌린대믄 누가 믿겠수? 화룡장비서껀, 면장이구, 파출소장이구 막역허게 지내는 사이인 건 여덟 살 애들두 알고 있는 거신디."

"아주 모른다구 헐 수는 읎지만서두."

"하루랄 것두 읎슈. 그냥 바가지루 폭 한 삽만 뜨믄 될 일인께, 그이들두 그닥 싫진 않을 겨유?"

우칠은 그러잖아도 얼마 전, 새마을 지도자들이 모여서 옻닭을 먹던 날에 화룡장비 김 사장이 일거리가 없어 밥 굶을 판이라며 하소연 삼아 하던 말이 생각나 이리저리 머리를 굴리고 있었다. 잘하면 고맙다는 소리 들어가며, 동네에서도 모처럼 생색을 낼 일이었다. 우칠은 눈을 가느스름히 뜨고서는 장비가 들어와 할 일거리를 가늠하느라 성칠네 묵정밭 두둑께를 분주히 둘러보았다. 말 무덤이란 것은 그 밭 언저리에 불룩하니 얹혀 있었다. 성칠이가 서울로 떠난 뒤로 노인 두 양주만 남아, 틈틈이 고구마도 심어 먹고, 들깨를 털어 기름이나 짜 먹다가 이태 전에 바깥노인이 풍으로 쓰러진 뒤로는 그냥 망촛대만 우거져 멧토끼들 배만 불리고 있었다. 장비가 드나들어도 허리까지 치솟은 덤불들을 눌러 줬다고 고마워하면 고마워할 일이었다.

"반나절두 안 걸린대니께여."

우칠이 보기에도 두어 시간이면 해치울 일이었다. 어디 일을 끝내고 돌아가는 길에 잠깐 들르면 큰 비용이 나갈 일도 아니었다.

"장담은 못 혀."

일단 전화를 넣어 보겠다는 말에 패들은 우칠 앞에 먹다 남은 막걸리를 다투어 따라 바쳤다.

지난여름에 무너진 제방을 다시 쌓느라 읍내 장비들이 죄다 동원되었다며, 화룡장비 김 사장은 우칠의 안면을 봐서 장비 하나를 빼서 들르겠다고 공치사를 했다. 들은 말 그대로 패들에게 돌려 준 우칠은 제가 아니면 빌리지도 못했을 장비가 트럭에 실려 동구 밖에서 털털거리며 들어오는 걸 코에 힘을 주고 바라보았다.

큰길까지는 쉽게 들어온 포클레인이 막상 땅을 팔 곳으로 가자니, 밭두렁이 좁아 이리저리 의견들이 분분했다. 결국 변씨네 채마밭 머리를 잠깐 개기고 들어가기로 했다. 나중에 삽으로 손을 봐 주면 될 일이었다.

"자, 개봉박두여."

포클레인 바가지를 이리 대라, 저리 대라 손가락질을 하던 경수가 입 안에 괸 침을 거푸 삼키며 궁금해 견디기 어렵다는 얼굴로 말했다. 궁금하긴 죄다 마찬가지였다. 애써 무관심한 척하던 우칠도 곁눈질로 이제 막 한 삽 떠 낸 구덩이 속을 들여다보았다. 금세 눈앞에 번쩍거리는 장식들을 두른 마구와 진기한 골동품들이 쏟아져 나올 듯했다. 행여 삽날에 부장품이 다칠까 봐, 온갖 잔소리를 들어가며 포클레인 기사도 조심스레 장비를 움직였다.

"이짝으루 한 삽 뜨 봐. 살살 혀. 백자 항아리가 나올 줄두 모르께."

이제 움푹하니 패여 나가는 구덩이 안으로 몸을 기울이며 용철이 참견을 했다. 넉넉잡고 두어 삽이면 뭉떵 들어낼 줄 알았던 구덩이는 그런 잔소리에 시달려 벌써 스무 삽도 더 팠다. 포클레인으로 달걀에다 도장까지 찍는다는 화룡장비 송 기사도 보물이 묻혔다는 말에 여간 신중한 게 아니었다.

"밀례(면례緬禮) 일루다가 사람 묵은 거슨 즉잖이 끄내 보았지만, 망아지는 첨여유."

반바지 차림으로 운전석에 앉아, 땀이 차는지 사타구니께를 긁적이며 송 기사가 오뉴월 소불알 늘어지듯한 말투로 구시렁거렸다.

"근디 고사두 안 지내구 막 파내두 되는 겨?"

무언가 뒤가 켕기는 얼굴로 용철이 중얼거렸다.

"여, 있잖여."

마시다 남은 막걸리를 종이컵에 따라 구덩이 앞에 놓고는 병호가 파리처럼 두 손을 비벼대기 시작했다.

"더두 말구, 누런 놈으루다 한 자루만 주십슈. 너무 과한가?"

"세 자루는 있어야지."

그렇게 노닥거리면서 근 두어 시간을 파댔지만, 말 무덤이라 지목한 구덩이 속에선 보물은커녕 축축한 말 뼈다귀 한 도막 나오질 않았다.

"여그가 맞어? 똑똑히 좀 봐봐."

가장자리에 쪼그리고 앉아 까딱 잘못하면 구덩이 안으로 거꾸로 들이박힐 듯 목을 늘이고 있던 병호가 경수를 다그쳤다. 벌써 허리께까지 판 구덩이 안에서 돌멩이들을 뒤적거리던 경수가 튀어나와 이리저리 주변을 살피기 시작했다.

"분명 여그가 맞을 턴디……. 이태 전에 큰물 났을 때, 사태가 나드니 옮겨 앉았나?"

"무슨 나룻밴가? 큰물에 옮겨다니게."

"줌 진득허니 있어봐. 촐싹거리구 입방정 줌 떨지 말구."

경수는 닦달하는 병호에게 눈을 부라리곤 애기똥풀이 질펀하니 덮여 있는 밭 웃머리로 휘적거리며 올라갔다. 발로 풀숲을 이리저리 헤치던 경수가 이쪽을 향해 소리를 쳤다.

"여근가 봐."

팔만큼 판 구덩이를 버려두고 모두들 경수가 딛고 선 언덕배기로 올라갔다. 비탈이 진 데다 오래 묵혀 놓아 웃자란 풀들로 불룩하니 튀어 오른 곳이 잘 분간이 되질 않았다. 기연미연하면서도 다른 수가 없으니 포클레인으로 몇 삽 파 보기로 했다. 첫 삽에서 사금파리 조각이 나와서 모두들 기대에 찬 눈으로 들여다보았지만 더 이상은 별 무소득이었다.

"옘비, 망아지는커녕 끄실린 개 뼉다귀 하나 읎어."

부장품에 눈이 멀어 잠시 잊고 있던 제 주장을 비로소 되찾은 병호는 콩 튀듯 팥 튀듯 이리저리 뛰어다니는 경수에게 빈정거리는 한마디를 잊지 않았다. 그러면서도 누구 하나 장비를 돌려보내자고 하는 사람은 없었다. 어차피 불러 댄 장비이니, 몇 군데 더 파기로 했다.

잠깐 일이라 해서 들렀는데, 일이 늦어지자 송 기사는 두툼한 입을 비죽 내민 채 심통이 났다. 오후 한 시까지 상구리 개울둑 공사에 가기로 했다는 그를 꾀어 저마다 "여기다, 저기다" 하면서 파게 한 구덩이가 여덟을 넘었다. 점심도 거른 채 구덩이를 파던 송 기사가 공사장에서 걸려온 전화를 받고, 화급히 돌아가지 않았으면 아마 성칠네 밭은 기동훈련 나온 군인들 참호 꼴이 되었을 것이다. 화산 분화구처럼 여기저기 뻥뻥 뚫린 구덩이들을 보며 "네가 옳네, 내가 옳네" 다시금 입 싸움을 벌이던 패들은, 결국 불똥가지가 난 경수가 목에 두른 손수건을 구덩이 속에다 패대기를 치고 떠나자, 손가락 새로 물 새듯 슬그머니 자취를 감추었다. 좀 전까지만 해도 큰 횡재라도 할 것처럼 주둥이를 모으고 씩둑거리던 것들이 목에 핏대를 올리며 다투는 꼴이 보기 싫어 우칠이 제 밭 그루에 돋은 풀을 매고 왔을 때는 막걸리 묻은 종이컵만 여기저기 나뒹굴고 있었다.

일이 묘하게 꾄다고 생각했을 때는 이미 낭패가 난 한참 뒤였다. 온종일 구덩이 파는 걸 지켜보느라 포클레인에서 내뿜는 기름내를 맡았던지, 속이 느글거려 찬밥에 물 말아 매운 고추 몇 개로 저녁을 때운 우칠은 아무래도 안 되겠다 싶어 경수에게 전화를 넣었다.

"워째, 여럿이 한 일을 내헌티만 즌화를 헌대? 가뜩이나 왼종일 귀중헌 시간 날리구 팔자 읎는 구덩이 파느라 고생헌 사람에게."

더 얘기해 봐야 입만 아플 것 같지만, 우칠은 다른 것들에게도 같은 전화를 넣어 보았다. 일을 시켰으면 장비 삯을 내 주어야 하는데 어떻게들 할 것이냐, 일은 시켜 놓고 간다는 말도 없이 슬며시 가 버리면 어쩌자는 것이냐, 우칠은 모처럼 언성을 높였다.

"근디 참 거시기허네. 만만헌 게 뭐시라구, 장비 삯은 민가네 말이

묻혔네 워쩌내 하믄서 이 지경을 만든 이헌티 받아야지, 워째서 츰부
텀 말리던 사람에게 떼를 쓴다?"

"내야 이짝두 아니구, 저짝두 아니구 중간서 귀경헌 죄뱎에 읎는디,
뭔 삯을 처 내랴?"

하여간 셋이서 쪼개든, 모개로 어느 인간이 물든 알아서 하라고 전화
통을 부서져라 내려놓았지만 우칠은 이번에도 결국 애먼 일에 끼어 까
딱 잘못하다간 사람 꼴 우습게 되고, 재물은 재물대로 축이 날 판이었다.

며칠을 기다려 보았지만, 병호네 패들은 쪼갤 게 있으면 제 몸이나
나눠 가지라는 식으로 벌렁 나자빠지고, 화룡장비에서는 거기대로 바
쁜 중에 우칠을 믿고 보낸 장비 삯을 서로 미루기만 하면 어쩌냐고 정
색을 하며 싫은 소리를 했다.

"우리야 솔쩍히 같은 새마을일 허는 처지니께 우칠 씨 보구 선일 해
준 거지, 워디 남 겉으믄 단돈 만 원 한 장만 덜 와두 일 안 혀유. 병호
겉은 이가 부른 거라믄 츰부텀 장빌 보내지두 않았어유. 그이덜은 대
면허구 싶지두 않은 게 솔쩍한 심정이니, 어렵겠지만 우칠 씨가 먼저
계산을 혀 주구 낭중에 그이덜헌티 받으믄 마즘 맞겠는디."

공연히 그늘 밑에 앉았다가 쉰내 나는 막걸리 한 잔 얻어 마시고는
꼼짝없이 오십만 원 포클레인 삯을 바가지 쓰게 된 우칠은 스스로가
생각해도 참 한심하게 느껴졌다. 미리 집을 뛰쳐나갔기에 다행이지,
행여 마누라도 아직 붙어 있었다면 온 동리가 떠나가게 시끄러워질
판이었다. 아마 제가 나가기보다는 서방을 속곳만 입혀 내쫓았을지도

모를 일이었다. 우칠은 마누라가 집을 나간 게 고맙기조차 했다. 불행
중 다행이라는 말이 영락없었다.

그러나 그때까지만 해도 '다행 중 불행' 이란 것이 이튿날 해와 어깨
동무를 하고 함께 떠오를 줄 우칠은 짐작도 못하고 있었다. 어디서 무
슨 소리를 들었는지, 새벽부터 성칠네 춘부장이 마나님에게 휠체어를
끌린 채 양철 문짝을 흔들어대고 있었다.

"이런……, 벱이……, 어디 있셔?"

풍을 맞아 말이 어눌한 성칠네 춘부장은 비틀린 입을 부들부들 떨
기조차 했다.

"으르신, 몸두 불편허신디 워째 새벽버텀 출타를 하셨대유?"

"시방 안 글게 생겼어?"

곁에서 남편이 더듬거리는 말이 답답한지 휠체어를 뒤에서 붙들고
있던 안주인이 야무진 목소리로 끼어들었다.

"긍께, 이 냥반 말씀이 이 소리여. 워째서 냄의 밭에 구덩이럴 육니
오 적 미군 폭격허듯 파놓아, 그나마 농사두 못 져 먹게 맹글어 놨냐
이 말여. 그것두 하나두 아니구 여덟 개나 말여."

"나, 안즉 안 죽었어."

뼈만 앙상하게 남은 팔로 우칠을 툭툭 쥐어박으려 버둥거리는 성칠
네 춘부장을 대하며 우칠은 참으로 일이 묘하게 꼬인다고 한숨을 내
쉬었다.

"워째서 지도자나 되는 양반이 냄의 밭에 무덤을 파냐 이 말여. 가

뜩이나 몸두 성치 않은 노인이 누워 지내는 집의 밭에다 말여."

우칠은 입이 있어도 할 말이 없었다. 묵혀 놓은 밭이라고 아무나 들어가 마구 파헤쳐도 좋다는 법은 없었다.

"듣구 보니 섭섭허시겠네요. 즤가……."

"섭섭 정도가 아녀. 대체 뭘 파묻으려구 그딴 짓을 혔다는 말여?"

"그기, 병호허구 경수가 말 무덤인가럴 찾으려구……."

"말 무뎀?"

"아, 거시기 말이 말이쥬……. 하여간 즤가 책임지구 원상복구혀 놓을 터이니 그만 노염을 푸시구 집에 들어가 기시유. 말끔하니 밭을 정리해 놓을 텐께유."

불편한 팔로 어떻게든 한 대 쥐어박으려고 애쓰는 성칠네 춘부장을 간신히 집으로 돌려보낸 뒤, 우칠은 한때 무장 공비가 드나든다고 산 마루마다 파 두었던 참호만큼 깊게도 판 구덩이를 메울 궁리로 아침밥도 걸러야 했다.

장비를 불러 되묻게 하면 간단히 해결될 일이었지만, 먼저 선일한 삯도 이리저리 미루적거리고 있는 처지에 장비를 또 부를 수는 없었다. 그렇다고 이쪽 삯은 값지도 않고, 남의 회사 장비를 불러다 쓰는 것도 욕먹을 짓이 틀림없었다. 돈도 돈이고, 욕도 욕이니 우칠은 오로지 믿을 건 제 몸밖에 없었다. 결국 어제부터 우칠은 가만히 그늘에 앉아 있어도 땀이 비질거리는 폭염 속에서 삽 하나로 온종일 '우라지게 깊이 판' 여덟 개의 구덩이들을 메워 나가기 시작한 것이다.

재명이 우칠을 만났을 때는 두 번째 구덩이를 메우기 시작할 때였다. 땀 반, 흙먼지 반으로 덮인 그의 어깻죽지는 벌겋게 볕에 익어 있었다.

"이북서는 아파트두 죄다 사람 심으루 짓는다는디, 질통 메구 십 층두 져 나르구, 땅두 삽 하나루 판다는디, 내라구 못헐 게 읎쥬. 한 일 주일이믄 다 묻지 않겠슈?"

그래도 어떻게 혼자서 그 힘든 일을 하느냐, 병호네들을 불러다 함께해야 하지 않느냐는 재명의 말에 우칠은 고개부터 가로 저었다.

"달래 지도자유? 지도자는 심들구 궂은 일 허라구 뽑아놓은 자리여유. 그렇쥬, 운명이쥬. 소는 평생 밭 갈구, 말은 늙어 죽을 때꺼정 사람 태구 댕기는 게 운명이쥬, 뭐."

"참 용하십니다. 그렇게 남들에게 이용만 당하고 살면서두 웃으시니?"

"사람겉지 않은 것덜 허구 마는 거쥬, 뭐. 그랴두 알 사람은 다 알아 줘유. 글구, 이런 일을 어제오늘 겪는 것두 아니니, 이젠 숫제 굳은살이 백였슈. 첨버팀 생색내려 한 일두 아니구, 이를 보겄다구 헌 일도 아니니께, 그저 돌밭 가는 황소처럼 조국을 위혀 일허는 거쥬, 뭐. 그것이 지도자로서 당연히 혀야 헐 역사적 사명이구, 돌아가신 으르신께두 면목이 서는 일이니께유."

우칠은 그러면서 묻지도 않은 지난 이야기들을 담배 연기와 섞어 주저리주저리 털어 놓았다.

'우리도 한 번 잘 살아보자' 고 동네마다 밤낮없이 새마을운동이 벌어졌던 시절에, 닭 울기가 무섭게 자전거에 도시락 매달고 달려온 면서기가 제일 먼저 달려가는 집도 바로 새마을 지도자, 우칠의 집이었다. 개울이라도 치고, 논두렁 풀이라도 깎는 부역이 있는 날이면 으레 사람들은 그의 집 앞마당에 솥을 걸었다. 그런 날이면 누가 먼저랄 것도 없이 마루에 얌전히 모셔 놓은 뒤주를 뒤져 양식을 퍼내고, 부엌 추녀에 매달린 비린 것까지 제 것처럼 마음대로 내다가 지지고, 볶고, 끓이는 게 다반사였다. 그런 중에도 우칠은 얼굴 한 번 찡그린 적이 없었지만 살림을 하는 안주인은 달랐다. 입을 빼어 물고 암상을 떨어도 우칠은 '너는 짖어라' 는 식으로 여전히 봉사와 헌신에만 매진했다. 급기야 면서기들 천렵하러 온 개울둑에다 제 부뚜막에 얹힌 가마솥까지 떼어다 걸어놓고 매운탕이다, 어죽이다 끓여 먹이다가 솥 밑바닥에 구멍까지 내기에 이르렀다. 결국 어느 아침에 밥상을 걷어찬 안주인이 애들을 잡아 끌고 집을 나가버리는 파국을 맞이하고 말았다.

처가가 있는 서산 어느 갯가에서 생선 좌판을 벌이고 살고 있다는 안주인은 우연히 길에서 마주친 동네 사람들에게 '직 마누라헌티는 그 흔헌 양은 냄비에 라면 한 그릇 삶아준 적이 읎는 인간이, 남들헌티는 가마솥까정 떼다 빵꾸가 나도록 끓여 삶어 먹인 인간' 이라는 험담부터 늘어놓았다 한다.

우칠은 비실거리며 웃으면서도 은근히 자랑할 것이 있는 얼굴로 재명을 바라보았다.

"지가 지금두 새마을 지회 홍보부장으루 있는디, 워낙 시상이 우습게 되어 꼴이 말이 아니지만 그랴두 양식 있는 이덜은 아직두 새마을 운동이라믄 애국운동인 거 모르지 않쥬. 그런 이들이 뫼는 거이니, 을매나 분위기가 고상허구 애국적인 줄 몰러유. 배운 이덜두 많구, 저런 허릅숭이 촌것들 허구는 류가 달라유. 지금 군수 허는 양반버텀 군의 원서껀 다 즤 지회 식구덜이구유, 대핵 교수두 있구유."

어느 새 비스듬히 기운 해가 눈을 찔러댔다. 재명은 떠날 채비를 갖추고 자리에서 일어섰다. 아직도 여섯 개나 고스란히 남은 구덩이에 흙을 채워 넣으려 우칠은 깔고 앉았던 삽을 챙겨 들고 비척거리며 일어섰다. 땀에 전 새마을 모자를 머리 깊숙이 눌러 쓰며 우칠은 돌아서는 재명의 등 뒤에 한마디 말을 보냈다.

"으르신 살았을 때, 새마을운동 앞장서던 분덜 봐유. 국회의원으루, 딴딴한 회사 회장으루 높은 자리서 애국허믄서 살잖으유."

농약 내가 코를 찌르는 논두렁길을 위태로이 걸으며, 재명은 아까부터 목구멍에 걸쭉한 가래침처럼 들러붙어 근질거리던 말을 중얼거렸다.

그럼 너는 뭐냐?

양반이 배 내밀고 타고 다니다, 늙어 허리가 꺾어져 죽은 말과 다를 바가 무엇이더냐. 그것도 정이랍시고, 새에게 쪼이고 개에게 뜯기지 않도록 길가에 묻어준 것만으로도 평생토록 주인 태우고 다닌 덕이라고 감지덕지하는, 너는 도대체 말이 아니고 또 뭐란 말이냐?

없을 무, 암 것두 암

무암리(撫岩里)로 들어선 차들은 거름을 내느라 털털거리며 나가는 경운기와 마주칠 때마다 옹색하게 몸을 피하다가 논두렁으로 빠지기 일쑤였다. 그러면 재빨리 내려서 차를 밀든가, 아니면 요령껏 차를 달래어 그 중 단단한 땅에 걸친 바퀴에 의지해 끌고 나와야 하는 법인데, 도시것들은 하나같이 차 안에서 나와 보는 법이 없었다. 그저 창밖으로 목만 비죽 내밀고, 되도 않는 헛바퀴만 열심히 돌리는 통에 고랑만 움푹 패고 논두렁만 이리저리 개졌다. 결국은 보다 못한 경운기 주인이 줄로 매어 차를 끌어내 주지만, 고맙다는 말 한마디 없이 휭하니 가 버리면 그만이었다.

그 차들이 열이면 아홉은 '두꺼비 펜션'으로 들어가는 것들이니, 마을 사람들은 말석 씨에게 이만저만 불만이 아니었다. 반상회라도 있는 날이면, 입바른 소리 잘하는 광오나 춘식이가 대놓고 불평했지만 말석 씨는 들은 척도 하지 않았다.

"사변 때두 이러진 않았을 틴디, 이게 뭔 난리래여? 죄용허기가 절간 같구 길이래봐야 똑 토끼길 같던 마을에 차들이 줄 나래빌 서서 드나드니, 세 철 봉사 지어 게우 한 철 먹구사는 촌것덜은 워찌 살러는지 모르겠네. 두꺼비 사장님, 혀두 넘헌 거 아녀유?"

누가 가져다 놓았는지 앉은뱅이 탁자 위에 얹힌 삶은 땅콩만 두꺼비 파리 잡아먹듯, 더끔더끔 입 안에 집어넣던 말석 씨는 광오가 하도 턱을 받치자 개에게 쉰 떡 던져주듯 한마디 던져주었다.

"요새 개버덤 흔헌 것이 자동차래잖여."

뜬금없는 말에 약빠른 광오도 잠시 할 말을 잃고 땅콩 주워 삼키는 말석 씨 입만 바라보았다.

"아무리 흔혀두 바깥 차덜 제 집 드나들 듯 댕기라구 맨든 길이 아니잖여유? 안 그류, 이장님."

지난해 릿세(里稅) 안 낸 사람들 명단을 뒤져 달력 뒷장에다 더하기, 빼기를 하느라 여적지 방바닥에 코를 박고 있던 이장이 건성으로 고개만 끄덕였다.

"허긴 그려."

"허긴 그려 정도가 아녀유. 요즘 겉은 농번기에는 경운기다, 트랙터다 무시루 드나드는디, 어서 굴러온 뻑다귀덜인지 마주쳐두 고개 한

번 까딱이는 벱이 옳이 날 잡아 잡수 허믄서 길 복판에서 꼼짝두 않구
자빠져 있대니께유."

"기러니께 무암리두 길을 번듯허니 넓혔어야 쓰는 거여. 저 태평리
서껀 장파리서껀 길 넓혀 놓으니 좀 좋아."

"아따, 좋은 거 누군 몰러유. 길 낸다구 땅 거저 내놓으라믄 요새 겉
은 시상에 누가 내놓겄시유? 막말루 아재가 내놓겄시유?"

"길이야 나라서 허는 거이지, 워째 여럿이 댕기는 길을 내보구 내놓
으랴?"

"말 나온 김에 드리는 말씸인디, 솔쩍히 우리게 오는 차덜 열에 아
홉은 아재네루 가는 차덜인 건 다 아는 일이구유. 다 먹구살자구 허는
일인디, 한 마을서 허지 말라 헐 수는 읎는 거시구, 워떠케든 함께 살
아나갈, 공생인가 뭐신가 허는 방도를 찾아야 허지 않겄슈?"

"공생은 몰러두 공병은 알어. 모아다 농협 가주 가믄 병당 이십오
원썩 주는 거시 공병이여."

평소에 읍내 다방이나 부동산 사무실을 들락거리며, 제법 약빠른
체를 하던 광오도 능글맞은 두꺼비 말석 씨 앞에서는 맥을 못 추었다.

"맥주는 사십 원여."

손가락을 꼽아가며 더하고 빼고 릿세 계산에 바쁜 이장이 귓등 너
머로 말참견까지 얹었다.

"아, 그만 좀 드셔유. 이따 회의 끝나믄 안주루 하려구 삶아 온 거신디."

멀쑥해진 광오가 삶은 땅콩 바구니를 아예 제 앞에 갖다 놓고 입으

로 바쁘게 가져가는 말석 씨에게 핀잔을 주었다. 말석 씨는 잠깐이라도 싫은 내색을 않고 광오 앞에 빈 껍질만 수북한 땅콩 바구니를 건네주었다.

"군입거리루는 맞춤이여. 집어들 봐."

두꺼비 펜션 바깥주인 말석 씨로 말할 것 같으면, 쓸 데라고는 아무짝에도 없는 무암리에서 인물 났다는 소리를 듣는 유일한 사람이었다. 무암리는 해발 530미터 봉두산이 여강 쪽으로 헐떡이며 내달리던 숨을 들이마시고, 잠깐 뒤돌아보는 사이에 무지근하니 내질러 놓은 한 자루 똥덩이 같은 마을이었다.

논을 부쳐 먹자니, 사방 눈길 닿는 데마다 빤빤하니 부엌칼 갈기 좋은 넓적바위가 엉덩짝 무거운 여편네처럼 한복판에 퍼질러 앉아 있어, 장마에도 겉물이나 되작되작 흘러내리고 나면 어디 물 구경이라곤 눈 씻고 찾아보아도 찾을 데가 없는 곳이요, 거친 밭곡식이라도 심어 먹자 하면, 호미 되알지게 후벼 파도, 세상 돌이란 돌은 죄다 긁어다 고려장 지낼 적부터 치성이라도 장히 드렸는지, 대구 돌멩이만 기어 나오는 곳인지라 여름내 그 흔한 푸성귀 하나 실하게 뜯어 먹기 어려웠다.

사정이 이러하니 이 마을의 목숨들로 말하자면, 살자니 죽지 못하고, 죽자니 살지 못해, 그저 장날이면 삼십 리 길을 걸어가 나뭇단이나 팔아 잡곡이나 한 줌 사고, 지천으로 널린 숫돌 주워 들고 나가 푸

줏간 칼이나 갈면서 근근이 연명해 온 인생들이었다. 오죽하면 읍내 사람들 사이에선 낭패를 보아 죽겠다는 이가 있으면, '무암리 인간들도 죽지 않고 산다'며 살 힘을 북돋는 말로다 썼을까. 한마디로 무암리를 말할 것 같으면 마을이라고 하기도 민망한 처지요, 거기 들어앉아 사는 목숨들도 내놓고 사람이라 말하기 남세스러울 지경이었다. 그래서 무암리 사람들은 예부터 남의 집 머슴으로 들어가 살거나, 사변 때 읍내 사람들 대신 군대나 두어 번씩 다녀오는 걸로 근동에 알려졌다.

그런 무암리에서 읍내에 간판이라도 내걸고 밥 벌어 먹는 인물이 나왔다니 여간 신통한 일이 아닐 수 없었다. 소싯적부터 힘이 좋았던 말석 씨는 국민학교를 다니다가 작파한 뒤, 읍내 대장간에서 쇠 다루는 일을 했다. 불을 달구는 데 쓰는 코크스를 잔뜩 실은 달구지가 무암리 동구에서 바퀴가 버그러져 나동그라졌을 때, 마침 꼴을 베러 나가던 말석 씨가 목도하였다. 장정 둘이서도 어쩌질 못하던 쇠바퀴를 말석 씨가 혼자서 번쩍 들어 올리는 걸 본 대장간 주인이 그날로 읍내로 데려갔다 한다. 주인 밑에서 근 삼십 년간을 망치질을 한 끝에 나이 쉰을 넘겨서야 제 가게를 차릴 수 있었다.

말석 씨가 대장간 주인이 되던 날, 무암리에서는 사흘 밤낮으로 잔치가 벌어졌다. 마을이 생긴 이래, 밖으로 나가 성공한 것이 공수부대 상사가 된 우순 씨 장조카 해범이밖에 없던 터에 이제 어엿한 대장간 주인이 된 말석 씨로 말하자면 온 마을 사람들의 기쁨이 아닐 수 없었다. 누가 내서 먹었는지는 알지도 못하고, 알려고 하지도 않았지만 사흘 밤낮을 음주가무로 지새웠다 한다.

그 자리에서 이장이랍시고 나서 말하기 좋아하던 최장수가 얻어먹은 막걸리 값 한다고 한마디 얹기를, 우선 시대에 맞게 상호를 '덕일공업사'로 고치고 말석 씨도 대장장이가 아니라 사장님이라 불러야 한다고 추켜세웠다. 말석 씨가 듣자니 제 돈 들어갈 일도 아니고, 그다지 기분 상할 일도 아니니 그저 고개만 끄덕였던 것이다. 건질 거라곤 수채 도랑에 떠내려가는 배추 꽁다리밖에 없던 무암리에서 그나마 장(長) 자 붙은 인물이 나온 데에는 다른 비약이 있는 것이 아니라 오로지 굳기가 여강 자갈돌보다 더 굳다는 말석 씨의 궁핍 절약 정신에서 나온 것이다. 그냥 굳기만 하면 그것도 제 타고난 팔자거니 하지만, 돈이라면 내 것, 남의 것 가리지 않고 달려들어 한번 제 손에 들어오면 사돈네 부좃돈이래도 도통 나올 생각을 않았다. 그래서 먹는 입만 보이고, 나오는 구멍이 뵈지 않던 두꺼비가 그의 별호가 되었던 것이다.

그의 돈 욕심은 어려서부터 유별났다. 잠깐 맛만 보러 다닌 국민학교지만, 제 아비가 사 주었다는 고무신을 행여 닳을까 봐 두 손에 벗어 들고 이십 리 길을 걸어다닌 것은 기본이고, 장날마다 장바닥을 이리저리 쓸고 다니며 혹간 술 취한 이들이 흘렸을 동전을 줍는 걸 일삼았으니 떡잎부터 될 성을 알아볼 일이었다. 동무들과 어울려 웅덩이에서 건진 미꾸리를 장에다 내다 팔 때도, 일단 돈이 그의 손바닥에 얹히고 나면 다시는 그 모습을 구경할 생각을 말아야 했다. 셋이서 나누기로 한 것이라며 제 동무들이 아무리 땅바닥에 댓가지를 분질러가며 각각의 몫을 설명해도 그는 파리 잡아먹은 두꺼비처럼 눈만 껌벅거릴 뿐, 한번 불끈 쥔 주먹을 결코 펴는 일이 없었다. 그 후로 무암리 사람들은 되돌릴 수 없는 일을 말할 때마다 '말석이 주먹에 든 돈' 이라는 소리를 할 정도였다.

"밤 새구 혀두 소용웂는 이야기여. 어채피 인심이란 것이 낼 사람이 내야 내는가부다 허는 거신디, 낼 사람은 맴두 웂는디, 곁에서 자꾸 감 놔라 대추 놔라 혀 봐야 직 입만 아프대니께."

릿세 계산을 다 끝낸 이장이 마을 일이라면 그동안 산전수전 다 겪어 손바닥 들여다보듯 훤하다는 말투로 끼어들었다.

"그건 그려."

바구니에서 몇 남지 않은 땅콩을 뒤지던 말석 씨가 남말 하듯 말을 받았다.

"딴은 면민체육대회가 낼모렌디 당장 선수덜 입구 나갈 츄리닝조차 매련을 못혀 이러구 앉아 있자니 답답혀서들 허는 소린 줄은 알겠지만서두, 그기 어듸 맽겨둔 돈이 있는 것두 아니구 요즘 겉이 너내웂이 돈이 바짝 마른 때에는 단돈 만 원두 아쉬운 판에 추렴을 허러 댕길 수두 염치웂는 짓이구, 누군가 마을의 명예를 위해서 인심으루다가 츄리닝 값이래두 턱 내놓는다면야 그보다 더 좋을 게 읎지."

모두들 그 대목에서 약속이나 한 듯 말석 씨를 바라보는데, 장본인은 땅콩 까먹는 데에만 열중이다. 이장에게 말발을 넘겼던 광오가 체 머리를 흔들며, '쇠귀에 경 읽기'라고 다들 듣게 큰 소리로 지껄였지만 못 들은 척하기는 마찬가지였다.

"그렇다구 예전츠럼 이장이 무슨 끗발이 있어놔서, 여그 여그 얼마썩들 내놔라, 이러지두 못허는 일이구."

"못헐 건 뭐가 있어여? 이장이믄 마을의 으른인디……."

그예 참지 못하고 광오가 끼어들어 입을 놀렸다. 더 두고 볼 수가 없는지 말석 씨가 한마디 튕겨 주었다.

"그라두 안즉 촌에선 나이럴 따지는 뱁이여."

"으른이믄 으른 노릇을 혀야 으른 대접두 받는 거시쥬. 아, 전 대머리럴 보셔유. 몇백 억을 해 먹어두 부하덜 쬐 나눠 주니께 밑엣 사람덜이 여적지 으른으루 뫼시잖어유. 근디 그 노가리는 워쩌유? 혼자 해먹으려다 지두 못 처먹구, 냄두 먹은 거시 욯으니 곁에 남어봐야 욕뺵에 더 읃어 먹겄시유. 그러니께 여치츠럼 다 튀어 갔겄쥬."

"그러믄 총 맞은 으른은 혼자 뭘 워치케 해 자셨길래 그런 참혹헌 변을 당혔댜?"

한마디도 지지 않겠다고 이를 악물고 달려들어 보지만, 광오는 번번이 말석 씨 입에 놀아나고 말았다. 거기다 곁에 앉아 꾸벅꾸벅 졸고 있던 이들까지 물색없이 끼어들어 말추렴을 하니, 이야기는 엉뚱한 방향으로 흘러가지 않을 수 없었다.

"그 으른이 혼자 뭘 드실 분이여? 노심초사 농민덜 위해구, 국민덜 위해서 불철주야루 고민허던 분인디…….”

“넝민을 위혔는지 뭘 혔는지는 모르겄지만, 노개구린가 뭐신가 허는 이츠럼 사방팔방으루 직멋대루 뛰어댕기지는 안혔지.”

“그러구 보니, 와이에쓰는 그나마 멸치 꽁다리래두 나눠 줘서 여적지 별탈이 읎나 부네. 근디 디제이는 뭘 나눠 줬댜? 북한에다 쌀 퍼다 인심 쓴 거 말구, 여그 백성들헌티 말여.”

“뭐니뭐니혀두, 넝촌에서는 박정희 으른 기실 때가 젤이었어. 과부 마음 홀애비가 알어 준다구, 촌서 가래질이래두 혀본 으른이니께 넝민들을 냄츠럼 여기지 않은 거여.”

“까놓구 말혀서, 그이두 저 살저구 헌 거시지. 무슨 넝민 편을 들었다구그려. 알루 까진 도시것덜이 죄다 디제이 찍는다구 허니께, 순진한 넝민덜 막걸리나 따라주멘서 등 뚜딜겨 준 격뺐에 더 있슈? 즈덜은 골방에 들어가서 시바스 리갈인가 뭔가루 입가심혀구. 그게 다 대한 늬우스 아니겄어.”

“엄나무 까시를 삶아 먹었나. 워째 듣다 본께, 말에 까시가 있네그랴. 보릿고개 넘겨서 이만큼 살게 헌 것이 누군지 몰라서 그런댜? 아무리 시상이 막 나가두 그 양반 은덕을 모르믄 그게 워디 올바른 사람여?”

중구난방으로 제각각 깝치고 나서서 아수라장이 된 판에 농협 대의원 장선이 정색을 하며 일어서자 이내 입을 다물고 말았다. 장선의 말이 옳아서가 아니라, 자칫 그와 말싸움이라도 붙었다가는 몇날 며칠을 쫓아다니며 사람 진을 빼는 걸 익히 알고 있었기에 ‘앗, 뜨거라’ 모두들 입을 다문 것이었다.

"근디 두꺼비 펜션은 뭐 볼 거이 있다구 꽃도 다 떨어지구 뻐꾸기 소리두 멀어진 때에 대구 사람덜이 찾아온대여?"

이장이 중동무이된 입들을 추슬러 다시 말석 씨에게 화제를 모았다.

"암 것두 읎는 게 볼만헌 게지."

말석 씨의 아리송한 말에 모두들 뜻을 헤아리느라 잠시 침묵이 흘렀다.

"허다못해 저 앞의 태평리는 개울가래두 가까우니 애덜 데리구 천렵질이라두 헌다 하구, 소적리서는 천연염색인가 혀서 옷에다 치잣물두 들이구, 홍홧물두 들인다니 그렇다 치지만, 무암리는 뭐 볼 거시 있어야지. 근데두 꿍일날이믄 길이 미어터지라 사람덜이 밀려드니 연유를 모를 일이여."

궁금한 건 이장뿐이 아니었다. 요즘 좀 촌스럽다 하는 마을서는 산촌마을이다, 생태마을이다 해서 도시 사람들 불러 모아 거저 줘도 쓰는 이가 없어 벌겋게 녹이 슨 쟁기를 억지로 소 등에다 얹어 끌게 하고, 민속촌서도 요즘은 제대로 하는 이가 없을 가마니를 짠다고 멀쩡한 집 담벼락을 허물지를 않나 마을마다 야단이 아니었다. 해마다 짚을 꼬아 원두막에 이엉을 올리느라 갖은 고생을 하면, 일 년에 두어 번 내려오는 도시것들은 그 위에 올라 앉아 마을 주민들이 따다 바치는 수박이나 빠개서 제 남편, 애들과 나눠 먹으며 고향의 정취가 난다고 시시덕거리는 꼴도 볼만했다. 가만히 누워만 있어도 밉지나 않겠는데, 대낮에 젊은것들이 서로 팔베개를 하고 원두막 위에 드러누워 하늘에 떠가는 구름이 양 같다느니, 새털 같다느니 노닥대다가 혹 굼벵이라도 짚 틈에서 떨어지면 불이라도 맞은 듯 비명을 지르며 오두방정을 떠는 것은 차마 혼자 보기 아까운 일이었다.

어쨌든 그렇게 도시 아파트들과 저마다 자매결연이란 걸 맺어서, 한 해 농사지은 쌀부터 고추, 배추, 감자며 고구마까지 대놓고 팔아먹는 것이 산촌마을이고, 생태마을이었다. 서방질도 자주 하면 수가 는다고, 제법 돈맛을 본 마을 이장이며, 작목반장 하는 이들은 아예 본격적으로 제 마을에 손님 끌어들이는 호객꾼으로 나섰다. 손자 보게 생긴 머리 허연 이장이나 반장이나 하나같이 머리를 길러 뒤로 묶어 떠꺼머리총각 시늉을 하고, 저게 양복인지 한복인지 아리송한 개량한복이란 걸 걸치고 수염까지 염생이처럼 기른 이가 한둘이 아니었다.

돈벌이가 된다는데, 옷차림이 우습게 뵈면 어떻고, 염소 수염이면 어떻겠는가. 그나마 변변한 개울 하나 없고, 집 뒤울의 감나무 하나 서지 않은 무암리로서는 참으로 부럽기만 한 일이었다.

그런 차에 읍내서 대장간을 하던 말석 씨가 불쑥 마을로 들어와 두꺼비 펜션이라는 걸 차릴 때만 해도 무슨 철공소나 하려나 보다고 여겼을 뿐이다. 그런데 듣도 보도 못한 펜션이란 곳에 낯선 사람들이 드나들기 시작했다. 처음엔 잊을 만하면 한둘이 꿈에 떡 맛보듯 드문드문 드나들더니, 요즘엔 하룻밤 자는 데만 방 하나에 십만 원씩 내고도 미리 예약을 해야 할 만큼 사람들이 몰려든다니 그 연유를 도무지 알다가 모를 일이었다.

워낙 돈이라면 굳기가 가뭄 든 된 땅 같은데다가, 평생을 쓸 줄은 모르고 버는 법만 알아온 말석 씨인지라 남모르는 비법이 있겠거니 여길 뿐이었다. 안주인이 갑작스레 세상을 뜨고 난 뒤에, 반평생을 쇠 두들기며 살아온 사람이 돌연히 골짜구니에 옴폭 박힌 제 집으로 돌 아와 난데없는 펜션인가 뭔가를 한다니 모두들 궁금하기는 했지만 아 는 게 없어 돌아가는 사정만 지켜볼 뿐이었다.

"아, 그려 이장은 여즈껏 무암리가 워째 무암리인 줄 증말 몰랐단 말여?"

"무암리가 무암리지, 뭐여."

"답답허긴……. 무암리는 없을 무, 암 것두 암, 즉 암 것두 내세울 것이 없다 혀서 무암리 아니여?"

반은 고개를 끄덕이고, 반은 석연치 않은 얼굴이었지만 달리 반박 할 입은 없었다.

"그러게 내세울 거시라군 암 것두 읎는 마을에서, 뭘 가지구서 매끈거 리기가 챙기름 바른 미꾸리보덤 더 헌 도시것덜을 꾀어 들인단 말여?"

"꾀긴 뭘 꾀여? 즈덜이 찾아오는 게지."

그것도 돈 버는 방법이라고 말석 씨는 빙글거리기만 할 뿐 말을 아 꼈다. 곁에서 턱을 괴고 있던 춘식이 고개를 갸웃거리며 끼어들었다.

"그러잖어두 유심히 봤는디, 시상에 그 좋은 벌이가 없드라구유. 안 쓰는 구들방 몇 개 새로 도배혀서, 즌기도 안 놓은 방에 가둬 놓구선,

허는 거라군 호롱불에 땅강아지 날아드는 거나 귀경허는디, 암 것두 않구 십만 원씩 척척 내놓고 가니. 요즘 그런 벌이가 어딨겠슈?"

"암 것두 않다니?"

"암유. 내가 메칠을 지켜 봤는디, 어듸 허다못해 마당에 가마니 깔구 널을 뛰기나 허나, 개울을 뒤져 송사리를 뜨기를 허나……."

"겨울이믄 장작불 때서 뜨뜻한 구들방에 왼몸이 노곤노곤허게 지짐질허지, 생전 해 보지 못헌 아궁이에 불을 때 보구, 쇠죽 퍼다가 외양간에 여물도 줘 보구, 여름이믄 마른 쑥 베어다가 저녁이믄 멍석 깔구 모깃불 피워 놓구, 눈두덩이 진무르두룩 켜댄 즌깃불 끄구서, 최롱최롱헌 별덜이 무지륵히 똥덜얼 싸대는 것두 바래보구, 새벽이믄 우물물에 쌀 일어다가 가마솥에 감자 얹은 햅쌀밥두 지어 먹구……. 좀 좋아?"

"근디 불 때구, 밥 짓구, 여물 주는 걸 뉘가 허는디?"

"긔거야 다 즈덜이 하는 거지. 그 맛에 놀러 오는 거신디."

"뭐여? 그럼, 내 돈 내구 죽두룩 밥 짓구, 불 때구 머슴 노릇허다 가는 거여? 그럼 거기는 뭘 혀?"

"내? 나야 낭구허러 갈 데 일러 주고, 지게 내어 주고, 장작 팰 도끼 끄내 주구, 혼자 허자믄 것두 바쁜 일여."

안차 빠진 이장도 기가 막혀 벌린 입을 다물지를 못하고, 입 가벼운 광오도 한참을 할 말을 잃고 헛입만 자꾸 벙긋거렸다.

"찬거리두 대 줘야 혀. 설 사람덜은 입맛두 별나데. 겨우내 파먹다 군내가 나서 덮어둔 묵은지에 아주 머리를 빠뜨린대니께. 국을 끓여

두 뒤뜰에 십 년은 넘게 묵힌 조선간장을 늫구, 거기 몇 년 동안 빠져서 입만 대두 진저리가 나는 무장아찌며, 고추 삭힌 걸 사죽을 못 쓰구 먹더래니깐."

이장이 더 못 듣겠다는 얼굴로 허공에 두 손을 허우적거리자, 말석 씨는 몇 톨 남지 않은 땅콩을 기어이 찾아내어 입 안에 털어 넣으며 한마디를 더했다.

"근디 그 간장독 뚜껑이 깨져서, 눈 녹은 물, 비 내린 물 죄 들어간 거신디 말여……. 긔 별민가벼."

"아, 그만혀. 그게 어듸 도둑이지 장사여?"

"무신 소리여? 이장이란 이가 이렇게 시상 돌아가는 물정을 모르니, 무암리 좁다란 길이 여즈껏 저 모양인 거여. 진짜 도둑 야그를 해 줄 테니, 들어 볼텨? 서울 근처에 가믄 사람 드믄 산속에 금식원이란 거시 있어. 왼종일 밥 굶기구 몰래 주전부리라두 사 먹다 들키믄 벌금 빼앗구 내쫓는 딘디, 일주일이구 열흘이구 생짜루 사람 굶기구두 몇 십만 원썩 받아 처먹어. 꼴에 공정하니 셈을 헌다구 만일에 살이 안 빠지믄 받은 돈을 도루 내준다는디, 워떤 인간이 일주일썩 굶는디 살이 안 빠져?"

그 대목에선 모두들 고개를 끄덕일 수밖에 없었다. 애초에 좁은 길을 이유로 면민체육대회 때 선수들이 입을 츄리닝 값이라도 찬조로 뜯어낼 요량이던 이장네들은 난데없는 말석 씨의 돈 버는 이야기에 넋을 빼앗긴 채 그날 모인 이유를 까맣게 잊어버린 지 오래였다.

"내는 우리 마을의 유래를 파는 거시여. 볼거리래믄 즤 마누라 속곳 꺼정 벳겨다 파는 시상에, 암 것두 내세울 것이 읎는 마을이 워디 흔 허기는 혀? 암 것두 읎는 게 있는 거여."

처음엔 모루질하다 허리를 삐끗한 뒤로 눈에 띄게 소홀하던 공업사를 읍내에 아파트가 들어서며 섭섭지 않은 목돈에 넘긴 것으로만 여겼다. 마을로 들어와 펜션이란 걸 차릴 때만 해도 그저 개용돈이나 뜯어 쓰려는 것으로만 알았다. 무암리 사람들도 눈은 박혀 있어 태평리 사람들이 하는 것을 지켜보아온 터라, 펜션이란 것이 경치 좋은 물가나 전망 좋은 곳에 서양 사람들 집처럼 벽이고 문이고 온통 하얗게 칠한 '언덕 위의 하얀집'이라는 것쯤은 알고 있었다. 그래서 말석 씨가 다 쓰러져가는 사랑채에 수수깡을 엮어 짚을 버무려 외벽을 두를 때만 해도 저기에 제 돈 내고 들어가 지낼 인간이 누가 있겠냐며 헛웃음만 지었던 것이다. 아궁이에 청솔가지를 우겨 넣으면 너구리 잡는 연기가 꾸물꾸물 스며드는 방에 온전한 사람이라면 돈 얹어 주고 있으라 해도 하루도 견디지 못할 노릇이었다.

그런데 참 세상이 별나진다더니, 사람들도 덩달아 세상을 닮아가나 보았다. 몇몇이 어떻게 소식을 듣고 찾아와 가마솥에 밥을 해 먹네, 구들방에 허리를 지지네 하더니, 겨울에는 미처 방이 날 틈이 없어 해동되기가 무섭게 부랴부랴 사랑채를 여섯 칸이나 늘려야 했다.

모인 사람들마다 입을 모아 그 메주 뜬 내 나는 골방이 무엇이 좋다고 생쥐 풀방구리 드나들 듯 사람이 꾀는지 참 알다가 모를 일이라고 혀를 찼다. 눈 푸지게 온 날이면 하다못해 뒷산에 올라가 철없는 토끼나 몰던지, 아니면 태평리 것들처럼 농약 덜 친 논에 애들 데리고 가서 잠자는 미꾸리나 건진다면 모처럼 재미라고도 할 수 있겠다. 이것은 쇠죽 쑤는 가마솥이 절절 끓도록 군불을 지펴가며 방바닥에 드러누워 이리저리 뒹굴다가 까무룩 잠이 들어 이틀이고, 사흘이고 세상모르고 잠만 자다 간다니 도시 사람들 오줌 싸고 자지 볼 틈도 없이 바쁘다는 말도 헛말이었다.

돈 구경이래봐야 추곡 수매 때나 잠깐 눈만 맞추고는 당겨 쓴 농협 빚 끄느라고 이내 품에서 떠나지만, 말석 씨네는 꼬박꼬박 주말마다 찾는 이들이 갖다 바치는 방값이 웬만한 농사짓는 이보다 나은데다, 일 없어 손 놓고 광의 양식만 쥐처럼 파먹는 동절기에도 효녀 곗돈 보내오듯 또박또박 주머니 속으로 들어오니 그게 화수분이 아니고 무엇이냔 말이다.

부자는 하늘이 낸다는 말이 옳았다. 부자가 되려면 그렇게 쫓아다녀도 손 안의 물처럼 허망스레 빠져나가던 돈도 대문 앞에 제 발로 찾아와 엎드려 있다더니 이 모두 말석 씨를 두고 하는 말이었다. 물론 아무리 많은 돈이 들어온다 해도 씀씀이가 헤퍼서야 재산이 모일 리 없다. 그러나 두꺼비 말석 씨가 누구인가. 땅이 굳어야 고인 물도 새지 않는다고, 돈이라면 한번 물고 놓지 않기를 쇠젓가락 문 자라처럼 하니, 말석 씨네 살림이 연년이 눈에 띄게 불지 않았다면 외려 이상한 일이었다. 그 밥에 그 나물이라고, 사진 한 장 보고 얻은 마누라도 돈에 관해서라면 지아비 뺨치게 굳어서 동네에 쌍으로 소문이 난 지 오래였다.

딸만 넷이던 집안에 고등학교나마 제대로 공부시킨 것은 막내뿐이요, 큰딸은 일찌감치 입을 덜기 위해 서울로 남의집살이를 보내 아예 그 집에서 시집까지 보내주고 부모 행세를 대신 시켰으며, 둘째는 제 언니가 끌어올려 구로동에 있다는 스웨터 공장에 다니다가 같은 공장에 다니는 사내와 눈이 맞아, 그예 집윗돈 한 푼 헐지 않고 제 발로 시집을 가고, 셋째는 인물이 제일 반반하여 여기저기 데려가겠다는 말이 많이 들어왔지만, 하다못해 이부자리라도 사 보내야 하는 제 부모의 처지를 헤아렸는지, 제 발로 뛰쳐나가 무슨 다방에서 레지 노릇을 한다더니 돈 많은 재일교포를 만나 제 부모까지 일본 구경을 하는 호강을 시켰다. 끝에 남은 막내만 제 언니들이 보내 주는 돈으로 편안히 학교를 다니고, 부모도 손 못 대게 장기 적금을 부어 차곡차곡 살림 밑천을 마련해가고 있다는 것이다.

이러니 아들 아홉인 집안이 부럽지 않을 만도 한데, 되는 집에는 바람결에 열린 문으로도 금두꺼비가 제 발로 기어들어온다고, 처가에서 보리곱삶이 한 그릇 얻어먹은 적이 없는 사위들도 제 집 놓아두고 명절마다 갈비짝이다, 한복감이다 바리바리 싸들고 허겁지겁 달려오니, 남들이 부럽다 못해 배가 아플 지경이었다.

이제 말석 씨로 말할 것 같으면 아무 것도 바랄 것이 없을 만도 한데, 여전히 돈 끌어안고 내놓지 않으려는 버릇은 남 주지 못했다. 사람들이 지금도 뒤에서 수군거리는 것은, 삼 년 전 그 마누라가 병으로 갑자기 세상을 뜬 일 때문이었다.

열아홉에 없는 집에 들어와, 얼굴에 그 흔한 구리무 한 번 찍어 바른 적이 없이, 날 밝으면 밭으로 나가 해 어스름이 될 때까지 일만 해대던 이였다. 사람이 살아생전에 한 번은 좋은 시절이 있다지만 그이에게는 당치도 않은 말이었다. 돈 귀한 것은 알아도 제 마누라 귀한 것은 모르는 남편을 만나, 비탈진 돌밭에 소 대신 쟁기를 끌면서 여름내 남의 담배밭으로 시작해서, 가을 배추밭까지 품을 팔다가 이제 조금 살 만하니 덜컥 몹쓸 병으로 눕고 만 것이다. 그것도 일찌감치 몸이 좋지 않을 때, 큰 병원에 데려가 손을 썼으면 고칠 병을 그저 진통제만 입에 털어 넣으며 몇 해를 견디다가 병을 키우고 만 것이었다. 요즘 돈 없어 죽는 병은 있어도 돈 있는데 죽는 병은 없다지 않은가.

온종일 밭에 엎드려 있다가 참이라도 내올 때면 한구석에 쭈그리고 앉아 쿨룩거리는 기침이 한여름에도 이어져 모두들 이상하다 여겼지만, 오로지 말석 씨만 이상히 여기지를 않았다. '사람이 션찮으니께 개도 안 걸리는 여름 감기나 걸리는 벱' 이라구 타박만 하는 게 고작이었다. 편도선이 부었는지 밥 넘기기가 불편하다고 우체부에게 부탁해 사 온 판피린만 하루에 두어 병씩 들이켜더니, 그예는 고구마 캐는 밭에서 정신을 놓고 말았다.

사람이 그 지경이면 당장 마누라 업고 병원으로 내달려야 하는 것이 아닌가. 마누라가 쓰러졌다는 전갈을 받고서 말석 씨가 한 말은,

'밤에두 넘 좋으믄 가끔 까무라치는 이니께, 뭔 좋은 일이 있었는가 벼' 라며 집에다 갖다 뉘어 놓으라는 말만 했다는 것이다.

보다 못한 동네 여자들이 들쳐 업고 일일구 소방차를 불러 읍내 한 성내과로 데려간 뒤에도 저녁나절이나 지나고서야 모습을 비추었다. 급히 주사를 두어 대 맞고서야 겨우 정신을 차린 제 마누라를 보고는, '뭔 여름 감기 가지구 이런 비싼 병원엘 와 누워 있댜' 며 핀잔부터 주던 말석 씨였다. 서울의 큰 병원으로 데려가라는 의사 말에 '남의 돈 빼앗아 먹으려고 지랄들' 이라며 역정부터 냈다는 말석 씨였다. 이웃들이 보다 못해 큰딸네로 기별을 해서 겨우 서울 병원으로 데려갔다.

공장 일이 많다고 마누라 혼자 서울로 올려 보낸 말석 씨는 몸 아픈 사람 걱정보다는 고추밭에 하루 다르게 올라오는 풀들만 걱정했다. 나흘 만에 병원서 보호자가 올라와야겠다는 연락을 받고도 하루저녁을 뭉그적거리다 이튿날 한낮은 되어서야 겨우 병원에 얼굴을 내밀었다고 한다.

자궁에 생긴 암이 목구멍까지 퍼져서, 때를 놓쳐 수술도 못한다는 소리에 거기 모인 딸 넷이서 울음바다가 되었어도 말석 씨와 장본인은 멀뚱멀뚱 창만 쳐다보며, 여태껏 나온 병원비 걱정만 하더라는 소리가 이웃에 낭자하게 퍼졌다. 그래도 제 어미를 앉은 채 떠나보낼 수 없다고 딸들이 의사에게 매달려, 해보나 마나 한 일이지만 항암주사라도 맞추며 방사선 치료라도 해 보자는 말을 얻어냈지만, 말석 씨가 일주일 만에 안주인을 들쳐업고 집으로 내려왔다고 했다. 본인이 한 말이 아니라 죄다 남들 입에서 나온 이야기들이긴 하지만, 평소의 말석 씨 행태로 보아 능히 그러고도 남으리라 여겨 너나없이 혀를 찼다.

소식을 들은 이웃들이 음료수 한 상자씩 들고 무시로 찾아드는데, 막상 말석 씨는 여느 때처럼 공장에 나가 쇠모루를 두들기고, 안주인은 며칠 동안 놀려 두었던 고추밭 김매느라 아침부터 후줄근히 땀에 젖어 저녁에야 집으로 돌아왔다. 주변 사람들이 걱정하여 집에서 쉬라는 말에, '누우면 죽는 거여. 그라구 즈렇게 일거리들을 퍼질러 놓구 워쩌케 누워 지내. 차라리 밭에 나가 일하는 편이 더 편혀'라 했다 한다.

한동안 까무러치는 일도 없이, 찬밥에 물 말아 약 오른 풋고추를 고추장에 찍어 삼시 세끼 꼬박꼬박 챙겨 먹으며, '암두 벨 거 아녀. 공기 좋은 디서 있으니께 금세 나아 버렸어'라며 좋아하던 안주인은 그예 여름 더위가 한풀 꺾여 풀벌레 소리도 밤이슬에 축축이 젖고, 조석으로 부는 바람에 풀들이 서글피 흔들릴 즈음에 고구마를 캐다가 쓰러져 이내 눈을 되뜨지 못하고 말았다.

마누라를 뒷산에 묻던 날도, 말석 씨는 제 별호답게 유난히 쌍꺼풀이 두꺼운 눈만 껌벅거리다가 벌써 몇 번이고 헤아린 부조 봉투를 방바닥에 늘어놓고 연필에 침 발라가며 셈을 하느라 여념이 없었다.

"하여간에 음정면 십오 리가 다 모이는 운동회에, 무암리 사람덜만 사르마다 바람으루 뛰게 생겼으니 각자 각오들 혀."

순순히 말로 해서 될 일이 아니라 판단한 이장은 대놓고 하는 협박처럼 뒤로 나자빠졌다. 돈이라면 제 마누라보다 벌벌 떠는 두꺼비 말석 씨가 제 일도 아닌 동네 일에 꿍쳐둔 돈을 꺼낼 리가 없었다.

"이런 식으루 각자 모르겠다 허믄 그리덜 허유. 나두 낼부텀 길이 맥히거나 말거나 거름 실은 경운기 가로 뻗쳐 놓구 배추밭의 김이나 맬 터니까."

까스러진 광오가 그냥 지나갈 리가 없었다. 서로 눈을 찡긋거리며 몰아세우지만 말석 씨는 큰 눈만 끔벅일 뿐 내전보살이었다.

"멘장이구, 조합장이구 다 나와 볼 턴디, 무당 굿거리 허드키 울긋불긋 채려 입구 나서면 참 볼만한 일이겠네."

"혹 알어, 작년 수재 구호품 남은 것에서 쓸 만한 옷가지래두 내 줄지."

"허다못해 태평리에는 공장덜두 많이 들어와서 봄갈루 관광덜 댕기구, 큰일 때마다 찬조금이 수북이 쌓인다는디, 어서 오라는 공장은 안 들어 오구 혼자만 재미보는 거시기만 들어오여."

"그려서 내두 내치기 밭에다 돈두 안 되는 감자 걷어 내구, 개나 길러 볼까 생각 중여."

말석 씨네 두꺼비 펜션과 바로 붙어 있는 감자밭 주인 명호가 너 죽어 보라는 심술기 섞인 말로 겁을 주었다. 코앞에 닥친 문제니 말석 씨도 더는 잠자코 있기 무엇했는지 헛기침을 크게 하고서는 입을 열었다.

"그러지들 말어. 남 보기는 거저먹는 돈 겉지만, 남의 돈이 을매나 더럽고 심든 것인 중은 다 알구들 있잖여. 가만 마루에 누워 있어도 심든 여름에, 강아지 겉은 손자들이 놀러와두 하루만 지내믄 귀찮구 성가신 벱인디, 내는 워떡겄어? 오죽허믄 여름 손님이 도적버덤 무섭다구 그럴까."

"그런 양반이 길 맥혀 남 농사 망치는 건 워째 모른댜?"

"한 살이래두 더 먹은 이가 입을 떼믄 다 끝난 뒤에나 나서. 자네 춘부장허구 한마을서 고추 내놓구 멱 감든 사이여. 아무리 시상이 거시기혀다 혀두 촌은 안즉두 장유유서여."

궁지에 몰리면 그 잘난 나이를 내세우는 말석 씨가 능글맞았지만, 그렇다고 눈만 뜨면 얼굴을 마주하는 한동네서 대놓고 막말을 놓을 수도 없는 일이라 젊은 축들은 눈만 부라리며 입을 이내 다물었다.

"그 길이란 것두 그려. 츰 맨들 때부텀 태평리나 다른 동니츠럼 넉넉히 내서 널찍하니 맨들었으믄 즘 좋아. 꼴짐 지고도 간신히 걸을 논두렁길을 제우 한 뼘씩 늘려 놓았으니 이 야단덜 아녀? 그러니 길이란 것이 한두 푼 드는 것두 아니구, 혼자서만 댕기는 길두 아니니 어채피 관에서 해결헐 일이다 이 말여. 그 길 좁은 걸 자꾸 동네 사람덜끼리 니 탓, 내 탓 혀 봐야 의만 상하지 않느냐 이 말여."

"여즈껏 좁다는 생각 윲이 경운기 끌멘서 넝사지어 먹구산 길이유. 공연헌 길 탓허지 말어유. 그것두 귀래두 있어 들으믄 섭허게 여규."

"맨날 경운기만 타구 댕기나? 콤바인두 타구, 새 집 지으려믄 십오 돈 담푸두 들락거릴 판인디, 사램이 워낙 가까운 게 눈이래지만 워째 당장 눈앞만 보구 산댜?"

"고양이가 쥐 걱정을 혀 주시네유."

"그려서 내 허는 말인디, 멘민체육대회란 것이 해마다 거름 읊이 해온 것인디, 워째 올해는 유별나게 입구 나설 오티가 읊다는 소리가 낭자허냐 이 말이여? 그리구 그 츄리닝이런 것이 반다시 입구 나가야 헌 다믄 여즈껏 모아 놓은 마을 둔루다가 사 입던지 헐 일이지, 워째 공연헌 사람에게 덤태기를 씌우려 허냐 이 말이여."

마을 돈이라는 게 당장 릿세라는 걸 죄다 알아듣고야 만 일이니, 옆에서 눈만 오래 묵은 쥐처럼 반짝이고 있던 이장도 한마디 하지 않을수가 없었다.

"암만 혀두 거기가 릿세를 두구 허는 말 겉은디, 그러잖아두 내가 아까부텀 가뜩이나 침침혀진 눈으루 들이다보구 셈을 헌 것두 진즉에 이런 소리 나올까 봐 예비를 헌 거여."

릿세라는 것이 마을 일 보는 이장 고생한다고 쌀 한 말씩 걷어 주던 데서 연유한 것이니, 제 밥그릇에 손을 대는 말석 씨가 곱게 보일 리가 없는 일이었다.

"넝사럴 짓는 이라믄 다 알겠지만, 이장이라구 나라에서 대신 넝사 져주는 것두 아니구, 시간 뺏기구 발품 팔믄서 뒷말이나 듣는 일얼 허구 싶은 이가 따루 있는지는 모르겄네. 그것두 고생헌다구 쌀 말이나 걷어 해마다 건네주는디, 마을 사십 집에 나가 사는 집 너이에, 노인 혼자 집 지키는 디 여서이 빼믄, 탈탈 털어 스무 남짓헌디, 요즘 쌀금은 다덜 아는 일이구. 그려서 이왕 말 나온 김에 누가 다음 이장일을 맡게 될지는 모르겠지만, 우리두 다른 디츠럼 현금으루 정혀서 거둬야 허겄다는 생각이 들어."

떡 본 김에 제사 지낸다고, 쌀 팔아 말 당 만이천 원도 받기 힘든 릿세를 다른 마을 핑계 삼아 빳빳한 지폐로 삼만 원씩 걷어낼 기회를 놓칠 이장이 아니었다.

"쌀이든 현금이든 뫼인 거시 있을 거 아녀?"

"글씨, 한 집두 빼지 않구 거둬야 한 해에 제우 쌀 서이 가마 가웃인디, 그 금이 을맨 줄은 나보덤 더 잘 알텨구. 헛뙤뙤이 서울것덜헌티 팔아두 자동차 지름 값두 안 되는 거여. 근디 거기서 츄리닝 값을 물라구 시방 그러는 거셔? 그러지 말구 말 난 김에 이장 자리럴 동전 한 푼 안 받구 넘겨줄 테니께 거기가 맡어."

볼타구니에 점 빼려다 혹 붙이는 격이 되자 두꺼비 말석 씨는 언제 그랬냐싶게 시치미를 뚝 떼고 말머리를 화급히 돌렸다.

"그려서 허는 말인디, 너남읊이 쬐는 살림에 워쩌케 해마다 츄리닝을 해 입냐 이 말이여. 지난해는 워떠케 견뎠구, 지지난해는 발가벗구 뛰었냐 그 말이여."

"제미, 무신 츄리닝이 가죽 옷이라두 되는 줄 아나베. 한번 해 입으믄 만년묵기루 걸치는 줄 아는가벼."

"일 년에 제우 하루 허는 체육대회 때나 입는 운동복이 멫 해를 못 간다는 말두 이상스런 일이 아녀?"

"은제부텀 촌구석서 운동헐 때 입는 옷 따루 있구, 자빠져 잘 때 입는 잠옷 따루 있었냐? 거기는 그런 줄 몰라두 우리덜은 만만헌 게 츄리닝이여. 모기 끓는 고추밭에 김맬 때든, 가볍게 자전거 끌구 장 보러 갈 때든, 탁배기 한잔 걸치구 들어와 방에 벌러덩 누울 때두 그만큼 편헌 옷이 읎으니, 해가 아니라 달마다 입어두 모자랄 판이여."

"참, 편허기두 사네그려."

날이 선 대화를 나누던 두 사람은 떠들어 봐야 제 입만 아프다는 결론을 파악하고는 누가 먼저랄 것도 없이 이내 입을 다물었다. 어릴 적부터 한동네서 부랄 내놓고 자라 슬쩍 입맛만 다셔도 속내를 빤히 들여다보는 처지에, 새삼 네가 옳으니 내가 옳으니 다투는 것도 피차 겸연쩍은 일이었다.

결국 약기는 꿩의 병아리 같지만, 뒤가 무른 이장이 질기기가 쇠가죽 같은 말석 씨를 이기지 못하고, 지난 번 농협서 마을마다 나온 연말 위로금으로 장 당 만 원짜리 츄리닝 마흔 벌을 장만하는 걸로 아퀴를 짓고 말았다. 여럿이 달려들어 한 사람을 이기지 못해 개운치 않은 얼굴들이었지만 당장 제 주머니에서 돈 덜어내지 않은 것으로 위안삼아 더는 말을 내지 않았다.

성미 급한 광오가 밤늦게 학원 다녀오는 제 딸을 맞으러 나가야 한다며 파드득 자리에서 일어섰고, 몇이 우물거리며 그 뒤를 따랐다. 결국 일찍 들어가 봐야 텔레비전에 눈을 빼앗긴 마누라 뒤통수만 하염없이 바라봐야 하는 늙수그레한 축 서넛이 혹 입맛 다실 것이나 없을까 싶어 뭉그적거리며 자리를 지키고 앉아 있었다.

"워째 요즘은 회의가 끝났는디두 워디 시큼헌 물두 읎댜?"

"시큼헌 물은 이따 들어가 죄용히 이불 속에서나 드셔?"

늙는다는 것이 농지거리를 해도 얼굴 붉어지지 않게 된다는 말을 입증이라도 하듯, 걸쭉한 이야기들이 후덥지근한 회관 방을 채워나갔다.

"아무리 그려두 그렇지. 누구게라구 헐 거두 읎이 탁배기래두 받아오오. 이거야 장 이야기에 목이 말라서 견디겄나?"

말석 씨의 말에 약빠른 이장이 마침 회관 앞에서 어정거리던 손자를 불러 심부름을 시켰다.

"너 공판장 가서, 두껍 씨 앞으루 달구 막걸리 두어 통 가져 온."

"오래 살구 볼 것이여. 말석 씨 술두 은어 먹구 말여. 얘, 이왕이믄 간스메래두 하나 들구 오너라."

"간스메는 무슨……. 오다 보니께 뉘 밭인지 고추가 제법 매운 내가 나던디, 고치장이나 한 숟가락 푹 퍼 오그라."

혹 제 먹을 과자라도 들고 오라는 줄 알던 아이는 금세 입이 닷 발이나 나왔지만, 모두들 그나마 막걸리라도 얻어먹는 것만으로도 감읍하여 말석 씨의 말에 토를 달지 않았다.

해가 기울어 마당으로 나온 이들은 말석 씨를 포함하여 넷이었다. 일부러 그리 한 것처럼 어려서 동무로 지내던 이들만 남았으니, 미우나 고우나 오랜 세월을 함께하느라 물때처럼 미끈거리는 정이란 것을 피차에 느끼던 사이였다.

미적지근하지만, 매운 고추 깨물어 마시는 막걸리 몇 잔에 제법 넉넉해진 탓인지 오가는 말들도 한결 누그러져 있었다.

"말석이, 거기두 인젠 환갑을 지났으니 산 날보다 살 날이 즉은 나이여. 올 적에는 순서가 있어두 갈 적에는 순서가 옶는 게 사람 목숨이지만, 당장 오늘 눈 감구 잤다가 낼이라두 눈 못 뜰 줄두 모르는 게 인생여. 그러니 거기두 인젠 돈두 웬만치 벌었으니, 좀 쓰믄서 살어. 어채피 고스란히 놔 두구 갈 돈이니께."

그래도 갑장인 이장이 동무를 걱정하는 척하며, 평소 해대고 싶던 말을 조청처럼 한껏 눅여서 건넸다. 전 같으면 두 눈만 껌벅이며 먼 산만 바라볼 말석 씨도 함께 늙어가는 처지들끼리 모인 자리라 그런지 축축해진 눈으로 주변을 둘러보며 뜸들이지 않고 바로 말을 받았다.

"그려. 한 마을서 평생을 함께 지낸 죽마고우덜 앞에서 뭔 속내를 숨기겄나. 한쪽은 말 안혀두 알아 줄 줄 알구, 저쪽은 말해주기만 기다리며 살아온 처지들 아니겄나. 이리 한자리 모이기두 쉽지 않구, 갑셍이(이장) 자네 말대루 은제 워뜨케 될지 모르는 처지니 허구 싶은 말 길게 허겄네."

돈이 아니라면 세상 그 무엇도 고개 한번 돌리지 않던 말석 씨가 제 돈으로 시큼할망정 막걸리 두어 통을 내고, 평소와 달리 이렇게 속말까지 한다니, 사람이 않던 짓을 하면 오래 못 간다는 말을 속으로 중얼거리며 모두 그의 말에 귀를 기울였다.

"남 말 편히 허는 사람들은 내 보구 자린고비다, 돈에 미쳐 마누래 잡았다덜 허지만, 반은 맞구 반은 그른 말이여. 내 머리 허얘지두룩 살아보니까 남들 허는 말은 말짱 말루 끝나는 거여. 내가 애덜 데리구 창세기가 꼬이도록 굶을 때, 그이덜은 쌀밥 배 터지게 먹으면서 돌아두 안 봤어. 숟가락 두 벌 달랑 들구 애덜 에미허구 살림 차려서 자식 새끼 즉잖이 낳구 이만큼 살게 된 디두 그이덜 덕 본거 하나 읎어. 죄다 내 손으루 일구구, 내 다리루 뛰댕기며 긁어모은 거여."

"고생이야 너내읎이 허던 시절이지만, 거기 고생 많이 헌 건 다 알어."

곁에서 뒵들이해 주는 말에 힘을 얻은 듯, 말석 씨는 쉼도 없이 말을 이어나갔다.

"애덜 에미두 그려. 남덜은 내 보구 정두 읎다 허지만, 반평생 한 이불 덮구 새끼덜 즉잖이 맨들 땐 워째 정이 읎겄어. 내 보구 눈물 한 방울 안 흘린다구 허지만 그이허구 붙들고 운 날이 소싯적에 하 많아서 나올 눈물두 읎는 걸 워쩌. 돈 안 드는 말덜이라구 함부루 뱉어대는 말루다, 내가 아들 보자구 자꾸 애럴 낳는 바람에 애덜 에미가 애기보에 악병이 들었다지만, 속 모르구 허는 소리여. 말이라구 꼭 사람 입에서 나와여 말이여? 가심속에 똬리 틀고 쟁겨둔 말두 있는 줄 알아야지."

두꺼비만 닮은 줄 알았던 말석 씨가 목이 메어 말을 더듬는 걸 보고는 모두들 하려던 곁말도 삼가고 그의 안색만 살폈다.

"혀서 뭐 헐 이야기겠지만, 사실 큰딸년 앞에 아들이 먼점 있었어. 그러니께 첫아들인 셈이지. 장개 들구 곧바루 들어선 앤디, 워낙 어렵던 살림에 가뭄꺼정 겹쳐 나물죽으루 제우제우 살 땐디, 낳구 보니 애가 션치 않었어. 먹는 것이 부실하니 젖두 모자라서, 요즘 말루 하자믄 영양실조일 게여. 지금 같으믄 턱두 읎는 일이지만, 벵원 한 번 못 가보구 두어 달도 못 채워 놓아 버렸어. 밤낮이구 애만 부둥켜 안구 침식을 않는디, 저러다가 에미두 잡겠다 싶어 애를 뺏어 윗목에다 뉘어 놓았지. 그날루 가대."

"첨 듣는 소릴세. 참……."

"뭔 좋은 소리라구 떠들구 다니겠어. 그날그날 먹구살기두 경황 읎던 시절이라 그땐 슬픈 줄두 몰랐어. 근디 즈 몸으루 열 달 품구 있던 에미는 다른가벼. 영 그애를 못 잊는 거여. 품에 안은 거이라구 해봐야 채 달포 남짓 허니, 뭐 정이랄 것두 읎겠다 싶은디, 아무래도 첫애라 다른가벼. 딸년을 낳구두 못 잊는 거여. 젖을 물리다가도 멀거니 창밖을 내다보고, 겨울바람이 창호문에 버성거려도 문을 밀치구 달려나가는디, 저러다 온전하지 못허겠다 싶대. 딸 셋을 내리 놓길래 살림 두째이는디, 그만 허자구 혔지. 그때 한창 보건소서 소파수술 거저 해 줄 때이거던. 근디두 아들 하나 낳는다구 고집을 부리더니……."

"다 가난이 죄여."

"그려, 가난이 죄이구 말구. 마누래두 그리 생각혔어. 자식 잡은 것이 다 돈이 읎어서라구 생각허는 거여. 남덜은 내보구 돈에 미쳤다 허지만, 그러지 않음 배겨내질 못혔어. 잠시만 방에 들어앉아두 죽은 자석을 생각해 보라믄서, 비 오는 날에두 밭으루 끌려 나갔어. 막걸리 한 됫박이라두 내 돈으루 사 먹은 날은 밤새두룩 볶아대는 바람에 증말이지, 워디 가서 은나 먹으믄 모를까, 여즈껏 큰맴 먹구 고기 한

칼, 술 한 잔 맴 편히 사 먹은 적이 읎어."

"시절이 그렇던 걸 워쪄. 다들 그렇게 허리띠루 창세기 조르구 살던 시절인디."

이장이 말석 씨 앞에 놓인 잔에 술을 채웠다. 단숨에 받아 마시고 나서 말석 씨는 허탈한 웃음을 지으며 말을 이어나갔다.

"벵원서두 그예 집에 내려가자구 링게루 뽑아버리구 뛰쳐나간 거여. 살 만큼 살았는디, 애덜헌티 못헐 짓 시키구 짐 되기 싫다구 그냥 집으루 내뺀 거여. 이젠 그러지 않아두 살 만큼은 되었다구 혀두 소용이 읎어. 멀쩡헌 자석 잡아묵구 이날꺼정 살아온 것만두 면목읎는 짓이라믄서……."

한꺼번에 들이켠 막걸리에 찌꺼기라도 잠겨 있어 목에 걸렸는지 뒷말을 잇지 못하고 컥컥거리는 바람에 모두 고개를 들어 말석 씨를 돌아보았다. 그리고 그 자리에 모인 이들은 육십 평생을 밤낮으로 붙어 지내면서도 본 적이 없던, 심지어 그집 안주인이 세상을 뜨던 날도 보지 못했던 말석 씨의 눈물이 두꺼비같이 껌벅이는 퉁방울눈에서 그렁그렁 고여 나와 소리도 없이 볼을 타고 줄줄 흘러내리는 걸 처음으로 보았다.

"맞어. 다 읎는 게 죄여. 없을 무, 암 것두 암, 암 것두 읎는 무암리 사람들 다 겪은 일이여."

이장이 손끝까지 타들어가는 담뱃불을 볼이 움푹 패도록 길게 빨며, 혼잣말처럼 중얼거렸다. 모처럼 얻어 마시는 공술에도 전혀 흥이

나지 않은 이들은 처서 지나면서 맥을 잃고 얌전히 종아리에 내려앉은 모기들만 연신 두터운 손으로 두들겨 잡았다. 어스름해가는 밭머리에서는 건성으로 내려앉은 저녁 이슬에 온종일 고개를 꺾고 있던 쥐눈이콩 졸가리가 제법 힘을 내어 삭정이 울타리 쪽으로 넝쿨을 내뻗고 있었다.

천렵(川獵)

산수가 좋다며 최을축 선생은 읍내서 살던 30평 아파트를 팔아넘기
고, 살던 이들도 다들 못 살겠다고 떠나는 태평리로 제 발로 짐 싸들
고 이사를 했다. 원래는 무암리 모실 골짜기로 깊숙이 들어가려 했지
만, 물이 없어서 여름 더위 식히기가 고생스럽다는 부동산업자의 말
에 개울을 곁에 두고 있는 태평리에 눌러 앉았다. 미루나무 새새 옴팍
들어앉은 집들이 일렬로 늘어선 태평리는 예전부터 장꾼들 목축이고
가는 주막거리답게 지금도 방앗간이며, 담배나 과자 부스러기를 늘어
놓고 파는 점방도 두엇이나 들어서 있었다.

　한적하고 촌스러운 곳을 찾던 최 선생은 문을 열면 바로 쌩쌩 달리
는 차들과 마주치는 태평리 집들이 마음에 들진 않았지만, 시골로 이

사 가는 걸 팔 년이나 반대하며 아파트 늘려갈 생각만 하는 아내를 구슬리자면 이 정도로 절충을 해야 했다.

부동산이 자신 있게 권한 길갓집을 버리고, 안으로 적잖이 들어가 오동나무가 보랏빛 꽃을 다발로 매달고 있는 어느 조신한 농가를 택했다. 나무를 때던 구들방에 기름보일러를 놓은 것이 한 가지 흠이라면, 양철 지붕을 덮어 비라도 오면 실로폰 소리를 내며 후둑거리는 것은 한 가지 멋이었다.

마당에서 폴짝거리는 개구리를 잡아 질겁하는 아내를 놀리던 최 선생은 마침 담벼락에 매달린 하늘소에 넋을 빼앗겨 이삿짐 풀 생각도 않았다. 그의 아내가 엉성한 방충망 틈새로 모기며, 파리가 드나든다고 푸념을 할 때도 최 선생은 불을 끈 방에 드러누워 연두색 불빛을 깜박이고 유유히 날아다니는 반딧불이를 바라보며 아편쟁이처럼 히죽거리기만 했다.

다들 떠나거나, 떠날 틈만 살피고 있는 촌구석에 제 발로 찾아온 최 선생네를 두고 마을에서는 설이 분분했다. 남의 빚보증을 잘못 서서 아파트를 들어먹고 밀려온 것이다. 주식에 한몫 털어 넣고 봉급까지 압류되어 빚잔치를 벌이고, 남은 잔돈푼 긁어모아 농가 한 채 얻어 쫓겨 온 것이다. 심지어 최 선생네가 사실은 떳떳치 못한 사이로 읍내 시장통에 사는 본처 눈을 피해 이리 작은 살림을 차려 온 것이다.

이런 분분한 설을 확인하기 위해 등을 떠밀린 이장이 찾아온 것은 이삿짐 차가 마당에 짐을 부리고 막 돌아간 뒤였다. 뒷짐을 지고 능구

164

렁이 달걀 삼키듯 노량으로 들어서는 이장을 보고 최 선생은 고개부터 꾸벅 숙였다. 촌에 가면 인사성이 좋아야 한다는 소리를 귀 따갑게 들은 바가 있었다.

"그랴, 촌구석이 답답허구 불편헐 턴디, 뭐가 좋아 여글 들어오셨댜?"

"예에, 다 좋은 디여. 공기두 좋구, 물두 맑구."

"공기야 좋긴 허지. 안즉 물두 맑긴 허구."

이장은 아직 끄르지 못한 짐들을 손가락으로 뒤적거리며 고개를 끄덕였다.

"근디, 안즉 어린 애가 있나 분디, 핵교가 션치 않아서 워쩐댜?"

"애덜은 이런 디가 더 좋아유. 개울서 물괴기두 건지구, 며뚜기두 잡으러 뛰댕기구……."

"물괴기?"

"오다 보니 개울에 피라미가 펄찐 튀는 걸 봤거든유. 푸섶마다 풀무치구 방가치두 수두룩허구유."

탐색 차 들른 이장은 첫날은 그 정도로 물러갔다. 그는 마을 사람들에게 말하기를, "이사온 이덜이 매운탕집을 허려나 부데. 술두 팔려는지 며뚜기 튀겨서 안주거리루두 삼으려나 벼"라고 전했다.

두 번째 척후병이 나타난 것은 이삿짐을 대강 집 안으로 끌어들인 저녁 무렵이었다. 바로 옆집에 산다는 환갑 즈음의 아주머니는, 고개한 번 까딱이는 법 없이 제 집 드나들듯 대뜸 툇마루에 걸터앉았다.

"뭐 허러 이 집을 들어 오셨댜?"

"좋잖아유. 경치 좋구……."

"사람 죽어나간 집이 퍽두 좋겠수."

"예에?"

"바로 작년에 이 집 바깥 쥔이 안방서 죽구, 저 건넌방서는 이 집 할매가 앓다가 죽었구, 저 사랑채에선 할배가 죽어 나갔구."

　가뜩이나 좁고 허름한 집에 세간 들여앉힐 요량이 서지 않아 우두커니 마루에 앉아 있던 아내는 그 말에 안색이 하얗게 변했다.

"그랴, 을매에 샀댜?"

"이 집여? 싸게 샀슈. 천오백유."

"오지게 받아두 처먹었네. 저 안에 들어가믄 이버덤 깨끗한 집두 오백만 원 받구 나갔는디."

"오백만 원여?"

"여그 집덜이 땅 임자는 따루 있는 건 아시나 모르겄네."

"그건 들어 알지유."

　최 선생도 이 집이 건물 지상권만 있고, 깔고 앉은 삼백 평가량의 땅은 박씨 문중의 종중 땅이라는 말을 들은 바 있었다. 이리저리 쌓인 이삿짐을 살피기도 하고, 혹 껍데기를 들추어 보기도 하던 옆집 아주머니는 땅 주인을 대신하여 관리하는 이가 바로 제 사촌오라비가 된다는 말을 남기고 훌쩍 돌아갔다.

　때는 그믐이라 달빛도 한 올 없는 첫날밤은 그야말로 칠흑이었다. 바로 어제까지만 해도 여기저기 번쩍이는 불빛 속에서 지내던 최 선생네로서는 더욱 컴컴하고 막막한 밤이었다. 거무스름한 뒷산의 능선은 마치 거대한 짐승이 웅크린 듯했고, 이 집 식구들이 죽어나갔다는 빈방들에선 깊은 한숨 소리가 들려오는 듯했다. 세 식구는 한 방에 모여, 텔레비전 소리를 일부러 크게 틀어 놓고 앉았다. 일부러 그러기라도 한 듯, 텔레비전 방송에서는 '이야기 속으로'라는 괴담 방송이 나오고 있었다. 어느 집에 이사 간 한 가족이 밤마다 누군가에게 목을 졸리는 악몽에 시달린다는 내용이었다. 최 선생네 가족은 텔레비전을 끄라는 소리조차 못한 채 숨을 죽이고 그걸 들여다보아야 했다. 마당 구석에 있는 뒷간에 가는 아내를 위해 최 선생은 졸려워 눈 비비는 아이까지 대동하여 손전등을 든 채 그 앞에서 보초를 서야 했다.

"푼수가 옳대니께. 그 아주머니가 원래 그려. 아, 그렇게 따지믄 사람 죽어나가지 않은 집이 어딨어? 늙으믄 다 죽는 거시지. 그 할배만 해두 여든까지 잘 사시다가 사랑채서 주무시다 뜬 거신디, 뭐가 거시기 혀? 하여간 주책이래니께."

릿세라는 걸 받으러 온 이장에게 옆집 아주머니가 들려준 이야기를 했더니 손사래부터 쳤다. 사람은 나쁘진 않은데, 좀 푼수 끼가 있다는 것이었다. 실제로 그 아주머니는 바람 불어 떨어진 살구들을 한 광주리 담아 말없이 방문 앞에 놓고 가 최 선생네를 감동시키기도 했다.

그렇게 벌벌 떨며 시작한 시골 생활도 벌써 칠 년이 되어 갔다. 이젠 캄캄한 밤에도 익숙해졌고, 푼수 없는 옆집 아주머니와도 그렇거니 여기며 잘 지냈다. 문제라면 무엇보다 읍내에 들어서기 시작하는 아파트 때문에 밀려난 가구 공장들이 길 좋은 태평리로 슬금슬금 들어서는 것이었다.

그래서 젊은 축에 드는 작목반장을 설득하여, 나랏돈을 대어 주는 생태마을을 신청하게 했다. 웬만한 서류들을 작성해 주고, 여기저기 아는 이들을 통해 환경단체를 불러 모아 유기농도 연결해 나갔다. 나라에서 하는 일이란 것이 으레 뜬구름 잡다가 패대기치는 바람에 낭패를 보는 건 농민뿐이라는 걸 수없이 겪어본 마을 사람들은, 분필 잡고 애들이나 가르치는 최 선생이 유기농이 어쩌고, 생태마을이 어쩌고 할 때 코웃음부터 쳤다.

"유기농두 좋구, 무농약두 다 좋은디, 막상 장에 가서 배추며 열무 고를 때면 잎사귀 앞뒤루 까뒤집구 행여 벌레 먹은 구녕 하나라두 있나 샅샅이 뒤지는 게 도시것들이여. 말 다르구 장바구니 다르대니께."

반상회 때 애써 만든 유기농 자료를 나눠 주고, 온종일 애들 가르치 느라 쉰 목으로 입에 침이 마르도록 떠들고 나니, 뒷전에 우중충히 쭈그리고 앉았던 패들 가운데 하나가 하는 말이었다.

"즈덜은 애들 과자버텀 라면까지 방부제다 색소다 반죽을 혀서 처 먹이면서, 쌀 배추에는 살짝 약내만 풍겨두 죄 난리를 떠니 우세스러 워 못 볼 일이여."

"몸땡이가 그리 걱정되믄 즤 손목아지루 농살 져서 처먹든지……."

"만만헌 게 홍애 좆이라구, 자동차며 고무신짝이며 값 올릴 때는 일

언반구 한마디 말도 않으면서, 쌀값은 십 년 전 금으루 꽉 붙들어매구, 고춧값이 좀 좋다 허믄 싼 나라서 수입혀다 풀어놔 똥금을 맨들어 죄 갈아엎게 만들구, 그따구루 하믄서 약을 쳤네 마네 지랄덜을 떨어여. 약 친다구 약값이라두 보태준 적두 읎으면서."

이야기가 엉뚱한 방향으로 흐른다 싶을 때, 그래도 해 본 가락이 있는 이장이 나서서 말머리를 추슬렀다.

"긴 말 헐 거 읎구, 내 돈 내서 허는 일 아니라니께, 우리 동니에 유기농인가 혀서 아파트 여자덜 불러다 대놓구 팔 거여 않을 거여? 그 말만 허라니께. 최 선상두 낼 또 핵교 가서 애덜 가르쳐야 허는디, 쓸 데 읎는 야그들은 그만 줌 혀."

멀쑥해진 패들은 입을 다물고 곁엣사람들 눈치만 살폈다.

"을매라구?"

"계획서를 내 보아야 허지만, 대충 십 억은 될 것입니다."

억(億)이라는 말에 귀가 솔깃해진 사람들은 애써 그런 표정을 숨기느라 부러 퉁명스럽게 말을 꺼냈다.

"제우 그걸루 뭐슬 하라구. 회관 앞에 벤소나 하나 지으믄 거스를 것두 읎이 똑 맞겄구만."

"나랏돈 거저 줄 리는 읎구. 사램을 또 을매나 들볶으려는 겨? 쌔마을 때 제우 세멘 멫 포 보태주구, 여름내 땡볕에서 공구리 치느라 골병든 다리가 안즉두 비만 오믄 쑤신대니께."

"면 서기덜은 새벽부텀 을매나 사람을 들볶어. 그이덜 밥 해 먹이는 것만 혀두 그런 시집살이가 읊었대니께."

남정네들 틈에 끼어 나달나달한 화투짝으로 오관을 떼고 있던 보람이 할머니가 머리를 설레설레 흔들며 한마디 보탰다.

그런 건 없고, 마을에서 친환경적인 일들을 정해서 올리면 관계기관에서 검토하여 채택되면 지원금을 받아 사업을 펼치면 된다는 말을 최 선생이 자상하게 일러 주었지만 여전히 미심쩍은 얼굴들이었다.

"그 환경이란 거시 말은 그럴 듯헌디, 한번 묶어 놓으믄 팔아 먹지두 못하게 허구, 깎아내지두 못하게 허는 거 아녀? 무슨 보전지역으루 고시되믄 암 것두 못헌다는디."

결국 이장과 반장이 환경부며, 농림부에 전화를 넣어 아무런 규제도 없다는 확인을 받은 뒤에야 생태마을 사업 지원신청을 면사무소에다 집어넣을 수 있었다.

마을 사람들로 말하자면 반은 마지못해 나서 준다는 찬성 편이었고, 나머지는 찬반 어느 편도 아닌 채 돌아가는 사정을 지켜보자는 축이었다. 당장 내 주머니에서 나가는 돈은 없으니 일이 돌아가는 꼴을 무지근히 지켜보자는 게 나머지 사람들 눈치였다. 그러다가 막상 돈이 될 성 싶다 하면 언제 내가 그랬냐 싶게 두 팔 걷고 달려드는 게 촌사람들의 상정이었다. 무엇이든 눈으로 보고, 제 손에 동전닢이라도 쥐어져야 비로소 안도하는 버릇도 관청에서 죄다 가르쳐 준 것이었다. 지난날 서슬 퍼런 관청이 하라는 대로 하다가 이리 놀리고, 저리 까불려지면서 이 하나 남는 것 없이 사람 꼴만 우습게 되던 일이 어디 한두 번이었던가.

그나마 생태마을 일이 진척을 보게 된 것은 이장 덕이 아닐 수 없었
다. 언제나 속내를 드러내지 않고, 불평부터 늘어놓는 게 버릇이 된
마을 사람들을 다그쳐서 입 꾹 다물고 따르게 한 것도 그의 덕이었다.

"아니믄, 비료 값두 안 나온대믄서 농사는 계속 빚내서 지을 거여?
농약 값만 혀두 한두 푼여? 즤 돈 내서 허라는 것두 아니구 나라에서
돈 대주어 농사지은 거 아파트 부녀회와 자매결연 맺어 여서 나온 쌀
이며, 보리며 몽착 비싼 금에 사들이겠다는데, 뭉그적거리는 까닭은
뭐여?"

"약 안 치구 워떠케 농사를 진댜? 소출두 훨 떨어질 텐디."

"걱정두 팔짜여. 약 읗이 농사짓는 디가 한둘여. 테레비서 여섯 시
내 고향두 안 보나. 거두 가 보구, 교육두 받구 허믄서 준비를 허는 거
지. 아님 나랏돈 십 억을 그냥 털두 안 뽑구 낼름 헐러구 혔나?"

"근디 우리 마을은 뭘 보여줄 번듯헌 거시 있어야지. 개울 물 하나
맑은 거 빼믄, 길가에 늘어서서 괴통사고 잘 당허는 거룬 유명허지."

그 말에 피식 웃음을 내놓고 말았지만, 속 편한 웃음은 아니었다.
실제로 길가에 붙은 집들 치고, 교통사고 한 번이라도 안 당한 집이
드물었다. 지난해만 해도 공장 일 다녀온 충용이네 부부가 잠깐 고추
밭에 약 치러 나갔다가 변을 당하지 않았는가. 제대한 지 일주일도 안
된 갑동 근제네 맏아들이 술 먹고 운전한 차에 받혀 충용이는 그 자리
서 세상 뜨고, 그 처는 반년을 병원에 누워 있어야 했다. 소 기르던 병

규가 김치 공장서 나오는 배춧잎 주워다 소 먹이려고 경운기 끌고 나가다가 트럭에 치여 이틀 만에 병원서 죽고, 트랙터가 논 구렁에 빠져서 갓길에 서 있다가 승용차에 치어 절름발이가 된 금병 씨나, 자전거 타고 가다 차에 받쳐 갈비뼈가 몽창 부러진 양태 노인이며, 이젠 멀쩡하니 사는 이가 드물 지경이었다.

"교통사고야 아무러면 대처가 많겠지, 그게 무신 귀경거리가 된다구?"

"허는 소리들 허군. 우리 동니에 워째 보일 거시 읇어? 허다 못해, 숯쟁이덜까정 머리 꼬랑지 길러 묶고, 같잖은 수염 매달구는 노론소론 양반 흉내를 내는 시상인 줄 테레비서두 안 봤어? 공연히 기집애덜 배꿉 내늫구 지랄춤 추는 것 보구 헛기운 쓰지 말구, 눈이 있음 좀 봐 덜 둬. 을매 전까지만 혀두 나라서 멘장, 멘서기꺼정 새벽닭 울기두 전에 도시락 싸갖구 댕기멘서, 굼벵이 기어다니겠다메 초가지붕 불싸질르구 스레트로 갈아 덮게 하더니, 인제는 그 흔허던 초가집도 돈 내고 귀경 댕기구, 보리밭에 밀밭에 관광버스 세 내서 줄 나라비를 서 귀경허는 시상인디, 말끝마다 딴 동니버덤 촌스럽다구 투박허던 것두 발써 다 잊었어? 생태마을이 별 게여, 워떠케든 촌스럽게 꾸미자는 거 아녀?"

결국 지원금이 나오기 전에라도 마을 사람들에게 이 일이 돈이 된다는 것을 보여 주기 위해, 서울의 예일 유치원과 계약을 맺어 이장네 논 두 필지에 왕겨와 우렁이를 넣고, 제초제 대신 오리들을 넣어 유기농을 시작하기로 했다. 마리에 천이백 원씩이나 주고 새끼오리들을

이백 마리나 사다 이른 봄에 논에 집어넣었다. 계약 맺은 유치원 애들이며, 부모까지 불러다 노란 오리를 눈앞에서 집어넣고, 최 선생네 학교 풍물패까지 불러와 쇠를 치고 태평소를 부는 가운데 한바탕 동네 잔치가 벌어졌다.

조용하던 마을에 풍물 소리가 울려 퍼지자, 무언가 일이 되려나 싶었던지 부녀회 여자들이 나서서 솥을 내어 걸고 양푼에 산채 비빔밥을 비비고, 뒷전에서 뭉그적거리던 이들도 소달구지를 끌고 나와 애들을 즐겁게 했다.

그런데 길에서 만난 이장의 얼굴이 어두웠다. 자고 나면 오리가 몇 마리씩 죽는다는 것이었다.

"아무래도 넘 어린 것을 팔아 먹었나벼. 손 안에서 삑삑거리는 걸 가져왔는디, 날이 안즉 조석으룬 살얼음이 낄 정도루 춥잖여."

논에 넣어 고랑 사이로 돋아나는 풀들을 뽑아 먹게 훈련시킨 오리 농군들은 일반 오리들보다 곱절은 비쌌다. 그런가 보다고 속으로 걱정을 나누며 듣다가 최 선생은 며칠 지나 그 일은 까맣게 잊고 지냈다.

서울의 아파트 부녀회원들이 둘러보러 온다는 소식을 듣고 부리나케 집으로 돌아온 날이었다. 길에서 마주친 이장이 뒤로 비척거리며 머뭇거린다. 마침 부녀회원들에게 오리농법 논을 구경시키러 이장네 논으로 향하던 최 선생은 반가워 한걸음에 다가갔다.

"개들 괜찮여?"

"개여?"

"죽을 꺼여."

"우리 개가 죽어여? 방금 전에두 봤는디 암치두 않든디."

"내가 총으루 쐈어. 일주일두 못 갈 겨."

영문 모를 말만 뱉어내고는 이장은 뒤도 안 돌아보고 그 자리를 떴
다. 집으로 돌아온 최 선생은 집에서 기르던 바둑이와 검둥이가 가래
끓는 소리를 내는 걸 알게 되었다. 붙들고 자세히 살피니, 산탄 총알
이 들어간 상처가 피딱지에 덮여 속살의 여기저기에 남아 있었다. 콩
알만 한 납탄들이 몸속에 들어갔으니 내출혈을 일으키는 듯, 개들의
목에서는 그렁그렁 가래 끓는 소리가 났다.

최 선생은 자세한 정황을 작목반장에게서 들었다.

매일 오리들이 죽어서 신경이 곤두섰던 이장이 아침부터 논을 둘러
보러 나갔다가 논 속에서 한창 오리 사냥을 하고 있는 개 두 마리를
목격한 것이다. 나무 작대기를 들고 쫓았지만 개들은 당황하여 들어
온 구멍을 잃고 이리저리 뛰어다닐 뿐이었다. 약이 오를 대로 오른 이
장이 급히 제 형에게 손전화를 걸어 집에 있는 공기총을 가져오라 시
켜, 망 안에 든 개 두 마리를 사냥했다는 것이다.

그때서야 최 선생은 얼마 전부터 개들이 새벽마다 온몸이 물에 흠
뻑 젖어 들어오던 것에 생각이 미쳤다. 아파트에서 기르던 개들을 시
골에 들어와 풀어 놓고 기르니 개들은 밤이면 산에 올라가 늑대처럼
울었다. 이제 와 생각하니 개들이 산 너머에 있는 이장네 논에 들어가
매일 아침마다 오리 사냥을 즐기다 온 것이었다.

이장과 최 선생은 그 뒤로 개에 대해서는 이야기를 하지 않았다. 이 이야기를 전해들은 학교의 선생들만이 개의 안부를 궁금히 여겨 물을 뿐이었다. 그때마다 최 선생은 맥없이 이렇게 말했다.

"차마 눈앞에서 죽어가는 걸 지켜 볼 수가 있어야지. 그래서 딴 데루 보냈어."

"어디로?"

"보신탕집으로."

최 선생의 이 말을 들은 사람들은 한동안 말이 없었다. 학교에서나, 마을에서나 환경운동가로 알려진 최 선생네 바둑이와 검둥이는 이렇게 그 일생을 마감하고 말았다.

시골로 이사 온 최 선생이 가장 즐거워하는 것은, 마당 뒤편에 있는 샘으로 세수를 하러 갈 때였다. 단풍잎이 떨어져 빙글빙글 맴도는 샘 언저리에는 밤새 목이 마른 토끼나 고라니, 너구리와 이름 모를 산새들이 먼저 와 있곤 했다. 그 가운데서도 두 귀를 쫑긋거리며 코를 벌름거리는 산토끼와의 만남은 환상적이었다. 최 선생은 누런 털빛의 산토끼에게 토순이라는 이름을 붙여 주었다. 샘 근처에 먹다 남은 오이나 사과를 놓아두면 어느 정도 낯이 익은 토순이가 다가와 달게 먹곤 했다.

그런데 첫눈이 내리고 얼마지 않아서부터 토순이의 모습이 뵈지 않았다. 아무래도 무슨 일이 난 듯하여 최 선생은 주변 산을 뒤져 보았다. 그리고 여기저기 군용 전화선으로 매어 놓은 올무들을 보았다. 눈에 띄는 대로 걸어왔지만, 눈에 안 띄는 올무들이 더 많은 듯했다.

며칠 지나지 않아 아침마다 산에 오르는 이장이 집에 들렀다. 당뇨가 있어서 운동 삼아 산을 다닌다는 이장에게 최 선생은 얼마 전 자신이 본 올무 이야기를 꺼냈다.

"근디 산마다 올무가 쳐져 있대유. 그것이 불법인디 누가 그런 짓을 허는지, 경찰서에다 신고를 헐 참이유."

그 말을 들은 이장은 멋쩍은 웃음을 지으며 말렸다.

"다 촌에서 동니 사람덜이 겨울이믄 재미루다 허는 거신디, 고발은 무슨, 고발꺼정."

그런데 이야기를 나누던 최 선생의 눈에 이장이 메고 있는 배낭 바깥으로 비죽 내민 철삿줄을 보았다. 올무를 맸던 군용 전화선과 똑 닮은 것이었다.

그 뒤로 동네에선 최 선생이 환경운동가로 알려졌다. 눈이 푸지게 내린 날, 넉가래질을 하던 최 선생은 산에서 내려오는 동네 사람들을 보았다. 맨 앞에 이장이 총을 메고, 그 뒤로는 각기 손에 토끼 귀를 쥔 동네 사람들이 따랐다. 보무도 당당히 걸어오던 그들은 최 선생과 마주치자, 당황한 기색이 역력하여 이장은 어깨에 멘 총을 내려놓기 바쁘고, 뒤에 선 이들은 손에 쥔 토끼를 뒤로 감추기 바빴다.

"뭔 토끼래유? 사냥 가셨나 봐유?"

"사냥은 무슨……. 집에서 기르던 토끼여."

집에서 기르던 토끼도 총으로 잡느냐고 물으려던 최 선생은 모른 척 입을 다물었다. 그냥 지나가기 미안한지 이장이 한마디 건넸다.

"같이 가서 한 점 뜯으믄 좋은디, 최 선생은 환경운동가니 이런 거 영 좋아허덜 않을 테니 말여."

이장과 최 선생 틈새가 벌어진 것은 그러나 이것들 때문은 아니었다. 개야 제가 저지른 살생의 값으로 치면 헐한 편이었고, 토끼야 워낙 번식력이 좋으니 이장 말대로 농한기에 파적 삼아 몇 마리 솎아내는 셈 치면 될 일이었다.

그것은 마을에 난데없는 개 농장이 들어서면서였다. 읍내 고려탕제원이 보양탕제용으로 쓰려고 마을에다가 개를 기르는 농장을 마련한 것이었다. 어느 날 새벽에 최 선생은 통곡하듯 일제히 울어대는 개들의 울음소리에 놀라 퍼뜩 잠에서 깨었다. 그리고 그것이 예전에 양계장을 하던 자리에 새로 시작한 개 농장에서 들려오는 정례적인 비명소리라는 걸 알게 되었다.

개들은 아침마다 일제히 통곡하는 울음으로 시작하여, 해가 기우는 저녁 무렵이면 하루를 무사히 보냈다는 안도의 울음인지를 거의 일과처럼 되풀이했다. 당장 면사무소에다 민원이라도 넣으려던 최 선생은 바로 지척에 있는 이들도 가만히 있는데 자신이 먼저 나서는 것도 무엇 하여 좀 더 지켜보기로 했다.

그리고 말복이었다. 개울에 걸쳐진 다리 밑에서 대동회를 한다는 기별을 받고 최 선생은 나가 보았다. 개울가에는 큼지막한 가마솥이 걸려 구수한 고기국물을 끓이느라 솥 가장자리로 땀을 찔찔 흘리고 있었다. 다리 밑에는 부녀회원들이 그늘 깊이 몸을 숨기고 수박을 깨고 있었고, 개울에는 웃통을 벗어던진 남정네들이 땡볕에 그을린 채, 김이 무럭무럭 나는 고깃점을 안주 삼아 한창 두꺼비를 잡고 있었다.

오자마자 술잔부터 디밀고, 잔을 비우기 무섭게 이장이 덥석 물려주는 대로 큼지막한 고기 한 점을 씹어 삼킬 수밖에 없었다. 고무장갑을 끼고 솥에서 건져낸 살코기를 도마 위에 올려놓고, 숭덩숭덩 썰어 들깨양념에 꾹 찍어 입에 넣는 데는 남녀가 따로 없었고, 일곱 해 동안 처음 보는 얼굴까지 죄다 모인 이날의 대동회에는 집집마다 애들까지 데려와 국밥 한 그릇씩 말아 먹이느라 북새통을 이루었다.

다라에 허옇게 이를 드러낸 개 머리를 보고서야 제가 삼킨 것이 개고기라는 걸 알만큼 보신탕과는 거리가 멀었던 최 선생은 이왕 삼킨 고깃점이 고루 살로 가라고 자꾸 되나오려는 속을 간신히 가라앉혔다. 자꾸 고기를 집으라는 소리를 피해 연신 술잔만 비우다 보니, 모처럼 마신 낮술에 얼큰히 취해 뉘엿뉘엿 해가 기우는 개울물에 발을 담그고 앉아 있던 최 선생은 이장이 파장 인사 삼아 하는 말에 정신이 퍼뜩 들었다.

"에, 잘들 노셨시유? 오늘 모처럼 복날을 맞아 우리 마을의 안녕과 번창을 기원하기 위해 된 자린디, 이 자리를 빛내구 여름내 농사짓느라 흘린 땀들 벌충허시라구 고려탕제원에서 개 두 마리를 찬조하셨시유. 맛있게들 드셨으니 길에서 만나믄 고맙다는 말이라두 한 매디썩 건네주셔유."

고려탕제원 주인이라면 바로 아침, 저녁으로 하루도 거름 없이 통곡하는 개 농장을 마을 복판에 들여 놓은 이가 아니던가.

바로 그날, 누군가 소매를 끌어서 면사무소 옆의 호프집으로 이차를 가게 되었다. 엉겁결에 얻어먹은 개고기로 뒷맛이 께름칙하던 최 선생은 입가심 삼아 끄는 대로 끌려갔다. 발길 닿은 대로 모인 것으로 여겼던 이차 자리는 거개가 나주 임씨 집안네인 태평리에서 타성바지인 사람들로 채워졌다는 것을 뒤늦게야 알게 되었다.

"것두 권세라구 을매나 세도를 부리는지 우습지두 않대니께유."

읍에서 섀시 가게를 하는 민유중이 오백짜리 호프잔을 하나씩 가져다 놓으며 투덜거렸다.

"예전 같으믄 장꾼들 잔술이나 팔아 먹구살던 것덜이 텃세를 워찌나 허는지……."

"틈만 나면 땅 팔어 읍내 아파트루 들어갈 생각만 허는 것들이 말끝마다 우리 마을이 워떠니, 오 대째 살아온 토박이가 워쩌니, 같잖은 소리나 나불대는 꼴 허구는."

최 선생도 임씨 집성촌인 태평리의 분위기는 일찌감치 알고 있었다. 사십 호 되는 마을에서 타성은 예닐곱 집이 되는데, 그나마도 두어 집은 임씨네를 처가로 두거나, 이종사촌 격인 집안 지스러기였다. 반상회라 하여 나가보면, 집안네끼리 모여서 나누는 한담 비슷했다.

"그는 당숙 말씀이 옳아유."

"둘째 아재는 전번에도 그러더니……."

"숫제 큰집더러 음식을 다 맡으라구 혀유."

이런 식이었다.

"읍내루 나가려구 한다니, 뉘가여?"

최 선생이 물으니 누구랄 것도 없이 모두 한마디씩 보탰다.

"안 그런 이 찾는 편이 빠를 거유. 벌써 땅 팔구 읍내루 들어간 이만 두 올 들어서만 너이가 되구, 응복이네두 임자가 나서서 계약되는 대루 나갈 판이쥬, 나머지덜두 땅만 팔리믄 다 뜰 판이여유."

지역 와이엠씨에이 사람들을 불러다 한창 생태마을 만들자고 일을 벌이고 있는 최 선생은 난데없는 소리에 당혹스러웠다.

"말끝마다 고향 들멕이지만, 그이덜은 이제 태평리 사람덜두 아닌 심이유. 선산까지 팔아먹구 대처루 뜰 궁리만 허는 인간들헌티, 고향은 무슨 말라죽은 고향이여유?"

"생태마을 맨들어서 산채밭도 일구고 봄이믄 논에다 참게 양식두 허기루 혔는디."

"그러니께 선생, 돈은 먼저 보는 놈이 임자라는 겨유. 동니서두 다 들 아는디, 최 선생만 맹탕이여. 저, 이장네 오리 잡아 눈 논두 몇 년 있다가 길 넓혀지믄 주유소 헐려구 발써 허가 맡어 놨다구 허던디. 그이가 은제짝버텀 생태마을이구, 친환경 유기농이래유? 몇 년 즤 논에 쌀금 좋게 팔아 먹는대니께 허는 척 나서는 게지."

"오늘, 개고기두 그려. 즤는 고려탕제 박 사장헌티 단란주점이다 뭐 다 반장버텀 집안네 똘마니들 끌고가 진탕 읃어 먹구는, 병들어 죽어가는 개 두 마리 은어다 삶아 생색은 드럽게 내니, 참 드러워서."

"워쨌든 고깃점이나 은어 먹었으니, 이제 시끄럽다는 말두 못 허구, 꼬박 꿀 먹은 벙어리 노릇헐 판여."

비로소 일이 어떻게 돌아가는지를 알게 된 최 선생은 참으로 황망하여 무어라 말을 거들 경황도 없었다.

"그래두 여간 시끄럽구 냄새나는 게 아닐 틴디유."

"갈에 관광버스루 단풍놀이 한번 시켜 준대니께, 모두 귀 막구 코 막구 지내는 거시지, 뭐."

"단풍놀이는 무슨? 제우 버스 삯 내어주기루 했다든데. 나머지 먹는 거 마시는 값은 집마다 쌀 말이래두 팔어야 허구."

"드러. 안 가구 말지, 거기 끼어가 임씨네 집안 잔치에 심부름꾼 노릇헐 일 있어."

지난밤에 기분도 좋지 않게 마신 술 탓인지, 머리가 쑤시고 속이 울렁거려 최 선생은 국도 없는 아침밥을 몇 숟갈 건성으로 뜨고 자리에 다시 누웠다. 놀토라 집에서 핑계 삼아 낮잠이라도 자려는데, 낯선 찻소리가 마당에 이르렀다.

"뭐 혀유? 젊은 사람이 낮잠은?"

반장이 밖에서 연거푸 경적을 울려댔다.

"어여, 나와여. 천렵이나 가게."

난데없는 천렵 소리에 내키지 않는 얼굴로 나가보니, 트럭에는 투망이며 솥단지 새새 동네 사람 두엇이 얹혀져 있었다.

"무슨 천렵?"

"시방 다리 밑으 난리가 아녀. 괴기 반 사람 반여."

잔망스러운 말투에 썩 내키지 않는 얼굴로 찌푸리고 서 있자니, 농고 다닐 적에 씨름선수였다는 반장이 덥석 들어 트럭 위에 얹는다.

"이장이 발써 가 기다려유."

눈치가 빠한 이장이 어젯밤에 타성바지들끼리만 빠져나간 것이 아무래도 석연치 않은 모양이었다.

"날두 덥구 허니 물놀이 삼아 가는 거유."

환경운동가 최 선생을 데려가면서도 뒤가 켕기는지 트럭에 얹혀 있던 염소 목장 임명수가 발명 겸 말을 거들었다.

날이 가물어 먼지를 한 바가지는 들이마시고서야 겨우 명천교에 이르렀다. 읍내로 흘러가는 명천 아래쪽에 걸린 다리 밑에는 유난히 긴 봄 가뭄으로 개울바닥이 허옇게 배를 드러내고, 꺼칠하니 자란 풀들이 거웃처럼 듬성듬성 덮여 있었다. 실낱같이 이어지는 개울이 이따금 모여 꼴짝거리는 여울목이 간간히 눈에 띄었지만, 거기다 투망을 던질 깜냥은 되지 않았다.

트럭이 내려놓은 곳은 다리 그늘 밑이었다. 그리고 눈에 익은 태평리 남정네들이 웃통을 벌겋게 벗어던지고, 여자들은 그늘에 다리를 뻗고 앉아 양념거리들을 손질하고 있었다.

"여기여."

이장의 목소리에 돌아보니, 다리 아래쪽으로 수해 복구 공사하느라 포클레인이 파 놓은 웅덩이 속에 바글거리는 사람들이 비로소 눈에 들어왔다. 손바닥만 한 웅덩이에는 투망 던지는 사람, 족대질 하는 사람, 물에 엎드려 엉금엉금 고기를 더듬는 사람들로 가득 차 그야말로 그 안에 고기가 있다간 발에 밟혀 죽을 판이었다.

"똥물에 뭐가 있어여?"

흙탕물에 허리를 꺾은 채 무언가를 더듬던 이장이 고개를 들고 손을 내젓는다.

"똥물이구 뭐구 괴기들이 바글바글혀."

보아하니 가뭄이 들면서 물을 찾아 웅덩이로 모인 고기들이 물줄기가 끊기며 고스란히 냄비에 갇힌 꼴이 된 셈이었다. 어디서 소식을 듣고 모였는지 낯선 얼굴들이 많았다.

"이 와중에 워쩐 강태공여?"

최 선생은 제 학교 음악선생까지 그 틈에 끼어 있는 걸 발견하곤 반가이 다가갔다. 땡볕 하나 피할 그늘 한 줌 없는 웅덩이 가장자리에서 한가로이 낚싯대를 늘이고 있던 음악선생은 밀짚모자를 들어올리며 겸연쩍게 웃어 보였다.

"말도 마세요. 아침에 조용하니 찌 구경이나 할까 하고 나왔더니 이 모양이에요."

서울내기 음악선생은 가지런한 이를 여자처럼 드러내며 배시시 웃었다.

이야기를 나누는 중에도 낚싯대 바로 곁에다 풍덩 투망을 던지는 이가 있어 둘은 서로 쳐다보고 웃음만 주고받았다. 어느 동네 화상인 지는 몰라도 아랫도리에 누런 삼각팬티 하나만 걸친 채 여기저기 투망을 던져대느라 제 아랫도리가 물에 젖어 사타구니께가 시커멓게 내비치는 것도 알지 못했다. 알면서도 모른 척하는지도 몰랐다.

사람들로 바글거리는 웅덩이를 바라보자니, 참으로 가관이 아니었다. 낚싯대를 늘어뜨린 태공이 있는가 하면, 그 곁에서 투망질을 하는 이들만 자그마치 여섯이나 되었다. 그 와중에도 번쩍거리는 물고기들이 투망에 서너 마리씩 건져지는 걸 보면 웅덩이 안에 갇힌 고기들이 많기는 많은 모양이었다.

"최 선상, 투망질 줌 헐 줄 알어?"

이장이 불법인 투망질하기가 뭐한지 얌전히 서 있는 최 선생을 끌어들인다. 못한다고 손을 내젓자, 염소 목장 임명수가 어깨에 투망을 척 늘어뜨리고 웅덩이 안에다 솜씨도 번듯하게 첫 번째 동그라미를 펼친다.

"투망질깨나 혔구만."

"이래뵈두 소싯적버팀 할아부지 묘이에 가서 연습헌 솜씨유."

최 선생은 이따금 동네 아이들이 투망을 가지고 묘로 가서, 봉분을 동그랗게 뒤집어씌우는 걸로 투망질을 연습하는 걸 본 적이 있다. 첫 번째 투망질에 손바닥만 한 붕어 두어 마리를 건지자, 곁에서 보고 있던 태평리 부녀회원들이 냄비 뚜껑을 두드리며 환호성을 질렀다. 두 번째에선 제법 씨알이 굵은 발갱이가 수염을 의젓하게 달고 나왔다.

"잉어여, 잉어."

건져내는 물고기를 그릇에 담아 넣으며 이장은 물 가장자리에서 덩실덩실 어깨춤을 추었다. 웬만치 고기를 건진 다른 패들은 밖에 나와 솥을 걸어 매운탕을 끓이고, 한편에선 이마에 땀을 줄줄 흘려가며 뜨거운 국물에 밥을 말고 있었다. 늦게 시작한 투망질에 몸이 단 임명수가 투망을 메고 웅덩이 안으로 걸어 들어가는 순간, 갑자기 그가 뒤로 벌렁 나가자빠졌다. 장대 같은 이가 물에 쓰러진 채 혼절하자 모두들 놀라 황급히 물로 뛰어들었다.

"어이쿠."

물에 들어가던 이장이 고기 그릇을 패대기치며 뒤로 물러났다.

"웬 즌기여?"

전기라는 말에 주변을 살피자니, 몇 걸음 떨어진 웅덩이 가장자리에서 반두에 기다란 끈을 잇고는 개펄 뒤지는 황새처럼 허리를 꺾고 기어 다니는 패들을 발견했다.

"즈런 것들이 워디서 밧데리질여."

이장이 달려가 다짜고짜 끈 달린 작대기를 뺏어 멀리 집어 던졌다. 영문을 모르며 옥신각신하는 패들에게 반장이 달려들어 귀쌈부터 한대 올려 붙였다. 그리고 한쪽에선 정신을 잃은 임명수를 뉘어놓고 찬물을 머리에 끼얹고, 한편에선 멱살을 잡고 죽이네 사네 쌈박질을 하고, 그 곁에선 행여 자기네 매운탕을 뒤엎을까 삼각팬티만 입은 몸으로 솥을 감싸고 둘러앉은 이들과, 멀리서 보기에도 맵고 뜨거울 듯한 매운탕 국물을 후후 불어가며 입으로 가져가느라 분주한 이들과, 그 와중에도 마침 웅덩이가 빈 틈에 고기를 건지려 서둘러 투망을 던지는 군상들이, 만약에 지옥이 있다면 바로 이 모습이 아닐까 싶었다.

물에 뛰어든 사내 팬티에 제 낚시 바늘이 꿴 걸 안 음악선생은 행여 제가 귀쌈이라도 맞을까 무서워, 황급히 낚싯줄을 이빨로 끊어냈다. 최 선생은 기운 좋은 반장이 달려드는 타동네 남자들을 밭다리후리기로 한판 넘긴 뒤 목을 조르는 모습과, 그 뒤에서 제 친구를 죽인다고 달려들어 이빨로 반장의 허벅지께를 오지게 물고 늘어지는 장관을 웃지도, 울지도 못한 얼굴로 망연히 바라보고만 있었다.

새끼야 슈퍼

처음부터 그런 야릇한 이름이 붙은 것은 아니었다.

평식이 정미소 하던 형님네에 붙어살다가 선친이 물려준 제 앞의 논 두마지기를 팔아서, 동산리 길가에 살림방 붙은 구멍가게를 얻을 때만 해도 동산슈퍼라는 간판이 붙어 있었다. 지금도 사업자등록증에는 상호명이 동산슈퍼라고 의젓하게 적혀 있었다. 그런 점잖은 이름을 놓아두고도, '새끼야 슈퍼'라는 귀 사나운 이름이 따라붙은 데는 다 이유가 있었다.

노인 혼자 사는 집까지 빠짐없이 쳐서 오십 호도 안 되는 마을에서 슈퍼라는 게 재미있을 일이 없었다. 꿈에 떡 맛보듯 들러 라면 봉다리나 애들 주전부리를 집어 가면서도 일 년 내내 파리똥이 닥지닥지 붙은 외상장부에 치부해 두었다가 추곡 수매 때나 돈맛이란 걸 보게 되었다. 그러다가 지나다니는 차가 늘면서 순전히 길 물어보러 들르는 행객들이 말 값 삼아 팔아주는 음료수와 담배 덕분에 그나마 슈퍼라는 이름값을 하게 되었다.

그러던 동산슈퍼가 지금처럼 번창하게 된 것은 읍내에 아파트가 들어서면서, 거기 쪼글쪼글 붙어 있던 가구공장들이 모개로 받아든 토지보상금을 챙겨 들고, 길 좋고 한적하여 민원 걱정할 데 없는 동산리로 하나둘 찾아들게 되면서였다. 옮겨온 공장에 묻어온 외국인 노동자들을 처음 보았을 때만 해도, 평식은 그들이 제 배를 채워 주리라곤 전혀 생각지도 않았다. 시커먼 얼굴에 뒤통수라도 치면 금세 쏟아낼 것처럼 큼지막한 눈방울을 뒤룩거릴 때면, 저게 같은 사람이라기보다는 집에서 기르는 소나 돼지 같은 짐승이거니 여길 뿐이었다.

처음에 얼굴이 시커먼 방글라데시 남자가 떠듬거리는 한국말로 라면을 찾을 때만 해도, 가게를 하다 보니 참 별난 것의 돈도 다 받아 본다며 웃고 말았다. 그런데 본격적으로 공장들이 꼬리를 물고 들어서면서, 둘씩, 셋씩 찾아와 소시지나 햄, 양파와 후추 같은 걸 찾는 일이 잦아지며 그들은 동산슈퍼의 고객이 되어 갔다.

처음에는 저들 입맛에 맞는 한국 인스턴트 음식이나 소소한 양념류나 사 가더니, 어느 정도 안면이 익자 이것저것 자기들 음식 재료를 찾게 되어, 평식은 일주일마다 읍으로 차를 몰고 가서 장을 봐 와야 했다.

처음에는 낯설어 말없이 물건만 내주던 평식은 차츰 익숙해지면서 더듬거리는 그들에게 말끝마다 욕을 덧붙였다.

"뭐 줘, 새끼야."

"씨발 새꺄, 오천원 여."

"말두 뛰뛰히 못혀, 병신 새끼야."

이러다 보니 한국말에 익숙지 않은 외국인 노동자들은 가게 주인이 말끝마다 '새끼야'를 붙이는 동산슈퍼를 '새끼야 슈퍼'라고 저들끼리 부르게 되었다. 그것이 차츰 퍼져서 이제는 동산슈퍼라는 이름은 이따금 들르는 마을 노인들이나 옛날 생각하며 부를 뿐이었다.

얼마 전, 태풍에 간판이 찢겨진 뒤에 새로 만들어 건 간판에는 아예 '새끼야 슈퍼'라고 큼지막하니 글자가 들어가고, 한구석에 조그맣게 '동산슈퍼'라는 글자가 박히게 되었다.

외국인 노동자들 덕에 셈평이 펴인 평식이 덕을 본 것은 그뿐만이 아니었다. 요즘 농촌 총각들이 그러하듯, 이리저리 선보러 나가 퇴짜 깨나 맞고 보니 잠깐 새에 나이 마흔을 넘긴 평식이 가무스름하긴 하지만 제법 몸태도 날씬하고 사근사근한 필리핀 마누라를 얻게 된 것도 제 가게에 드나드는 필리핀 노동자가 중간에서 다리를 놓아준 덕이었다.

이런데도 평식은 아직도 저를 먹여 살리는 외국인 노동자들에게 '새끼야'를 입버릇처럼 달고 살았다. 게다가 얼마 전부터는 꼴에 사내랍시고, 남자들이 등 따습고 배부르면 찾는 짓거리를 어김없이 하게 되었다.

다행히 타고난 체질이 술은 한 잔도 마시지를 못하는 탓에 술집은 멀리하게 되고, 그 덕에 엄한 여자에 매달려 가산을 탕진할 염려는 없었다. 다만 술을 못 마시니 변변한 취미 하나 없어 인생이 건조하다는 불평에 건넛말 작목반장이 가르쳐 주었다는 카드놀이에 정신없이 빠지게 된 것이다.

노름이라고 해 봐야 오동추야 긴긴밤에 절절 끓는 사랑방에 모여 얼굴 아는 마을 사람들과 묵내기 뺑이나 치거나, 점에 십 원짜리 고스톱이나 쳐서 닭도리탕이나 도르는 걸로 알던 평식이 '도람뿌' 로 노는 포커라는 걸 접하고 나서는 "예전엔 이 좋은 걸 모르구 워뜨케 살았나" 한탄마저 해댔다.

아직까지 촌에서는 동양화로 알려진 고스톱이 강세였지만, 평식은 장사집이건 잔치집이건 판이 벌어진 자리에선 제가 무슨 세계 포커 협회장이라도 되는 양, '도람뿌' 를 이리저리 손으로 놀리며 못한다는 주변 사람들에게 연필로 족보라는 걸 적어 줘 가며 기어코 포커판에 끼어들게 했다.

"내는 쇠 꼬부라진 소리는 알아 듣딜 못혀."

"알아들 것 두 읎어. 뺑 알어? 나이롱 뺑."

"뺑? 그야 촌서 진 겨울밤에 뭐 혀, 뺑치믄서 지냈지."

"그려. 바로 그거시 포카여."

"그려? 근디 무신 말이 글케 복잡혀?"

"꼬부랑 글씨 모르긴 다 마찬가지여. 긍께 말여, 이거시 두 짝이 맞으면 뼁 아녀? 그거시 봉여. 뼁이 하나면 봉이 한짝이구, 둘이믄 이봉이구, 같은 짝이 셋이믄 자연뼁 아녀, 그거시 바로 삼봉이여."

"헐 만은 허겄네."

"그렇대니께. 뼁허구 똑같다니께그려. 그리고 자연뼁에 바가지 있잖여? 그거시 바로 풀집여. 그려 집 짓는다는 거시 요거여."

"근디 한여름에 갑옷 입구 옆탱이루 앉아 있는 것덜은 뭐여?"

"이 심통시럽게 생긴 여편네가 여왕여, 염생이 수염 기른 것은 왕이구. 둘이 붙어서 맨든 자식이 자니여."

"근디 이 토끼풀은 뭐시여?"

"그게 바루 크로바여. 네 가지 무늬가 있는디, 스다하클이라 혀서 버섯 닮은 스페이드가 젤 높구, 그 담에 다이아, 그 담에 사랑 표시된 이것이 하트여. 맨 꼬래비가 크로바여."

"그럼, 어느 게 제일 높댜?"

"펭생에 한 번 나올까 말까 헌다는디, 로티풀이란 것이 있어. 가장 높은 에이스부텀 차례루 줄을 지으면서, 무늬도 똑같어야 허는데, 그게 나오믄 주머니에 있는 돈 다 털어 준 뒤 박수치고 끝내는 거여."

"판맥이를 허는 거구만."

"그런 셈여. 그 알루 스티풀이라 혀서, 에이스는 빠지드래두 무늬가 같은 것이 줄 나래비를 서는 거여."

"아, 일리삼사오?"

"그려그려. 그거시 줄이란 거여. 빨랫줄."

"암만 그려두. 우리겐 매조가 나오구, 국진 그림이 눈에 익어서……."

이렇게 뒤로 물러앉으려는 사람이 있으면 평식은 그런가 보다고 버려두지 못하고 목을 매고 달려들어 기어이 고개를 끄덕이게 만들어야 직성이 풀렸다.

"그러니께 촌것덜은 똥 싸서 뭉갠다는 소릴 듣는 겨. 지금 시상이 워떤 시상여. 마누라맨 빼구는 다 바꾸라는 말두 못 들어봤슈? 바루 어젯일이 오늘 아침이믄 고리짝 시상이 되는 판에, 여즈껏 임진왜란 때 충무공이 부하덜 보초서다 졸까베 일러준 노름 놀구 있으믄 애덜두 깜봐여."

"요즘 것덜두 콤퓨타루다 고시톱을 치던디, 뭘."

"거, 고시톱 퍽두 좋어허시네. 그 죽을 사람 죽지두 못허게 붙들어 놓구 피박에, 쓰리고에, 광박으루다가 묶어 놓구 조지는 게 고시톱여. 그기 을매나 야만적이구 불합리헌 노름여. 사램이 노름을 워째 혀. 사장놈이든 문지기든 노름판에선 즉 멋대루 놀구, 패 꼴리는디루 드나드는 재미 아녀. 무신 노름이 죽지두 못허게 허구, 허구 싶어두 밀려서 못허게 허구. 이런 후진 시대적 노름을 여즈껏 붙들구 노는 조선 사램이 안즉두 살아 있네그려."

"허긴 그려."

"이 포카라는 거는 말여. 패 잡구 바루 죽든, 끝까지 버티든 매장 나뉘주는 카드짝매다 순전히 직 선택이란 말여. 그러니 을매나 합리적여. 고시톱처럼 누구 땜에 밀려서 쳤느니, 패가 꼬였느니 허믄서 남 탓허매 눈 흘길 일이 전혀 읎는 겨."

이런 식으로 만나는 사람마다 붙잡고 왕국회관 사람들 전도하듯 자상히도 일러주니, 몇 해 애쓴 덕에 이제는 동산리서도 네댓만 모이면 으레 동양화 화투 팽개치고 서양화 카드를 내오게 하는 것이었다.

그날도 평식이 늘 무릎을 맞대는 패들과 제 가겟방에 모여, 노느니 뭐 하냐며 부지런히 카드를 돌리고 있을 때였다. 제 아버지가 땅을 팔아 주지 않자, 잘 다니던 카센터를 때려 치고 벌써 계절이 두 번은 바뀌도록 억지 백수 노릇을 하고 있는 진근이, 장 보러 갔다 뒤로 나오는 차에 밀려 무릎 인대 늘어난 것 핑계 삼아 여름내 놀고 지내는 영석이, 나이로는 윗배지만 워낙 놀기를 좋아해 아우뻘 되는 이들에게 어느 결에 반말잡이가 된 노가다 강 씨. 로타리 날이 부러져 읍내로 고치러 나간 을성이와 돈만 따면 며칠 보이지 않는 재범이를 빼고는 모일 인간들은 다 모인 자리였다.

서로 굴뚝 있는 쪽으로 앉으려 밀고 장난질을 치더니, 그날따라 평식이 패가 꼬이는지 제 앞에 쌓아 두었던 시퍼런 지폐들이 동전 몇 닢 남기고 쥐 소금 녹이듯 사라지고 말았다.

"꼬이네."

"쥔이 돈 따믄 욕 들어."

늦게 배운 도둑질에 날 새는 줄 모른다고, 요즘 들어 목돈 들여 푼

돈 따먹는 재미에 맛들인 강 씨가 꽁지까지 타 들어간 담배를 아슬아슬하게 주둥이에 물고 은근히 염장을 질렀다.

"금방 북망 갈 이가 남은 이 덜 돈 따먹는 건 괜찮구?"

"지 마누라 올라타믄서 옆집 홀애비 독수공방 걱정허는 쓸개빠즌 늠두 있나벼?"

일찌감치 손바닥만 한 농사 털어먹고 노가다판에서 입심만 기른 강 씨가 한마디도 지지 않고 대거리를 한다.

"어여, 흰소리 그만혀구 패나 돌리셔."

"세월이 좀 먹나? 워째 화기애매헌 노름판서 승질을 부린댜?"

"에해. 와 싸워두 될 일을 주딩이루맨 떠들어쌌노? 콱 엎어노쿠 빠대뻴지."

다리를 칭칭 동여맨 석고붕대 속으로 젓가락을 집어넣어 오만상을 지으며 가려운 데를 긁고 있던 영석이 제 고향말로 쌈을 붙였다. 제 말로는 김해 김씨 왕족의 후손이 첨성대 앞에 잠깐 바람 쐬러 나갔다가 수학여행 온 여고생과 눈이 맞아 팔자에 없는 멍청도까지 붙들려와 시대 없는 데릴사위 노릇을 하고 있다는 영석은 언제나 가장 먼저 손을 터는 축이었다. 성미가 급해 모처럼 에이스 패라도 한 장 끼어들면 우선 방바닥에서 엉덩짝까지 치켜세우곤 얼굴이 벌게져 제 속을 다 내보이고 말았다. 쓸데없는 배짱은 대책 없이 커서 패만 좀 좋다 싶으면 옆 사람 돈까지 무단히 집어다가 상한가로 쳐 대고는 이내 남의 입에 한몫 털어 넣는 게 특기였다. 길거리에서 호떡을 구워 파는 제 마누라가 생리적 욕구를 해결하기 위해 길 건너편 꽃다방 화장실로 달려갈 때마다 돈통에서 지폐 몇 장씩 물어다가 하루도 거름 없이 수업료를 갖다 바친 것도 일 년이 넘었다.

"그나저나 에프티에인가 지랄인가럴 허믄 농사꾼은 다 죽는다는디, 걱정여."

손에 쥔 카드를 바닥에 집어 던지며 진근이 혀를 찼다.

"걱정두 팔자래. 그리 되믄 땅 논갈라 줄 낀데, 먼 걱정이노?"

"망혀가는 판에 퍽두 논갈라 주겄다."

"우리으 고졸 대통령은 워째 그 에프티에인가럴 못혀서 안달을 냈댜? 그긴 있는 것덜이 허구 싶어 몸 달구던 것이라는디."

"달래 개구락지라카나? 어데로 튈지 니도 모르고, 내도 모르는기라."

"데모허는 이덜 말루는 그이야말루 큰 노름꾼이라 허대."

"그기다 노름꺼정 허나? 참, 벨나네."

"일생이 도박이라 허대. 대통령 될 적에두 누가 꿈이나 꿨댜? 정축구가 뻰찌를 놀 때만 혀두 날 샜다 혔는디, 막장에 메이드가 된 겨."

"허긴 그이 허는 일덜 보믄 무조건 올인여. 탄핵 때두 봐. 못 먹으믄 손 털구 일어선다는 디야 워쩔 거여. 민주당이구, 헌나라당이구 뺄개 벗구 말았잖여."

영석과 진근이 주거니 받거니 노닥거리는 틈에 제 패를 손에 움켜쥐고 쬐던 강 씨가 말을 거들었다.

"이번에두 부시허구 에프티에이를 놓구 카드를 치는디, 올인이라는 거여. 근디 문제는 이번 판엔 직 돈만 건 게 아니라 국민덜 돈꺼정 죄다 끌어다 베팅을 쳐 버린 거시다 이거여."

"뭐니 뭐니 혀두 노름은 우리 그 양반여. 이리저리 판을 살피다가 내 판이 아니다 싶으면 이놈 저놈 앉혀놓구 쇼당 붙이구. 쥔 돈 적어두 헐소리 다허믄서 그 험한 판서 여즈껏 살아남은 게 거저 된 거시 아녀. 워떤 이는 그 양반 보구 박쥐다 뭐다 뒷말덜 허지만, 그나마 능청도니 멍청도니 혀두 충청도가 이만큼 살게 된 것두 그 양반 쇼당패 땜이여. 눈 지그시 깔구, 앞니 꽉 깨물구만 있으믄 뺑끼치구 베팅으루 쥑일려구 설치던 것덜이 직 발루 그 양반헌티 슬금슬금 기어 온대니께."

카센터 다닐 때 낀 손톱 밑의 때가 아직도 시커멓게 남아 있는 진근이 그 두툼한 손으로 삼 다이아를 뽑아내며 중얼거렸다.

"아무리 그래도 충청도는 놈현한테 고맙다 캐야 안 되겠나? 남들 다 욕헌다캐도 충청도까즉 그라몬 갱우에 안 맞는기라. 죽을 똥 싸면서 행정수도 옮가줘 땅금 올라 부자 만들어 논 기 어딘데?"

영석의 이죽거리는 소리에 패만 쬐고 있던 평식이 정색을 하며 눈을 부라렸다.

"그기 워디 충청도 사람 이뻐서 혀 줬댜? 워뜨캐든 쇼당패 잡구서 심 줌 써 보겠다 허는 수작덜이었지."

"우예 됐든 주머니에 쇠까네가 들어오는데, 고맙긴 고마운 기 아이가."

"것두 그려. 솔직히 어느 눔은 평당 백만 원이다 뭐다 혀서 팔자가 피는 판에, 기껏 곱쟁이쳐서 이십만 원이 뭐시여? 그러구 평생 땅 파묵고 살아온 농사꾼덜이 그 돈 받아서 뭐 헐 겨, 어차피 땅을 마련허야 허는디, 득달겉이 치올라서 그 돈 갖구는 워디 손바닥만 한 채마밭두 못 사게 생겼으니 앉은 채루 거지꼴이 된 심이여."

"말은 바루 해야제. 펭식으 성이 언제 농사를 질라카나? 목돈 생기믄 서울로 튈라카는 기 다 아는데?"

"니가 내 속을 워찌 안다?"

펭식과 영석이 툭탁거리고 있자니 문이 드르륵 열리며, 펭식의 처 안젤라가 고개를 들이밀고 안을 살핀다.

"뭐여?"

"그만 해여. 카드 그만 해여."

그래도 남편이라고 노름판에서 행여 돈이나 잃을까 싶어 쫓아온 꼴이었다. 펭식이 당장 도끼눈을 부릅뜨고 윽박질렀다.

"남정네들 노는디, 워디 지집년이 끼어서 아갈배길 놀리는 겨?"

"미안해여. 돈 많이 없어여. 그만 해여."

곁에서 낄낄거리던 패들이 한마디씩 거들어 펭식의 화를 돋구었다.

"어여, 들어가 봐. 마누라헌티 잘해 줘. 잘못혀 주믄 내가 혀 줄 터니께."

홀아비 강 씨가 안젤라를 훔쳐보며, 능글맞은 목소리로 농이랍시고 지껄였다. 더 견디지 못하고 펭식이 자리에서 일어나 카드짝을 바닥에 패대기쳤다. 한 대 후려갈길 듯 펭식이 손을 치켜 올리자, 안젤라는 비명을 지르며 두 손으로 얼굴을 가렸다.

"맞구 들어갈 텨, 그냥 들어갈 텨?"

안젤라가 걷어채인 강아지처럼 꼬리를 감추고 안채로 들어간 뒤, 평식은 다시 카드 패를 나눠 받았다.

"어즈간히 혀. 요즘 외국 색시덜 공주 뫼시듯 섬겨두 야반도주허는 것이 다반사라는디. 돈 버리구 쪽팔리지 않으려믄 잘해 줘."

"즈깐 년이 워딜 가."

그러면서도 평식은 은근히 뒤가 켕겼다. 벌써 음정면 안에서만 외국인 색시 다섯이 달아났다는 소문은 들어 알고 있는 바였다.

"토끼믄 필리핀까정 쫓아가선 집안을 절단을 낸다구 혔어."

"뺑끼를 쳤구만."

"뺑끼가 아녀."

"뺑끼치믄서 뺑끼라구 허는 눔 봤어?"

"어여, 핵교덜이나 와."

강 씨가 지폐 한 장을 귓구녕에 꽂은 채 패를 서둘렀다. 오늘 따라 끗발이 붙었는지 강 씨는 구 원 페어 가지고도 평식의 이, 팔 투 페어를 낯빛도 바꾸지 않은 채 자그시 눌렀다. 공연히 제 처에게 화풀이를 하고 난 평식이 모처럼 줄을 잡아 자잘한 판을 먹고 나니, 얼굴 시커면 외국인 노동자 둘이 들어선다. 가구공장에서 일하는 수루와 베루니였다.

라면 두 봉지를 꺼내든 그들은 어깨 너머로 카드판을 기웃거렸다.

"샀으믄 빨리 가봐, 새꺄."

"많이 땄어여?"

"오늘따라 워째 잡것덜이 끓어쌌는댜?"

"귀경 좀 허겠다는디, 돈 안 드는 일에 그리 야박을 떨건 뭐여?"

평식의 짜증을 놀리듯 진근이 빈정거렸다. 그 말에 용기를 얻은 듯, 수루와 베루니는 진근의 곁에 아주 쭈그리고 앉는다.

"워쩌? 너두 한번 헐 텨?"

진근의 말에 수루는 빙긋이 웃기만 할 뿐, 않겠다는 말은 않았다.

패가 돌아가면서 진근의 카드 패를 어깨 너머로 들여다보던 수루가 종알종알 훈수를 두기 시작했다. 처음에는 꼴 같지 않아 웃어만 넘겼는데, 수루 말대로만 하면 진근이가 판을 쓸어 담았다.

"너 씨벌눔, 자꾸 갱새이 깔겨?"

아까부터 패가 말려 벌써 두 번씩이나 안방을 들락거리며 판돈을 갖다 댄 평식이 험악한 얼굴로 수루들을 노려보았다.

"워째 처남헌티 험한 말이래?"

워낙 눅눅한 말투로 진근이 빈정거리자, 평식은 얼굴이 벌게져 정색을 하며 화를 냈다.

"가뜩이나 패가 말리는 판에 오널따라 워째 시커먼 종자덜이 거시기에 보리알 끼듯 낑기냔 말여."

"아, 인터내셔날하구 좋구만 워째 그려? 세계화 시댄디 말여, 노름두 이르케 각국 사램덜이 섞여 노니께 여그가 꼭 거 뭐시냐, 라스비가슨가 거 같구만."

"제미, 퍽두 좋겠다."

평식은 마침 다이아 칠짜리 한 장을 새로 깔고 나서 화가 풀렸는지, 그 정도에서 험한 말들을 거둬들였다. 손에 숨긴 칠 원 페어가 있으니, 누가 보아도 끽해야 투 페어로 볼 수밖에 없는 패였다. 평식은 담배를 새로 붙여 물고 모처럼 지갑에서 돈을 꺼내 들었다.

"오천 받구, 만여."

"뭐여? 집이라두 진 겨?"

"돈으루 확인혀."

줄을 맞추던 진근이 자신이 없어 패를 접으려 하는데, 수루가 옆구리를 찔렀다.

"아직 안 나왔어여. 한 번은 더 봐요."

망설이던 진근이 그 말에 평식의 베팅을 얌전히 받았다. 미심쩍은 눈으로 영석과 강 씨도 따라붙었다. 마지막 한 장이 날아왔다.

평식이 내친걸음으로 만을 질렀다. 막장에 줄이 맞은 진근은 암만해도 평식이 집을 지은 듯하여 몸을 사렸다.

"워쩌, 울멘서라두 확인은 혀야지."

그때, 수루가 만에 이만을 더 치라고 부추겼다. 무어라 귓속말로 속삭이자, 진근이 그 말대로 따랐다. 영석과 강 씨가 우르르 죽고, 거꾸로 몰린 평식이 고민에 빠졌다.

"멀 쥐구 겁두 읎이 설친댜? 에이스 투 페어라두 잡은겨?"

"웬간허믄 돌아가셔두 되는디."

"못 먹어두 고여. 이만에 삼만 더 얹어."

자신이 없어 죽으려는 진근에게 수루가 훈수를 뒀다.

"거짓말, 거짓말."

"참말이믄 워떡혀? ……그려. 믿는 김에 푹 믿어 보는 겨."

삼만만 더 얹은 진근에게 평식은 가소롭다는 얼굴로 패를 까 보였다.

"쎄븐 삼봉이여."

"미안혀서 워쩐댜? 난 줄여. 사오륙칠팔 쪼루룩."

수북히 쌓인 지폐들을 긁으며 진근은 수루와 눈을 맞추며 함박웃음을 나누었다. 검은 얼굴에 하얀 이를 고스란히 드러내고 웃는 웃음이었다. 그 순간, 평식의 발길이 수루에게 날아갔다.

"에이, 재수 읎는 새끼. 직 명에 못 살려구 남의 나라 와서 노름 훈수까즉 두구 자빠졌댜?"

코를 정통으로 걷어채인 수루가 몸을 말고 엎어진 뒤에도 평식은 분을 못 참고 발 뒤꿈치로 수루의 등을 찍어댔다.

그때였다. 수루의 입에서 날카로운 외침이 터져나왔다.

"그만해. 나쁜 새끼야."

모두들 어이가 없어 멀거니 얼굴만 쳐다보는 틈에 수루는 베루니의 손목을 잡고는 재빨리 가게 밖으로 몸을 피하려 튀어나갔다. 그러나 가게 여닫이문에 가로막혀 뒤쫓아간 평식에게 덜미가 잡혀 그 자리에서 검은 빨래처럼 짓밟혀야 했다.

"이 좆만헌 새끼가, 바나나나 따먹음서 원숭이랑 숑숑이나 허든 새끼덜이……."

"그만해여. 그만. 새끼야는 나쁜 새끼야."

검은 입술이 터져 붉은 피가 흘렀지만 수루는 온몸을 둥글게 만 채 평식의 발길에 채이면서도 여느 때와 달리 입을 다물려 하지 않았다.

보다 못한 패들이 달려 나와 뜯어말리고서야 수루는 베루니의 부축을 받고 다 부서진 라면 봉지를 끌어안은 채 가게 밖으로 나갔다. 시끄러운 소리에 나와 본 안젤라는 문도 제대로 열지 못한 채 소리 없는 눈물만 주룩주룩 흘리고 있었다.

"워째 불쌍한 애헌티 화풀이를 헌다냐?"

진근의 말에 평식이 아예 가게 문을 걸어 잠그고 들어왔다.

"별 시덥잖은 새끼덜 땜에 노름두 못 놀겄다니께."

모두 기분이 나지 않았지만, 돈 잃은 평식이 일어서질 않아 어쩔 수 없이 자리에 눌러 앉아 새 판을 돌리기 시작했다.

자장면에 이과두주까지 시켜서 점심을 때운 뒤, 밤이 이슥해지도록 이어진 이날의 카드판은 나중에 일성이와 재범이까지 합세하여 제법 볼만한 판이 되어 버렸다. 중간에 철물공장 러시아 노동자 비치가 소시지를 사러 왔지만 평식은 문을 열어 주지 않고 다음에 오라고 부드럽게 돌려보냈다. 외국인이라도 얼굴이 희어서 미국 사람처럼 뵈는 것들한테는 함부로 새끼라는 말도 쓰지 않는 평식이었다.

첫 끗발이 개 끗발이라는 말처럼 초장에 재미를 보던 강 씨가 가장 먼저 손을 털고, 개평이라도 얻을까 하여 남의 패나 기웃거리며 말참견이나 하고 있는 중에, 성질을 부리며 한바탕 힘을 썼던 평식이 비로소 몸이 풀렸는지 뒤로 가면서 잃었던 돈들을 차곡차곡 거둬들이고 있었다.

형광등 불빛 아래 푸르스름한 담배 연기가 자욱한 골방에서 모처럼 오 집을 짓고 마지막 판돈을 있는 대로 앞에다 쌓아놓던 평식은 난데없는 문소리에 짜증 섞인 목소리로 다음에 오라고 외쳤다.

"오늘 가게 쉬니께, 담에 와."

그런데도 연신 두들기는 문소리에 귀찮아, 평식은 안채에다 대고 안젤라를 불렀다. 그리고 모이통에 모인 돼지 새끼들처럼 화투판에 머리를 박고 있는 그들을 누군가 부르는 소리를 어렴풋이 들었다.

"집여. 오 집."

제 패를 까고 수북이 쌓인 돈을 집어 오려는 순간, 뒷덜미에서 혀를 차는 소리가 들렸다.

"아조, 증신을 잃어 버렸어."

그때서야 돌아본 패들은 거기 정복을 입은 경관들이 딱하다는 얼굴로 내려다보는 걸 알게 되었다.

"그게여, 동니서 아는 동무덜끼리 재미삼아 노는 거시유. 도박이 아니라니께."

유치장에 갇힌 제 동무들을 돌아보며, 평식이 두목답게 열심히 변호를 하고 있었다.

"기러니께 거기가 하우스를 연 것이구, 저이덜을 불러 모아 매일 밤마다 판을 벌인 거 아녀?"

"아니라니께유. 그냥 치킨에 호프 내기루다가 재미삼아……."

"뭔 닭새끼 튀긴 거시 팔십만 원이나 된댜? 동산리는 잠깐 입가심두 디게 세게 노는구만. 지난 번 방범대 바자회 헐 띠는 오천 원짜리 일일찻집 티켓두 서루 밀구 지랄덜을 허드니만."

"그건유, 사실은 말이쥬……."

"사실이구 오실이구, 신고가 들어온 거시니께 빼두 박두 못혀. 변호살 사든지 재판 받을 준비나 혀."

신고라는 말에 평식은 '새끼야는 나쁜 새끼야' 라고 피를 흘리며 외치던 수루가 생각이 났다. 나가기만 하면 당장 다리께로 끌고 가 새끼줄로 목을 매달아 개울로 던져 놓고, 먼지가 폴폴 나도록 두들겨 패리라 평식은 어금니를 굳게 물었다.

유치장에 돌아와 패들에게 들은 대로 전하자, 모두 입을 벌린 채 말을 잃었다.

"아주 다리 몽댕이를 분질러 놀 텨."

"안즉두 몰러? 작심허구 신고헌 인간이 여적지 게서 머물러 있다구 봐?"

강 씨의 말을 듣고 보니 그럴 수도 있겠다 싶어 평식은 조바심이 났다. 분풀이를 하지 못한 채 수루를 놓쳤다간 두고두고 울화병이 될 지경이었다.

"지랭이두 밟으믄 꿈틀헌다는 말이 있잖어. 솔직히 너무혔지 뭘."

"안즉두 그눔 편을 들어? 속창아리 읎이⋯⋯."

"죽겠다는 눔 죽지두 못허게 허구 그 대가리가 깨지도록 쥐어터지게 하는 게 야만적인 고시톱 노름이래매? 그러구두 사람을 고시톱적으루 까대?"

진근이와 평식이 말다툼을 하노라니, 당직 순경 하나가 철창문을 발로 걷어차며 눈을 부라렸다.

"유치장에 갇혀서두 쌈박질이나 허구, 잘헌다."

평식의 패들은 이장이 달려와 두 손이 파리 삼촌이 되도록 빌어대고, 농협의 강 상무까지 달려와 보증을 서고도 사흘을 꼬박 유치장 안에 갇혀, 무더위 속에서 목에 땀띠가 돋도록 된 옥살이를 한 끝에야 겨우 풀려날 수 있었다. 다들 뒤도 안 돌아보고 헤어져 평식도 불끈거리며 제 집으로 바삐 걸음을 옮겼다. 남들 다 오는 면회 한 번 오지 않는 마누라부터 정신이 버쩍 나게 귀싸대기를 올려붙일 기세였다.

가게 문을 밀고 들어서자, 형수가 툇마루에 앉아 물끄러미 그를 쳐다만 보았다. 잔소리 많은 형이 알면 귀찮아질까 봐, 부러 연락도 않았는데 어찌 알고 왔는지 평식은 고개부터 꺾어 내렸다.

"워떠케 알구 오셨슈?"

"워떠케나 마나, 되련님은 인제 워쩔 거유?"

"뭣을유?"

"뭣을 찾을 때가 아녀, 시방. 안주인이 보따릴 쌌는디, 뭣을만 찾구 있을 때유?"

평식은 망치로 뒷머리를 한 대 얻어맞은 기분이었다. 믿기지 않아 재차 묻고서야 안젤라가 보따리를 싸서 달아났다는 사실을 믿게 되었다.

평식은 신발도 안 벗은 채 방으로 뛰어 들어갔다. 안방 장롱에 넣어 두었던 낙찰계 탄 돈부터 뒤져 보니 고스란히 남아 있었다. 다행이라 여겨 긴 숨을 내쉬고는 평식은 뒤미처 제가 아는 패물들을 뒤져 보았다. 서랍 속에 넣어 두었던 제 결혼 시계며, 4H 일심회원들이 결혼 기념으로 해 준 닷 돈짜리 금도야지도 그대로 있었다. 집안을 이리저리 뒤지던 평식은 안젤라가 쓰던 경대 위에 얹힌 편지 한 장과 결혼식 때 끼워준 이부 다이아 반지가 주인을 잃고 동그마니 놓여 있는 걸 보게 되었다.

면사무소에서 일주일마다 두 번씩 배운 서툰 한글로 적힌 편지에는 이렇게 적혀 있었다.

"당신이 수루를 때리는 걸 보고 무서워요. 우리나라 사람보고 새끼야 해서 나빠요. 당신 새끼야 하면 화난 거처럼 우리나라 사람도 화나요. 그리고 카드 하지 말아요. 내가 신고했어요. 착하게 살아요. 멀리 가니까 찾지 말아요."

방골 골프장 저지 투쟁위원회
— 임을 위한 행진곡

영배 할배는 텔레비전을 보다가도 골프라는 말만 나오면, 탁 소리가
나도록 채널을 돌려 버렸다.

방골에 골프장이 들어온다는 말을 처음 들었을 때, 영배 할배는 그
게 무슨 소리인가 먹먹하기만 했다. 이장을 보는 기순이 애비에게 골
프장이 뭐냐고 물어, 그게 주먹만 한 공을 작대기로 후려쳐서, 쥐구멍
같은 데로 집어넣는 운동이란 걸 알게 되었다.

"그란디, 애들두 아니구 다 큰 으른들이 그따위 다마치기 같은 노름
을 하구 논단 말여?"

"그게여, 한번 맛을 들이면 아주 미치구 만디유. 지 마누라 상여가
나갈 쩍두 골프장에 와서 고개만 까딱 숙이구 그걸 논다누만유."

"허어, 부부란 거이 점 하나 찍으면 남남이라지만, 글두 살 섞구 한 이불 덮구 잔 처지에 그라믄 안 되제."

오륜도 까맣게 잊어버리게 혼을 빼놓는 노름이라니, 패역한 노름이라고 영배 할배는 혀를 찼다. 모를 내고, 밭도 갈아야 할 봄철에 몇 안 되는 마을 사람들을 회관에다 불러 모아 무슨 대책회의를 한다는 게 우선은 맘에 거슬렸다.

"농사라는 게, 정해진 때가 있는 법인디, 뒤로 미룰 일이 따로 있지. 공산당처럼 무슨 회의가 그리 많대 그랴."

"지금 모가 문제가 아니여유. 까딱 잘못했다간 그 잘난 농사두 못 지어먹구, 아파트 셋방으로 쫓겨날 판이구먼유."

"그거시 무슨 소리랴? 쫓겨나다니, 누가 쫓아내여?"

"으르신은 말씸드려두 잘 모르실 꺼구유, 철구는 어데 나갔대유?"

"갸는 으째 찾어? 낼이 울 논에 모내는 날이여."

"피차 마찬가지여유. 이런 비상사태에는 으르신 겉은 분들은 가만히 기시는 게 도와주는 거시구먼유."

영배 할배는 이장이 자꾸 아들 철구를 뻔질나게 불러대는 게 싫었다. 일도 일이지만, 대개 마을일이란 게 앞에 나서서 좋을 게 털끝만치도 없다는 걸 사변 때부터 눈으로 보고 몸으로 겪어 잘 알고 있었다.

"가만히 굿이나 보구 떡이나 읃어 먹는 거이 수여."

철구에게 눈이 마주칠 때마다 귀에 못이 박히도록 일렀건만, 제 주제도 모르면서 앞에 나서기 좋아하는 아들은 눈만 홉뜨면서 구시렁거렸다.

"그러게 눈치만 보구 뒤로 빠지니께, 촌사람덜을 우습게 보는 거에유. 떡은 누가 그냥 준대유?"

"내두 다 들었다. 철중이 말로는 골패장인가 머신가 들어서면, 아시팔트로 길도 빤빤이 닦아주구, 있는 사람들이 드나들멘서 솔찮게 돈두 흘리구 다닌다는디, 으째 반대만 헌다는 거여?"

"철중이 말은 듣지두 마시라니께. 갸는 으떠캐든 논이건, 밭이건 팔면 기거나 뜯어 먹을려구 눈이 시뻘건 놈이라니께유."

"어느 넋 빠진 인간이 논밭을 판댜? 내 눈에 흙 들어가기 즌에는 텃밭 한 뼘두 팔아묵지 못혀."

"비료 값두 안 나오는 그 잘난 밭떼기는 가실 때 짊어지구 가실랴구 그러유?"

"땅은 사구 팔구 허는 게 아니여. 땅 팔아 먹구 잘된 놈 못 봤으니께, 그런 줄루만 알구들 있어."

읍내서 통닭집을 하는 아우 얘기만 나오면 목에 핏대를 올리고 악을 써대는 큰아들이 영배 할배는 마뜩찮았다. 짚이는 게 없는 건 아니지만, 자식새끼들 재산 가지고 쌈박질하는 게 보기 싫어, 여태껏 땅문서를 품에 넣고 다니는 영배 할배였다.

읍내서 무슨 운동한다는 이들이 오면서 부쩍 몸이 달아 저리 밖으로만 나돌아 다녔다. 데모하는 데는 선수들이라는 장정들이 마을 사람들을 모아 놓고, 환경이니 생태니 하는 말들을 한창 지껄일 때도 영배 할배는 탐탁히 여기질 않았다. 북이나 치고, 노래나 부르면서 손바닥을 치는 품이 사변 때 북에서 내려온 인민군들 하는 짓과 흡사했다.

"시상이 시끄럴 때는 그저 죽은 듯이 납작 엎드리는 거여. 우쭐해서 완장 차구 돌아다닌 넘들 죽창에 꼬치 꿰듯 절단난 걸 못 봐서 저러지들."

예전에 온돌방에 불을 때느라 나무를 베어다 쓰던 야산이며, 그 밑에 붙은 돌모루 논다랑이까지 골프장이 들어선다고 했을 때, 그게 좋은 일인지 낭팬지도 도무지 분간을 못하던 마을 사람들은 멀거니 입만 벌리고 지켜볼 뿐이었다.

그런데 읍내에서 환경운동총연맹이라는 이들이 떼로 몰려와, 골프장에 맹독성 농약을 치는데 그게 개울로도 흘러나오고, 땅속으로도 스며들어 먹는 물들을 오염시킨다는 말을 듣고 나서는 덜컥 겁이 났다.

"몰라서들 그러지유. 그 농약이 원체 독혀서 농사짓는 디는 쓰지두 못허게 법으로다 증해 논 거여유."

"무신 농약이 그르케 독허댜?"

"잔디 죽이는 벌레 잡는 거신디유, 땅속 깊이 들어가 모기구, 개구리구 떼죽임을 시키구먼유."

"모기 읎애는 거야 잘허는 짓이지. 워떤 이 말루는 잘사는 이들이니께 드나들면서 떨어뜨리는 것두 솔찮다든디."

"그이들이 으떤 이들인디, 여그다 돈을 흘려유. 자가용 몰구 휭하니 달려왔다 먼지만 일키구 돌아가는 이들인디, 밥집두 그 안에다 짓구 먹으니께 컵라면 하나 팔아묵을 께 없슈. 날아오는 골프공에 머리나 안 깨면 다행이쥬."

자세히는 모르겠지만, 물정 밝은 읍내 사람들 말이니 전혀 근거 없는 소리는 아닐 게라 여긴 개야리 방골 사람들은 앞에 나서지는 못할망정 그리하면 안 되겠다며 뒷전에서 수군거리기 시작했다.

"근디 땅이나 파묵던 우리야 멀 워떠캐 허야 헐지 알아야쥬. 아즈씨들이 좋은 일허는 심치구, 선처 좀 해주시면 좋겠네유."

그래도 면사무소에 드나들어본 이장이 나서서 그이들에게 도움을 청했다.

"사실 골프장이란 것이 워낙 돈 많은 이덜이라, 계란 가지구 바위 깨는 격이구먼유. 하루 이틀에 끝날 쌈두 아닌디다, 우리두 모다 생업이 있지만서두……. 우리야 솔직히 돈이 생기나유, 땅이 생기나유. 순전히 지역의 생태환경을 보호허구, 아름다운 고향 마을을 지키자, 이런 순수헌 시민운동으루 투쟁허는 거지유."

"맞아유. 살기 좋은 새마을 우리 심으로 만드세라는 노래두 있잖유. 개야리두 예전에는 광적읍에 속혔으니 한마을이나 다름없으니께 읍분덜이 국민총화적으루다 심을 합쳐 줘야쥬."

"그야 그렇지만 마을분덜이 으떻게 허느냐 달렸지유. 어디 투쟁이란 거이 우리 운동가 심만으루만 되남유? 글구 이장님, 그 노래 가사가 새마을이 아니라, 살기 좋은 내 마을인디유."

그리고 한동안 뜸하더니 골프장 짓는 이들이 사무실을 짓고, 야산에다 깃대를 꽂고 측량을 하러 온 다음 날, 노란 조끼를 단체로 입은 장정들이 트럭이며, 승합차며 하나 가득 타고 득달같이 달려왔다.

등 거죽에 환경운동총연맹이라는 글자가 박힌 노란 조끼를 입은 장정들은, 우선 야산에 꽂은 깃발들을 호기롭게 뽑아 내던지고는 삽자루며, 괭이자루를 들고 골프장 사무실로 달려가 사정없이 두들겨 부수는 것이 옆에서 보기에도 덜컥 겁이 날 판이었다.

그이들 기세가 얼마나 당찬지, 논고랑에 밀쳐져 흙투성이가 된 골프장 직원이 황급히 불러 달려온 읍내 파출소 순경들도 멀찌감치 서서 좋게 좋게 대화로 풀라는 말만 중얼거리다 돌아갔다.

사무실 벽에는 붉은 페인트로 '농민들 다 죽이는 악덕 골프장은 물러가라!' 는 글씨가 적히고, '조상 대대로 물려받은 옥토에 골프장이 웬 말이냐', '자연환경 파괴하는 골프장 결사반대!' 이런 문구를 적은 현수막들이 초등학교 운동회 할 때처럼 마을 입구에 겹겹이 나붙었다.

경찰마저 맥을 못 쓰고 돌아가는 걸 눈으로 본 방골 사람들도 제법 용기를 내어 다음 날부터는 운동가들이 시키는 대로 골프장 직원들 자가용 앞에 눕기도 하고, 우물을 판다고 들어오는 포클레인을 노인들을 바리바리 실은 경운기로 가로막아 되돌려 보냈다.

달포쯤 지날 무렵이었다.

마을 입구에 천막을 치고, 숙식을 하던 운동가들이 짐을 꾸려 돌아갔다. 읍내를 다녀온 이장이 그 이튿날, 긴급회의라고 마을 사람들을 회관으로 불러 모았다.

"그기 법적으루는 하자가 읎어서 더 이상 막을 재간이 읎다네유. 환총연 사람들 말루는 자기들두 더 이상은 워쩌케 해 볼 도리가 읎으니께 마을에서 결정을 하라 혀서, 긴급회의를 열게 되었슈."

이장은 읍내 운동가들과 섞여 다니면서, 벌써부터 '환총연'이라는 줄임말을 쓰곤 했다.

"여지껏 잘 막았는디, 뜬금읎이 먼 소리래여?"

"그이들이 재판을 걸면 영락읎이 손해배상까정 물어줄 판이래여. 그랴, 어채피 들어설 골프장이라면 땅값이나 제대루 받으라구 넌즈시 일러주대유."

"땅값이라면?"

"원래 방골 땅값이 평에 이만 원두 안 가는 건 빤히 아는 일이구, 그래두 긔들이 워낙 악착같이 투쟁한 거시 있어, 골프장에서두 만만히 보덜 못허구 시세보다 올려서 보상허기루 했다네유."

"을매나 올린댜?"

"야산이구, 논밭이구 한데 모는 조건으루다 평에 삼만 원씩 쳐준대유."

방골 쪽에 땅마지기라도 가지고 있는 이들은 머릿속으로 셈을 하느라 입을 꾹 다물고, 여태껏 엉겁결에 들고 날쳤던 이들은 묘하게 돌아가는 사태에 잇속을 따져 보느라 역시 잠잠했다.

"야산때기야 삼만 원이면 괜찮긴 헌디, 논밭꺼정 그리 치는 건 좀 거스기한 일이네."

무좀으로 문드러진 발가락까지 헤아려가며 겨우 셈을 마친 딱쟁이 최 씨가 잔뜩 얼근 낯바닥을 석석 문지르며 입을 열었다.

"아, 솔직히 방골 윗배미 쪽으루야 죄다 그늘배기 따비밭여서, 콩 한 포기 제대루 못 심궈 먹는 거 알 사람은 죄다 아는 땅인디, 까놓구 우리끼리 말이지만 삼만 원이면 잘 받는 금 아녀?"

"무신 소리래, 지금? 그늘배긴 뭐구, 콩 한 포긴 뭐시대. 여지껏 먹 구살구, 애들 괴등핵교까정 보낸 게 어듸서 난 돈으루다 했댜? 방골이 좀 후미지긴 혔어두, 거름발 여간 잘 받구, 벌레두 덜 꾀어 약값 덜 든 다구 유기농하자 헐 때는 언제이구?"

"허다 허다 안 되니 유기농이라두 허자는 거였지. 근디 그 야그는 또 워째 튀어 나온댜? 솔직히 경수네 서울루 가면서 내놓은 땅, 이태 가 되어두 작자는커녕 읍내 복덕방 한 놈, 코빼기두 안 비치는 거 몰 라서 허는 말이래? 골프장이구, 뭐구 금 좋을 때 팔면 되는 거지, 욕심 이 지나치면 낭패를 보는 거 모르남?"

입 바른 이장의 열변에 코가 쑥 들어간 딱쟁이 최 씨가 입을 다물었 다. 그러자 여태껏 한쪽에 앉아 삐딱하니 팔을 겹지르고 앉아 있던 새 마을지도자 김 씨가 헛기침을 하며 끼어들었다.

"근디, 이장님 말씀을 듣다 보니 좀 거시기 허네유. 아무리 뭐 혀두 같은 마을 사람들 한 푼이라두 더 받게 애쓰는 게 이장님 도리지, 워 째 허시는 말씀이 꼭 골프장 사람들 대하는 거 같은 건 워쩐 일이래유. 그리구 말 나온 김에 한 말씀 드리는디유, 솔직히 우리가 땡볕에 농삿일 팽개치구 남녀노소 헐 거 없이 까맣게 나와서, 으르신들 경운기에 배춧단처럼 실어내구, 포클레인 삽날 앞에 칼 쓴 춘행이맨치 턱 바치구 앉은 게 워떠캐든 정든 고향땅 지켜보자, 이런 뜻이었는디 워째 여그서 삼만 원이니, 뭐니 하는 땅금이 나온대유?"

김 씨의 말에 여태껏 눈치만 보던 축들이 생기를 띠고 추임새를 넣었다. 대체로 방골 윗배미 쪽에 땅이 없는 축이었다.

"솔직히 금 좋으니께 팔자 허면, 나머지 사람들은 방골에 땅 있는 양반들 땅금 올려 주자구 땡볕에 농삿일 팽개치구 나선 꼴밖에 더 되는감유? 아, 고생은 다 같이 헌 거 아닌감유?"

"다 알 만한 사람이 똑 장바닥에서 발 밟은 타지 사람처럼 인상까정 쓰구 워째 이런댜? 솔직히 나두 방골루는 밭뙈기 한 조각 없는 처지여. 이장이라니 워쩔 수 읎이 총대를 메구 나선 거신디, 골프장 사람이니 거시기니 허는 말은 좀 듣기 거시기허네."

그 말 뒤에도 끝까지 야죽거리던 지도자 김 씨를 이장이 조용한 데서 얘기하자고 데리고 나간 뒤, 이 날의 긴급대책회의는 양편으로 나누어진 사람들이 면전에다 대놓고 뭐라 하지는 못하니, 등을 돌린 채 지나가는 말처럼 벽에다 대고 언짢은 소리들을 늘어놓다 흐지부지되고 말았다.

며칠이 지나 다시 대책회의란 게 열렸는데, 이장 옆에 바짝 달라붙은 지도자 김 씨는 언제 다뤘느냐 싶게 조신해졌다.

"즤가 이장님을 모시구 읍내에 다녀왔는디유. 복덕방두 둘러보구, 환충연 사람들두 만나본 뒤에 최종적으루다가 골프장 사람들을 만나보았구먼유. 하나 같이 삼만 원이면 밑지는 척허면서 얼른 팔라구 허는 거유. 발써 진등머리 사람들은 읍내를 뻔질나게 드나들면서, 긔쪽으루다 골프장을 옮겨 앉히련다는 소리꺼정 나오더만유."

"워째 읍내만 댕겨오면 이장이구, 지도자구 사람들이 팥죽 변하듯 바뀐대. 그럼 이제 추세는 땅을 몽착 팔아뻐지쟈, 이런 결론이 나는 거 같은디, 골프장에서 치는 약이며, 먼지는 웃자락 쪽으루만 기술적으로 친다? 결국 땅 한 조각 팔아묵지두 못헌 놈들은 땡볕에 병신춤이나 추구, 먼지에다 농약이나 들이마시구 살런 말이여?"

아랫골 쪽에서는 기중 가장 많은 논밭을 지닌 큰댁 할배가 염소수염을 배배꼬며, 보다 못해 몸소 딴죽을 걸고 나섰다.

"으르신, 한마을에서 그르믄 쓰겄시유. 워트캐든 대책을 세울려구 이장으로서 소임을 다 했습니다만, 워낙 능력이 모질라서 써억 맴에 들지는 않으시겄습니다만, 애쓴 점으루다가 양지하여 주시기 바랄 뿐이지유."

"뭔 서론이 오뉴월 엿가락츠럼 길디야?"

"그러니께유. 이장님이 결사적으루다가 떼를 쓰구 투쟁을 혀서, 마을길두 아시팔트루 말깜하니 새로 깔구유. 노인분덜 여름에 쉬시라 정자두 팔각으루다가 지어 주기루 했구먼유. 첨에는 안 된다구 딱 자르

216

는 걸 이장님이 마을 사정을 소상히 이야기허구 사정을 허니께, 그이 들두 봉사 차원으루다 마을에 공공사업을 지원허기루 헌 거시지유."

"아시팔트야 은젠간 멘에서두 깔 거니께 생색 낼 건 읎쟈……."

"멘에서 무신 돈이 있어서 깐대유? 슨거 때나 되야야 애들 소꿉장 난허듯 댓발자국씩 까는 거 지다렸다간 으르신 생전에 그 질 못 디뎌봐유."

설왕설래하는 중간에 이장이 헛기침을 하고서 끼어들었다.

"솔직허니 나라에 지대루 허가받구, 즈 돈 막대히 들여 짓겠대는디 그걸 막무가내 막을 순 읎구유, 어채피 방골에 골프장 들어서는 건 기정 사실루다 보아야 되겠습니다. 한 마을을 책임지는 이장으루서는 그렇다구 맥놓구 앉을 순 읎어서, 솔직히 뗑깡을 부린 꼴이 되었구먼유. 조곤조곤 사리를 따지는 이들헌티 난 무식혀서 암것두 몰르구, 하여간에 워찌 됐든 올 마을 사람들헌티 한 분이라두 섭섭허단 소리가 나와서는 우선 내부터 고향땅에 발 못 붙이구 살게 되니, 그리 알기나 허라구 자빠졌구먼유."

어디선가 동조의 목소리와 함께 박수 소리가 끼어들었다.

"그랴서 방골 땅을 일괄적으루다 한몫에 파는 걸 조건으루다 앞서 지도자가 말씀드린 바와 같이, 봉사적으루다가 마을에 길을 깔구 정자를 짓게 되었는디, 그걸루두 성에 안 찬다 싶어 마을에 으르신들두 많이 계시구, 이번 일루 여간 신경 쓴 게 많으니 위로차 관광이나 한 번 다녀오게 혀 달라구 혔습니다."

이번에 땅 한 조각 팔아넘기지 못한 아랫골 축들이 여전히 구시렁 거렸지만, 시골 땅이란 것이 옆에서 시세가 오르면 덩달아 오르는 법이니 나중에라도 득이 되면 득이 되지 손이 될 게 없다는 이장의 말에 더 이상 이의를 달지 않았다.

먹다 남은 밥찌끼를 쇠죽에 넣어 주던 영배 할배는, 큰아들 철구가 얼굴이 벌게져 돌아오기 무섭게 읍내 둘째아들 철중이까지 방게차에 제 처를 싣고 달려온 걸 내다보지도 않은 채 이맛살부터 찌푸렸다.

"너흰 노상 바쁘다멘서 웬일들이냐? 때 아닌 생신 상이라두 채려 줄 건 아닐 터이구."

"두엄데미에 모이는 파리새끼처럼 뭔 냄새를 맡았나 부쥬?"

마당에 틀어 놓은 수돗가에서 워럭워럭 낯을 씻으며 큰아들이 제 동생 들으라고 퉁겨대는 소리였다.

"원, 성님두 오랜만에 보자마자 두엄데미에 파리새끼는 뭐대유? 걱 정이 되어서 달려왔구만."

"고양이 쥐 걱정을 허라지."

상면하자마자 투덕거리는 꼴이 보기 싫어, 영배 할배는 쇠죽 바가 지를 팽개치고 횡하니 방으로 들어섰다.

"근강은 어떠신 게유? 지난 봄보덤 훨 수척해지셨네."

"그건 뭐여?"

"지네 술인디유. 허리 아픈 디는 특효라 혀서, 아는 이헌티 부탁혀

특별히 구헌 거이구먼유."

"서방님은 소지개 을둥이 사약 잘못 썼다가 대핵벵원에 입원혔다는 소리두 못 들었소? 공연히 침 맞구 가라앉힌 노인네 허리 사단내질 말어여."

큰며느리까지 어느 결에 따라와 문 앞에 지키고 선 걸 보며, 영배 할배는 어금니를 지그시 깨물었다.

"그려. 가져온 거시니 고맙게 받겠다만, 애비두 안즉 귀가 멀쩡혀서 들을 소리, 못 들을 소리 죄다 쓸어 담구 있는디, 다 모인 김에 단도직입적으루 말허겄다. 골프장이구, 대책회의구 쮗구 까불어두 내 눈에 흙이 들어가기 전꺼정은 한 뺌두 손을 못대는 거니께 그리들 알거라."

"골프장 한가운디서, 소 몰구 농사질 일 있시유? 남들 죄다 팔기루 혔는디, 아부지만 붙들구 기시믄, 당장 소는 얼루다 끌구 다닐 거시며, 날라 오는 골프공에 대굴 깰 일 있으셔유?"

"내 논에 내 소 끌구 가는디, 워떤 눔이 길을 막는댜?"

"논이야 우리 것이지만, 안중배미 논부텀 싸그리 팔아넘기는디 새처럼 날아간디유, 뱀처럼 기어오른디유. 남 것이 된 땅에다 우리 길 내라구 허겄시유?"

"아니, 대한민국 벱에 논두렁 길꺼정 막는 벱이 워디 있댜?"

"아부지, 그는 성님 말이 맞는구먼유. 우리 논이 방골 허구두 한가운데 포옥 파묻혀서, 남들 땅 팔아버리면 증말 갑갑해지는 거구먼유. 골프장 허려면 장대같이 철망을 두르는디유, 워떠케 드나들 재간이 있겄식유?"

조금 전까지만 해도 투닥거리던 두 아들이 난데없이 우애로운 모습을 뵈는 게 차마 보기 쟁그라워 영배 할배는 고개를 돌렸다.

"즤 생각은유, 넘들 허자는 디루 따라가는 기 좋겄다는 생각이 드네유. 은제나 중간만 혀라, 앞에 나서지두 뒤루 처지지두 말라 허신 아부지 가르침대루 이번 일두 우리 집 가훈을 준수혀서, 처결허는 것이 옳다는 생각이 드네유."

언제 적부터 정해졌는지도 모를 가훈이란 것까지 들이대는 둘째아들을 대하며 영배 할배는 기가 막혀 헛웃음도 나오지 않았다. 닭이나 튀기며 살아갈망정 읍내서 몇 년 돌았다고, 벌써 기름칠 나는 말본새가 매끈거리기만 했다.

"즤두 여간허면 버티구 끝까정 아부지 모시구, 조상대대루 일군 전답을 지켜 볼랴구 혔는디유, 사정이 그리 안 되는 걸 워떡헌디유? 땅금두 그만허믄 헐하지는 않다니, 팔아서 아랫골 쪽으루다 문전옥답이라두 대토럴 마련허야쥬, 뭐."

문전옥답이라는 말에 유난히 힘을 주는 큰아들을 째려보며 영배 할배는 혀를 찼다.

"성님두, 요새 세상에 문전옥답이 먼 말이래여? 골 빠지게 농사지어봐야 비료 값, 농약 값두 안 나온다구 케비에스 뉴스를 허신 분이 누구신대유? 이번을 기회루 타산 안 맞는 농사를 줄이구, 남들처럼 투자가치 높은 데다 쟁겨 두는 거시 훨 낫쥬."

"그려서 또 오시린지, 가시린지 허는 단란주점이라두 혀자는 거여? 투자가치 찾다 쪽박 차는 수 있어. 죽네 사네 혀두, 농사는 나라가 뒤를 받쳐주니께 든든헌 디나 있지."

"성님은 뉴스두 안 본대유? 에프티에이 협정 들어가면 농사는 이제 절단난 거나 진배없구먼유. 칠레는 통발 아가리구유, 진짜배기덜은 그 뒤에 줄줄이 나래비를 서서 기다리구 있다니께유. 정부에서야 자동차 한 대 더 팔아묵을 생각이지, 어듸 농사에 관심이나 있간디유?"

다시 두 아들이 투닥거리기 시작하더니, 급기야는 며느리들까지 면전에서 얼굴을 붉히며 깐죽거리며 말쌈을 벌이는 걸 보다 못한 영배 할배는 홧김에 앞에 놓인 걸 집어들어 내던졌는데, 하필이면 포장지로 곱게 싸인 지네 술병이 아니던가. 팔자에 보약이 무슨 가당찮은 말이던가, 한탄하며 영배 할배는 횅하니 빈 방에 혼자 누웠다.

결국 영배 할배는 조부모가 호미자루 하나로 평생을 걸려 일군 방골의 논밭을 팔아 넘겼다. 하루가 멀다 않고 매달리는 두 아들을 대거리하기도 귀찮고, 눈앞에서 투닥거리는 자식들이 자칫 의라도 나는 게 아닐까 걱정스러웠다. 눈 감는 날까지 손에 재물을 쥐고 있어야 대접을 받는다는 말을 모르는 바는 아니었다. 저승사자 발소리가 저벅저벅 들릴 나이가 되어, 오늘 밤에라도 '가자' 하면 별 수 없이 따라나설 수밖에 없는 처지에, 알량한 재산 남겨 자식들 간에 악다구니를 벌이게 할 일도 아니었다. 어차피 주고 갈 것이라면 어긋나기 전에 미리 제 손으로 나눠 주자는 생각이었다.

목돈을 나눠 받은 자식들은 한동안 난데없는 문안 인사까지 드나들며 곰살궂게 굴더니, 둘째네는 지금 하는 통닭집 지하에 노래방을 해보겠다며 시적거리며 다니느라 얼굴보기 힘들어졌다. 큰아들 철구마저 그렇게 목을 매던 문전옥답 얘기는 꼬리를 감추고, 아파트 딱지를 받아보겠다며 부부간에 여름내 읍내를 드나드느라 밥 얻어먹기도 힘들었다.

가을이 되면서, 방골 산자락에 트럭들이 드나들더니 며칠 안 가 벌거숭이 민둥산을 만들어 놓았다. 아스팔트는 언제 깔려는지 온통 공사차들이 일으키는 먼지로 마당에 고추도 널지 못할 지경이 되었다.

그 즈음에 이상한 소리가 들려왔다. 방골과는 등을 지고 앉은 진등머리 실내(絲川) 언저리도 골프장인가가 들어선다는 것이었다. 이미 팔아먹은 땅 너머에 골프장이 들어오든 화장장이 들어오든 이젠 알바가 아니다 싶었는데, 콩잎에 서리가 내려 앉을 무렵에 이르러서는, 흘려듣기에는 왠지 시원치 않은 이야기들이 입에서 입으로 묻어왔다.

"공깃돌이 된 거래니께. 재주라 혀야 기껏 논두렁에 콩이나 박어 먹을 줄 아는 촌넘들 손바닥 안에 굴리믄서 여간 재밌겠어?"

"무신 간첩 무전 뚜딜기는 소리를 현댜? 좀 쉽게 이야길 혀 봐. 그게 먼 소리려?"

장이 설 때마다 기지 바지 다려 입고, 읍내 다방 문지방이 반들거리도록 드나들어 마을에서는 일찌감치 소식통으로 통하던 기병이의 뜬금없는 말에 점박이 고스톱을 두들기던 패들이 일변 논두렁에 개구리 잡듯 내리치던 화투짝을 밀어 두고 모여들었다.

"츰부텀 냄새가 나드니, 환총연이구 뭐이구 다 짜구 치는 고스톱인 겨."

"고시톱은 또 뭐다? 그이들이 워디서 한판 짜아하게 벌리기라두 했단 말이여?"

"이러니 촌넘들 둔은 먼저 보는 눔이 임자라는 거여. 진둥머리 판술이를 만났는데, 보자마자 장모 따먹은 사윗눔이 즤 여편네 바라보듯 실실 웃더라 이거여."

"판술이라면…… 새마을 지도자 허는 곱실머리 말인가벼?"

"그려. 아무래두 먼 조화가 있다 싶어 옆구리에 붙들어 앉혔드니, 대번에 허는 말이, 방골에 초시난 게 은제 적이냐구 대중읎는 아갈배기럴 놀리더라구."

"버드나무 분질러다가 광주리나 엮든 진둥 넘들이, 워째 방골 초시 타령은 현다?"

"지방방송 끄구 이야글 들어보래니께. 허, 낯 뜨거워 재방송두 못허겠네. 느물거리면서 허는 말이, 진둥머리에두 골프장이 들어서기루 혔는디, 평에 오만 원씩 받았다는 겨. 진둥머리가 워떤 땅이여? 솜털 겉은 눈만 슬쩍 내려두 제비 울 때꺼정 녹질 않는 북향에다, 서울에 있는 육삼삘딩만큼은 가파라서, 땔나무 귀신 흔섭(憲燮)이두 게는 얼씬두 않든 베랑빼기 아녀?"

"아니, 거긴 워떤 골프장이길래 돈을 그리 퍼질랬댜?"

"실내씨씨라구 멩의는 따루 혔지만, 결국 그 밥에 그 나물인 겨."

"국밥을 먹든 따로밥을 먹든 그거야 먹는 인간 맴이지만서두, 워째 고래산 줄거리는 매한가진데, 이쪽저쪽 땅값이 다르댜? 들을수록 기분이 복잡혀지는구만."

"복잡허믄? 인감도장 흐릴까 봐 심 주어 몇 번이구 눌러 주구서 이제 와서 물러달랄 껴, 돈을 더 내렬 껴? 판술이 말대루, 조선 고리짝에 초시 한 번 나온 유세 떨문서 시상따라 하이바 제대루 못 돌린 게 죄이지 뭐여."

"물릴 만허면 물러야지. 못헐 건 또 뭐여?"

화투판 뒤쪽에서 어제 먹다 남은 술로 해장을 하던 안오상이가 제대로 펴지지도 않는 혀로 내뱉었다.

"도둑 보구 꼬리 흔든 개가 주인 보구 짖는다구, 괜히 촌넘 소리나 듣지 말구 국으루 있어."

"진둥 땅이 오만 원이라믄 문제는 여간 문제가 아녀. 그려, 워뜨케 된 사정이랴?"

"판술이눔 말루는, 즤들은 이 계통에 빠끔한 이가 있다드만. 진둥 영순인가, 물방앗간허던 엄술 씨 막내딸 냄편이라는디, 압구정인가 영동인가 서울서두 아주 부동산으루다가 국가대표급 노릇허던 이라 허더만. 그이가 방골에 북 치구 꽹과리 뚜딜기구 데모헐 적부텀, 진둥은 나 죽었소 허구 끽 소리두 내덜 말라 혔댜. 애초 방골에 방골씨씨루 허가낸 게 십팔 홀인디, 삼만 원씩 도리쳐서 돈꺼정 죄 받구 나니께, 그 작자들이 진둥으루 나타났다는 겨. 그제서야 부동산 국가대표가 나서는디, 허셔야쥬, 법대루 허가받아서 허시겠다는디, 국민체육활동이야 허구 싶으면 허셔야쥬, 꽹과리 꽹짜두 안 나오구 즘잖게 답을 혀니께, 그이들이 외려 워쩔 줄을 몰러 허드러는 겨. 근디, 그이 허는 말이, 허긴 허시는디 땅값은 지대루 받어야 허겠구먼유 허구 나서니께, 그이들 얼굴이 대번에 허옇게 되드랴."

"선수여, 선수."

"암만. 근디 메칠 있다 노란 조끼 입은 젊은 것들이 떼루다 몰려왔는디, 맞구먼. 환총련 것들이여. 판술이두 나중에 국가대표헌티 들어서 알었다는디, 그것들이 골프장이건, 화장장이건 들어서는 곳마다 전국을 돌아다니며 영업을 허는 것들인디, 제 땀 흘려 밥 한 톨 먹은 적 웂는 날건달이거나 깡패넘들이라드만."

"시상에 베라벨 직업이 다 있구만."

"환경이 워떠쿠, 고향땅이 워떠쿠 허는 걸 국가대표가 그 대장눔을 데리구 나가 조용히 이야길 나누드니, 그날루 얼씬두 않드라는 겨. 내중에 들으니, 그 패에두 족보란 것이 있어서 국가대표가 아는 이덜 이름을 대구, 여그가 지 고향인디 조용히 살려구 내려온 거시니 좋게 빠지라 혔다두만."

"슝칙헌 눔들 같으니라구. 여름내 삼시 세 끼 따슨 밥 지어 멕이구, 간간히 입맛 웂을까 애호박 착착 썰어 칼국수 끓여 멕이느라 목줄기에 땀띠 투배기가 되았는디……."

장거리 보러 가기로 한 남편을 찾으러 왔다 남정네들 뒤에 쭈그리고 앉아 이야기를 듣던 수용이 처가 가슴을 두들겼다.

"판술이 말루는 그 인간들과 골프장 넘들이 을마에 사들이구, 게서 을마를 떼어주기루 미리 짜구서 들어온다는 겨. 골프장이 젤 싫어허는 기, 대학생들허구 무신 시민단체들인디, 환총련이러 허는 넘들이 미리 앞자릴 차구 들어와 꽹과릴 쳐대어 긔들 들어올 틈을 안 주는 거라는 겨."

이렇게 하여 근동에서는 한때 초시를 내놓은 바 있다고 장거리에 나가서도 맥없이 지나가는 사람보고 촌놈이라 비아냥거리던 방골 사람들은, 버드나무 줄기를 꺾어다 광주리나 엮어서 장바닥에 앉아 팔던 천하 상것 진동머리 사람들 앞에만 서면 사정없이 고개를 떨구게 되었다.

벌겋게 벗겨졌던 방실씨씨—방골과 실내씨씨는 이내 하나로 합쳐지며 이름도 그렇게 합해졌다—는 파랗게 잔디가 덮이고, 방골 골프장 저지투쟁위원장을 맡았던 이장 이봉수 씨는 아랫골에 있던 제 땅에 골프 연습장을 세웠고, 새마을지도자 달구 씨는 방실씨씨 관리반장이 되었다.

영배 할배는 지금도 읍내 철중이네 오시리 단란주점이 오픈하던 날의 소동을 잊지 못한다. 개업식이라고 방골에서도 남녀노소 할 것 없이 하루 일을 폐하고 죄다 몰려갔는데, 지금은 이장 자리를 내놓은 방골 골프연습장 이봉수 사장이 남들 다 모인 자리에 뒤늦게 나타났다. 영 생색만 내는 소주 한 박스에 치렁치렁 서낭당 금줄 매달듯 '축 개업'이라 댕기까지 매달고 나타나서는, 그러잖아도 마음이 개운찮던 마을 사람들 틈에 물색없이 끼어들어 한바탕 흔들고 논 것은 그렇다 치자.

대가리를 방게처럼 돌리며 기세 좋게 잘 놀더니, 갑자기 돌아간 제 어미 생각이라도 난 건지, 고개를 푹 꺾고 마이크를 입에 처넣을 듯 들이박고는 착 내리깔린 목소리로 왜 하필이면 그딴 노래를 불렀단 말인가. 아무리 여름내 땡볕에서 머리에 띠 두르고 열심히 불렀던 노래라지만 그게 어디 남의 집 잔치 자리에서 어울리기나 할 노래인가. 그 인간은 워낙 제 기분, 제 욕심만 채우는 인간이라고 치고, 제 맘에 안 드는 노래를 불렀다 하여 마이크 든 놈 볼따구니를 쳐서 앞니 두 대를 부러뜨린 큰아들 철구 짓은 또 무슨 난데없는 봉변이란 말인가.

사랑도 명예도 이름도 남김없이
한평생 나가자던 뜨거운 맹세
동지는 간 데 없고 깃발만 나부껴
새 날이 올 때까지 흔들리지 말자

영배 할배는 이제는 텔레비전에서 이 비슷한 노래만 나와도, 골프라는 소리와 마찬가지로 탁 소리가 나도록 채널을 돌려 버렸다.

소적리 데모쟁이

 — 솔아 솔아 푸르른 솔아

일찌감치 저녁을 먹고, 꽃다방 미쓰 리 엉덩이나 주무르고 올까 마누라 눈치를 살피며 뭉그적거리던 배기삼 씨는 앰프를 타고 흘러나오는 이장의 꺽꺽 소리에 이맛살을 찌푸렸다.

"제미, 시상이 바뀌어두 저눔의 이장 마이꾸 소린 여전히 아아 했싸네."

"뭔 일이래유?"

"내가 알까? 무신 말인지 속 션히 하지는 않구, 아아 아아, 대구 벙어리 숭내만 내구 자빠졌으니."

"일곱 시까정 죄 나오래잖유."

다방행이 글러져 불편해진 심기를 공연히 귀 밝은 마누라에게 가자미눈을 뜨고 째려보다가 배 씨는 마을회관으로 허정거리며 나섰다.

"안즉두 안 나오는 양반들은 소적리 사람들 아닌 겨? 시방 마을이 쑥대밭이 되느냐 마느냐 하는 시점에서, 이렇게 협조가 안 되면 이장질 워뜨케 해먹으라는 겨."

일곱 시를 이십 분가웃 넘기고도 여남은 명밖에 안 모인 마을회관 앞마당에서 이장이 목에 잔뜩 핏대를 올리고 버티고 선 채 투덜대고 있었다.

"안 나오는 인간들은 워쩔 수 옰구, 우선적으루 나온 사람들만이라두 회의를 시작헙시다아. 발써 삼십 분이 넘어가는디."

마당 한귀에 쭈그리고 앉아, 박하담배만 쪽쪽 빨고 있는 홍기표 씨가 눈을 가느스름히 뜨고 이장에게 소리를 질렀다. 며칠 전부터 비상사태라고 똥마려운 강아지처럼 집집을 돌아다니던 이장도 별 수 없이 회의를 시작할 수밖에 없었다. 마을회의란 것이 어디서 눈먼 돈이라도 나왔다든가, 무상으로 지원되는 비료 포대라도 나눈다면 모를까, 궂은일에는 너나없이 이 핑계 저 핑계로 손에 움킨 물처럼 빠져 나가는 판이었다.

"헐 수 옰슈. 미군부대가 들어오든 여식들이 죄다 양갈보가 되든 내두 모르니께."

"그러면 안 되쥬. 워떠케든 일심으로 단결혀서 막아야지유."

"일심단결이구 머시구 일단은 모이어야 할 거 아녀. 가문 논에 올챙이 몽기듯 모여두 될까 말까 허는디, 이래가지구는 공연히 앞에 나선 이들만 헛심 쓰는 게지 뭐여."

"보상비 나올 때믄 새카맣게 달려 나올 터이니 신경 쓰지 말고, 어여 시작이나 혀."

"아재두 그런 말씸은 허덜 말어유. 지금 마을이 읎어지느냐 마느냐 하는 판에, 보상비가 문제유? 자꾸 그런 소릴 허니께 사람들이 뒤루다 물러 앉아 눈치만 보는 거에유."

좌장 격인 배기삼 씨는 조카뻘 되는 이장이 한마디 쏘아붙이자 멀쑥해져 보안등에 달라붙은 날파리만 후려갈겼다.

"그런디, 워째 여즈껏 얌잔히 있던 미군부대가 일루다 옮겨 앉는댜? 동산리 것들은 그동안 찝찔허니 돈푼 맛 줌 보았을 턴디."

"돈푼이 문제여? 양코배기덜 드나들면 그 동네 분위기가 워찌 되는디? 동산리만 혀두 검둥이, 흰둥이 앨 낳은 게 발써 느이가 넘어. 그뿐인감. 느느니 술집에 갈보집에 백주 대낮에두 길거리에서 양키들이 기집 붙들구 쭉쭉 빨아대는 걸 워찌 볼 것이여?"

"그려, 옮기는 건 정식적으루다가 확정이 된 겨?"

"군청 댕기는 순범이 말루는 국가적으로 결정되는 일이니 확정이 된 거나 다름없다는디유."

아까 한마디 쏘아 붙인 게 마음에 걸리는지, 이장은 배 씨에게 제법 공손하니 대답을 올렸다.

"일이 그리 되었다믄 모이어 봐야 무소용 아닌가?"

"그려두 시상이 달라졌으니께, 아무리 나랏일이래두 주민들 반대허문 함부루 밀어붙이진 못허지유."

"그럼유. 지금이 어느 시상인디, 사생결단을 낼 셈으루 달려들면 국가 아니라 단군 할애비래두 함부루 못허지유."

"사생결단이구 뭐시구 사람이 모여야 허지."

"직 말이 그 말이유."

이장은 갑갑한 마음에 이맛살을 찌푸리며, 아까부터 앞에 턱을 바치고 앉아 앰프에 꽂은 마이크를 만지작거리며 오갈 때마다 거치적대는 명구 막내아들을 파리채로 한 대 후려갈겼다. 아이는 파리처럼 왕울음을 터뜨리며 제 집으로 달려갔다.

"사람이 모여두 그려. 은제 우리가 데몰 혀 봤나? 벤벤한 글줄이나 적어 올려봤나?"

"것두 문제여유. 솔직히 두더지처럼 땅만 파먹구 살믄서, 나라에서 시키는 대루 따라만 해 봤지, 은제 바른 말 한번 대들어 본 적이 있슈?"

배 씨의 말에 꺽다리 김장우가 고개를 끄덕이며 한마디 얹었다.

"늬는 날 적부터 데모 허믄서 기 나온댜? 뒷산의 물푸레가 도끼자루두 쓰다가 서당 가면 반훈장 노릇두 허는 거시지. 급헌 판에 혀 보구 안 혀 보구가 어딨어. 경운기 몰구 땅크 앞에 나자빠지는디야, 벨 수 있댜?"

"나자빠지는 것두 혀 본 이나 혀는 거시지, 성식이 겉은 이덜은 아마 땅크 소리만 들어두 오줌을 즉잖이 쌀 틴디."

"아, 저 성님은 워째 한구석에 각시방 괭이츠름 조신히 앉아 있는 나럴 끌어다 붙인댜?"

"글타구 가만 앉아서 당할 거여?"

"누가 가만 있재나유? 뭔가 대책을 세워야 한다는 거시지유."

마을회의란 게 늘 그랬다. 허텅지거리나 늘어놓다가, 말꼬리 잡고 얼굴이나 벌게져서 회관 문 박차고 나가면 중동무이되기 일쑤였다. 배 씨는 공연히 귀 밝은 마누라 때문에 이 자리에 나온 게 새삼 후회스러웠다. 지금쯤이면 한적해진 다방 구석자리에서 통통하니 살이 오른 미쓰 리 엉덩이를 주물럭거리고 있을 판이었다.

"아, 데모라면 전문가가 있잖여?"

벌써 두 시간이 넘도록 빙빙 돌기만 하는 회의에 짜증이 난 배 씨가 지나가는 소리처럼 한마디 내뱉었다.

"누구여?"

"거시기, 데모쟁이."

데모쟁이라는 말에 모두들 멀거니 배 씨 얼굴을 들여다보다간 이내 제 손바닥을 마주쳤다.

"맞유. 그이가 데모에는 선수여. 그짓으로 집안을 다 말어먹었다는디."

"아무리 그랴두 뻘갱이를 데려다 무슨 욕을 당헐려구."

"욕은 무슨……. 꿩 잡는 게 매라구 데모에는 그이가 딱이유."

지금은 고인이 된 최응섭 씨 외아들 달수는 소적리에서 제 이름보다 데모쟁이로 통했다.

소적리에서 최초로 대학까지 들어간 달수는 하라는 공부는 않고 데

모를 밥 먹듯 하다가 옥살이까지 하고 고향으로 쫓겨왔다. 소적리에 내려와서는 하는 일없이 노상 뚝방에 나가 우두커니 벌겋게 노을 지는 서편 하늘만 바라보며 지냈는데, 사람들은 달수가 빨갱이라며 뱀 보듯 멀리 하였다.

최웅섭 씨가 평생 산판일을 쫓아다니며 마련한 옥답들은 자식 대학 보내느라 야금야금 팔아먹더니, 팔자 없는 관재수에 얼마 남지 않은 밭떼기마저 주둥이만 까진 변호사에게 갖다 바치고 빈털터리가 되고 말았다. 화를 삭이지 못한 최웅섭 씨는 뒷마당 그득히 빈 소주병만 치쌓고는 몇 해 못 가 세상을 뜨고 말았다.

사람들은 제 자식들에게 달수 짝 나지 말라고 밥상머리에 앉을 때마다 훈계를 했다. 땅 팔아 대학 공부시키면 뭐하랴, 나이 마흔이 가깝도록 장가도 못 들어 여태껏 허리 꼬부라진 노모에게 밥이나 얻어먹고 있으니. 개라면 복날 잡아나 먹는다지만 그러지도 못하는 인생을 어째야 쓰나. 길에서 마주칠 때면 사람들은 진저리를 치며 혀를 찼다.

"지가 뭘 헐 줄 아나유. 힘없긴 매한가지쥬."

"데모 허면 자네가 도사 아닌가. 우리야 맘만 있지 워디서부텀 일을 추려 나갈지 두서가 옳으니께, 자네가 조금 땡겨 주면 되갔는디."

"미군부대란 게 이 나라에선 워낙 상전 노릇을 허는 거이라서유, 여간해선 이겨낼 재간이 옳어유."

"혀는 봐야 헐 거 아닌가. 대대루 살아온 고향 마을인디, 자네 으르신을 비롯혀서 조상들 보이기 부끄럽잖게 한번 싸워는 봐야 헐 거 아닌가?"

모처럼 열변을 토하며 삼고초려로 졸라대는 이장 앞에 결국 데모쟁이 달수도 지겹도록 바라보던 서편 하늘을 접어 두고 마을 사람들 앞에 서게 되었다.

며칠 후, 면사무소 앞에서는 확성기를 매단 트럭을 앞세우고, '미군부대 이전반대'라고 적힌 붉은 머리띠를 두른 소적리 노인과 아낙네들을 잔뜩 실은 경운기가 꼬리를 물고 이어져 이차선 차도가 두어 시간은 족히 교통이 두절되고 말았다.

길 건너편 꽃다방에서 미쓰 리 손을 두 시간쯤 주무르며 손금을 봐주던 김 경사는 지구대장의 호통 섞인 전화를 받고서야 얼굴이 벌게져 경찰모도 쓰지 않은 채 거리로 달려 나왔다.

"무슨 일이랴? 소적리에 데모라니, 이게 무슨 일이랴?"

김 경사가 밖에 나왔을 때는 읍사무소 앞 차도를 가득 메운 소적리 사람들이 북과 꽹과리를 치며 아스팔트에 어깨동무를 한 채 앉아 있었다.

"즈게 뉘기여? 전번에 음주운전 걸렸던 배나무집 둘째 아녀. 가문 날 먼지 나게 쥐어터질 늠이구먼. 즈건 또 머시여? 배기삼 씨며, 이장꺼정……. 잘들 노시구 자빠졌네."

김 경사는 배기삼 씨가 붉은 띠 밖으로 삐져나온 허연 머리를 연신 쓰다듬으며, 목청을 다해 노래를 부르는 걸 멀거니 바라보고만 있었다.

"솔아 솔아 푸르른 솔아. 샛바람에 울지 마라……."

어디서 구해 왔는지, 트럭 위에 실린 대형 앰프에서 빵빵거리며 흘러나오는 반주 소리에 맞춰, 소적리 봉선이 할매까지 두 주먹 치켜 올리고 노래를 부르고 있었다.

"미군부대 이전반대, 미군부대 이전반대, 양키 고 홈!"

미치다 펄쩍 뛸 판이었다. 건너편에서 경광등을 울리며 도착한 순찰차에서 지구대장이 내려섰지만, 여남은 명 되는 경관들이 할 일은 그저 곁에서 구경이나 하는 수밖에 없었다.

그렇게 시작된 소적리 사람들의 미군부대 이전반대 투쟁은 여름 장마가 다 가도록 이어졌다. 경운기로 마을 입구를 틀어막고 외지 사람들이 함부로 드나들지 못하도록 번을 돌아가며 서자 신문 기자들이 드나들고, 이어서 통역관을 앞세운 미군 장교가 찾아오기에 이르렀다. 신문에 보도가 되면서 그동안 코빼기도 뵈지 않던 군수며 국회의원이 뻔질나게 이장 집을 드나들더니, 읍내에서 이장이 군청 공무원을 만났다는 소식이 들려왔다.

"미군부대가 죄다 옮겨 오는 게 아니라, 본부만 들어온다는 겨. 본부에는 즘잖은 장교들만 있으니 동산리처럼 되진 않을 거랴."

"그러믄 잘된 일이유?"

"안골 쪽으루다 본부가 들어오는디, 땅값은 애초에 고시가루다 주려던 걸 바꿔서, 시가보다 더 쳐주구 마을 길두 뻔뻔허게 포장을 혀준다네. 읍내 사람들 말루는 소적리 사람덜 횡재했다구, 마을이 몰러

보게 발전헐 거라구 허대."

"동산리에선 옮기지 말라구 이전반대 데모를 헌다맨서유?"

"그렇댜. 군수가 낼 보구 소적리 사람들이 물정을 몰러두 한참 몰러, 굴러온 호박을 발루 차구 있다구 허대."

"맞으유. 내두 읍내 친구들헌터 들으니께 미군부대 들어오믄 그 안에 들어가는 잔디두 뽑구, 뺑끼칠두 하구 여간 일자리가 많지 않다 허대유. 웬간한 회사 자리보담 낫대유."

이장은 마을에서 말발깨나 있는 사람들을 하나씩 읍내 '불나비 싸롱'으로 불러내 맥주를 사며 이런 이야기들을 너만 알고 있으라는 식으로 퍼뜨려 나갔다.

가을로 접어들면서 번을 서던 마을 청년들이 슬그머니 빠져나가고, 읍사무소 앞에서 매주마다 벌이던 항의 시위도 사람이 모자라 이어나갈 수가 없게 되어서야 달수는 뭔가 문제가 생겼음을 알게 되었다. 그리고 마을 사람들이 데모를 중단하고, 미군 측과 부대 이전 합의문에 도장을 찍기로 하였다는 소식을 전해 들었다.

"데모두 어지간히 혀야. 그게 죄다 마을 잘되자구 허는 일이지, 워디 남 망치자구 허는 일인감."

"그건 그류. 나라에서 허는 일이구, 그이들두 우리나라 지켜 주겠다구 이역만리 떠나온 고마운 이들인디."

"근디 애덜 교육상 안 좋으면 워쩐디유?"

"다 즈 허기 나름이여. 아, 요새는 학교서두 미국 선생들 모셔다 영어 배우는디, 가차이 있으면 한마디라도 더 읃어 배우겠지 안 그려?
그라구, 그이들이 여간 즘잖지 않다구 허대."

"그러면 여즈껏 데모헌다구 괜한 짓만 헌 거 아니유?"

"아, 띠 두르구 악 쓰니께 그나마 보상비 올려 받은 거 아녀. 츰부팀
내는 미리 계산을 놓아 둔 일이여. 동산리 이장이 즤들두 츰에 그리
데몰 혀서 재밀 봤다구 코치를 해 주었지."

"한 푼이라두 더 받으면 좋지유. 하여간 이장님 덕이유. 그나저나
달수 그이두 고생깨나 했는디."

"근디 이번에 한테 일을 허다 보니께, 그는 사상적으루다 아즉까정
문제가 즉잖이 있드만. 오죽허면 옥살이를 했을까. 한 번 든 뻘갱이물
이 그리 쉽게 빠지겄어?"

이리하여 소적리는 평온을 되찾았고, 데모쟁이 달수는 다시 뚝방으
로 돌아와 저녁노을이 빨갛게 타오르는 서편 하늘만 하염없이 바라보
게 되었다. 미처 떼어 내지 못한 '미군부대 이전반대' 깃발이 논두렁
에 꽂힌 채, 조석으로 선선해지는 갈바람에 그루에 심은 두렁콩 잎사
귀와 함께 누르스름히 빛이 바래가고 있었다.

너의 희망이 무엇이냐

"희망 부동산인데유. 뉘를 찾는……."

전화를 받던 구본중 이장은 벌에라도 쐰 듯, 들었던 수화기를 화급히 내려놓았다. 곧바로 되울리는 전화를 여직원 앞으로 밀어놓으며 구 이장은 벌떡 자리에서 일어섰다.

"송 양, 난 새북부텀 제암리루 땅 보러 간 거여."

아침부터 전화통 끼고 앉아 있는 화상의 얼굴을 눈앞에 그려보곤 구 이장은 진저리를 쳤다.

"자식이 아니라 웬수여."

아직 제암리 이장과 만나려면 한나절이나 남았지만, 구 이장은 아침부터 들볶아댈 전화를 피해 사무실에서 빠져나왔다. 밖으로 나오자 후끈하니 더운 공기가 숨통을 조여 왔다. 아직 복(伏)도 멀었는데 아침녘부터 이렇게 삶아대니 발로 먹고사는 일이 여간 고달프지 않았다.

은행에 들러 어제 맞추어본 통장 잔고를 되찍어 보려던 구 이장은 얼마 전, 새로 아가씨가 들어왔다는 역전다방으로 발을 돌렸다.

"성격두 참허구 얼굴두 이영애를 빼닮았어요. 늦기 전에 서둘러 오셔요."

아무리 촌이라도 면사무소가 버티고 있는 중앙통에 이십 년 전통으로 돈 들어갈 것도 없는 밍밍한 차를 몇 곱쟁이로 팔아먹었으면 좀 격조란 것도 갖춰 놓으라고 이장들 둘러앉은 자리에서 한마디 해 주었던 답이었다. 며칠 샐쭉하니 사람을 봐도 제대로 인사도 않던 마담이 어제 친히 전화까지 걸어온 것이다.

도시와 달리 농촌의 다방이란 것이, 빤히 얼굴 익히고 지내던 이들이 노상 모여 소싯적부터 나눈 이야기를 재탕, 삼탕 우려내느라 지겹다 못해 역증이 나는 곳이니만치 신선한 아가씨 얼굴이라도 철철이 바꿔 가며 쳐다보는 맛이라도 있어야 장사를 해 먹는 곳 아닌가.

그런데 아무리 촌놈 핫바지 속에 꿍쳐 둔 구린내 나는 돈 빼앗아 먹는 게 물장사라지만, 그것도 장사고 사업이라면 투자도 하고, 고객 서비스도 해야 하는 것이 아니냐. 어찌 된 것이 면내 남정네부터 촌구석 총각들까지 죄다 한 번씩 품어 보고, 다시 재방송으로 한 바퀴를 되돌고 나서도 여전히 그 군내 나는 묵은지 닮은 얼굴을 여전히 마주 보아야 한다니, 이건 고객을 우습게 보고 무시하는 처사가 아닐 수 없었다. 기껏 한다는 짓이 읍내에 유이하게 있는 다방 두 군데끼리 그 밥에 그 반찬인 아가씨들을 맞바꾸는 짓이었다.

꼴이 그러다 보니, 손바닥만 한 면내에서 여자래 봐야 열 손가락도 제대로 펴지 못할 만큼 빤한 처지에, 부자가 한 여자를 번갈아 품고, 형제와 사돈 간에 민망한 관계에 처하니 예부터 기호지방의 문사들을 대거 배출하고, 공자를 모신 서원이 둘이나 되는 문향에서, 풍기상으로나 도의상으로나 더 이상 방관할 처지가 되지 못했다.

모처럼 음정면 관내 십오 개 리장들이 모인 자리니, 한번 큰소리도 쳐 볼 겸 구 이장은 내어 놓고 침을 주었다.

"물장사가 뭐여? 어디 물이 옳어 여기 물 먹으러 오나? 거시기 싸비스가 생명 아녀. 촌에서 짓는 벼농사두, 도시 사람들 모셔다가 오리 새끼두 풀어 놓구, 우렁이두 끓여 멕이구, 광에 처박아 두었던 멍석 내다가 윷두 놀구, 갈이믄 그 바쁜 철에 방가치 잡으러 이리 뛰구 저리 뛰는 게 다 뭐여? 싸비스 하는 거 아니겄어. 근디, 소위 싸비스루 돈 벌어먹는 다방에서, 시방 여그가 무신 민속촌여? 아님, 일편단심 춘향이 뫼신 사당이여. 이 나라 최고 갑부라는 삼성 재벌 호이장님이 허신 말씀이 있어. 마누라 빼구는 다 바꾸라구. 그게 뭐시여? 고객에 대한 싸비스가 그만치 중요허다 이 말씸 아니여? 근디, 아무리 조강지처두 몇 해 두구 들여다보믄 지루혀서, 혹 신선한 눈요깃거리라두 있을까뵈, 비싼 돈 팔아 쓴물 사 먹으러 드나드는디, 봄이 가고 여름이 오구, 다시 여름이 오구, 또 오는디두 워째 여그 아가씨들은 오구가는

240

거이 옳단 말이여?"

무어라 한마디 쏘아 붙이려던 마담은 주변의 이장들이 '옳소!'를 외치며 역성을 들자 입만 매몰차게 모아 물 뿐 대꾸를 하지 않았다. 다가오는 가을에 있을 이장협의회장 선거에 은근히 뜻을 두었던 구 이장은 그만 해도 좋을 말들까지 이어 붙였다.

"글구 한 군데 오래 있음 정들어서 못써. 이런 데서는 그저 비라도 오는 날, 한잔씩덜 허구, 추녀 끝에 추적추적 매달린 빗방울 보믄서 잠깐 연애루 객고나 푸는 거신디, 그짓두 자꾸 겹치믄 정이 들어서 못 쓰는 벱이여."

"듣자듣자 하니, 이장님 허시는 말씀이 거시기 하시네. 아자씨, 여기가 무슨 기생들 몸 파는 유곽인 줄 아셔요. 여긴 차 파는 다방예요."

"그새 차 파는 다방서는 연애허믄 잡아간다는 벱이라두 생겼나 부네. 서루 싸우구, 죽이는 거보담 서루 사랑허구 연애허는 게 세계 평화를 위혀서두 좋은 거 아녀?"

가뜩이나 길 건너 꽃다방에 손님을 뺏겨서 신경이 예민해져 있던 마담은 당장은 듣기 싫어도 영 이쪽 말을 무시할 것이 아니라는 걸 늦게나마 깨달은 듯했다. 구 이장은 이영애를 닮았다는 새 아가씨를 보고 싶기도 했고, 늦기 전에 서둘러 오라던 마담의 은근한 말에 서둘러 발을 놀렸다. 앙앙불락해도 단골이라고 생각해 주는 게 흐뭇했다. 예부터 귀한 음식을 장만하면 어른부터 수저를 드는 법 아닌가.

"나 왔어."

다방 문을 호기롭게 밀고 들어선 구 이장은 침침한 다방 안을 둘러보며, 새 얼굴부터 뒤져 보았다. 땡땡이 무늬 한복을 새로 차려 입은 마담이 꿩 물고 온 사냥개처럼 턱을 받쳐 들고 옆자리에 와 앉는다.

"신장개업이라두 혔는가베. 딴 이 같애."

"그래서 싫어요?"

"신선하니 좋아."

"그르믄서두 눈은 어딜 그리 바삐 뒤지시나요?"

"뉘여?"

마담은 구 이장 허벅지를 "아얏" 소리가 절로 나도록 꼬집어 틀고는, "김 양아!" 하며 주방 안을 향해 외쳤다.

아무리 잘 보아도 열아홉을 겨우 넘겼을까. 통통하니 볼에 젖살이 아직도 남아 뵈었다.

"아무리 급혀두 그렇지, 너무 거시기하네."

"분위기를 싹 바꾸라더니, 또 뭐가 어때서요?"

"요새 원조 교제 땜에 망신당헌 이가 읍내서만두 한둘이 아녀."

"원조 교제라니요?"

구 이장 앞으로는 젤 비싼 쌍화차를 내어 놓고, 저는 묻지도 않고 얼음 빠뜨린 냉커피를 내어다가 빨대로 쪽쪽 빨던 김 양이 눈을 동그랗게 뜨고 끼어들었다.

"지 나이가 스물셋이여. 이 나이든 오빵, 증말 웃긴다."

"스물셋?"

"쯩 까 볼까여?"

까 보라면 제 치마부터 까 보일 듯 자리에서 발딱 솟구쳐 설쳐대는 김 양을 우선 눌러 앉히느라 구 이장은 더 말을 늘이지 않았다. 구석에 앉아 신문을 펴 들고 있던 정미소 박 사장이 능글거리는 웃음을 띤 채 이쪽을 보며 고개를 까닥거려 아는 체를 했다. 구 이장은 정색을 하고, 옆구리에 달라붙은 김 양에게서 몸을 떼어 앉았다.

카운터에 놓인 전화가 요란스레 운 것은 바로 그때였다. 치맛단을 잘잘 끌며 달려간 마담이 이쪽을 보고 전화기를 들어 보인다. 제암리 이장에게 무슨 일이 있어 오늘 나오지 못한다는 전갈인가 보다고 여겨졌다.

"뉘슈?"

전화기를 받아든 구 이장의 얼굴에 당황한 빛이 역연하다. 아들 충식이었다.

"아니, 니가 워떠케 여그까정……."

"지금 아버지가 뭘 허는지두 빤히 보구 있슈."

"허긴 뭘……."

구 이장은 방금 제가 앉았던 자리에 남아 있는 김 양을 돌아보았다. 빨대로 쪽쪽 소리가 나도록 냉커피를 빨던 김 양은 눈이 마주치자 빨간 혀를 날름 내밀어 보였다.

"근디 아침버텀 웬 전화래?"

"아침이 아니라, 어제 저녁부텀여유."

"혈 말이 있음 집으루 찾아올 것이지."

"은제 집에 기셔야쥬."

"무슨 일이여?"

"사업 아이템인디유. 이게……. 아버지, 즌화 끊지 말구 오 분만 직말 줌 들어 보셔유. 이게 혔다 허믄 대박이 나는 사업인디유. 국내서는 아즉 츰이구유, 했다믄 억은 그냥 굴러오는 아이템이거든유."

"아이땜에구 어른땜에구, 그리 좋은 일이믄 늬 혼자 알어서 다 혀지, 내까지 뭘 일러주느냐구 아침부텀 즌화질이냐?"

"근디유, 그기 초기 자본이 줌 들거든유. 워떤 사업이든 일단 츰엔 투자가 줌 돼야 허잖아유."

"무신 돈인지는 모르겠다마는, 돈이래믄 나허구는 해당 없는 일인 중은 미리 알구 말혀라. 공연히 아침버텀 헛기운 빼지 말구."

"그려서 말인디유.. 즤가 은행돈을 줌 빼서 쓸려구 허는디, 보증이 필요혀서유."

"예부텀 보증 서는 자식은 낳지두 말렸는디, 애비 보구 보증 서라는 자식이 여깄구나."

"길게 잡어서 육 개월이믄 투자금은 다 빠지니께, 아부지, 육 개월만 돈을 대는 것두 아니구, 보증만 서 주셔유."

"글쎄, 워디 은행인지는 모르겠다만 불알 두 쪽만 있는 이두 보증인으루 받아 주는 고마운 은행이 있대더냐?"

"아버지두 참, 그런 은행이 있음 즤가 이 고생을 왜 혀유. 담보를 대

야 허는디, 아시다시피 즤가 집두 지난 번 일루 근저당이 잽혀 있어
서…… 아부지가 줌 도와 주셔야겠어유.”

“사정 딱하긴 마찬가진 줄 너두 모르진 않을 겨.”

“그래서 궁리 끝에 쇠지기 산을 잠깐 빌리믄 안 될까 싶어유. 어머
니께는 발써 승낙을 받았구먼유.”

“쇠지기 산이라니? 조상님들 뫼신 선산 말이여?”

“야.”

조금 전까지만 해도 빙글거리며 아들의 이야기를 여유롭게 대꾸하
던 구 이장은 선산이라는 말에 우선 가슴이 턱하니 눌려 헛입만 자꾸
벙긋거릴 뿐, 제대로 말이 나오지 않았다.

“그게 워떤 산인 중은 알구 짓까부는 거여? 그 산은 조상님들 모이
쓴 산이구, 니 꺼두 아니구, 니 물색읎는 에미 꺼두 아니구, 내 꺼두
아녀. 그 산은 팔 수두, 잽힐 수두 읎는 산이여.”

“저두 다 알아 봤다니께유. 아부지 인감만 떼어 오믄 다 해주겠다는
이가 있어유. 즤가 팔아 먹겠단 것두 아니구, 육 개월만 잠깐 빌려
서…….”

“예이, 미친놈아”라고 외치며 남의 전화기를 깨지라고 카운터 탁자
위에 내던진 구 이장은 이영애 닮았다는 아가씨가 빨대를 빨며 자리
에서 기다리고 있는 것도 잊은 채 다방 밖으로 튀어 나왔다.

어쩌다 생때 같은 자식이 저리 되었는지 구 이장은 제 가슴을 오지

게 두들기고 싶은 심정이었다. 언감생심 부지런히 돈 벌어다 부모 봉양하는 것은 바라지도 않았다. 그저 국으로 제 처자식이나 굶기지 않고 살아가길 바랄 뿐이었다. 대학까지는 보내지 못했지만, 그것도 순전히 제가 고등학교 시절에 물 건너 차 서방네 둘째딸에게 미쳐서 학원 대신 그집 앞에서 한세월 보내다가 미역국 먹은 걸 수원수구하랴. 제 분수를 모르는 것이 명절날, 친척들 모인 자리에서 음복술에 혀가 꼬부라져 "아버지가 한 번만 더 밀어 줬으믄 대핵 갔을 것이고, 그랴믄 지 인생이 이러진 않았을 거다"라고 허튼 소리나 주절거리는 꼴이라니.

군대 갔다 와서는 "밀레니움 시대에 사양산업인 농사는 안 지어 먹겠다"길래 아는 이에게 어려운 청을 넣어 신문 보급소 총무 자리를 만들어 줬던 것이다. 그러면 제 아비 얼굴을 봐서라도 꾹 참고 다니며 봉급이라도 타 먹어야 옳지 않겠느냔 말이다. 겨우 서너 달 다니다가 뭐, "썩은 언론 밑에서 밥 빌어먹기 싫다"고 박차고 나올 때 일찌감치 알아 봤어야 했다. 그것도 자식이라고, 읍내서 스티커 사진방을 한다기에 대학 등록금 밀어 주는 셈치고, 차진 햅쌀로만 열 섬지기 논을 남의 손에 넘기고 말았던 것이다. 장가를 들어 애를 낳고도 하는 짓은 매한가지였다. 피씨방을 하네, 비디오방을 하네, 꼭 제 생겨먹은 낯짝처럼 칙칙하니 어두운 골방에서 하는 사업만 쫓아다니며 있는 돈을 참새 나락 까먹듯 털어 먹더니, 저도 낯짝은 있는지 한동안은 더 말이 없었다. 작년 가을부터는 제 마누라 등쌀에 밀려서긴 하지만, 제 손윗

동서가 하는 가구공장에 적을 걸고 다달이 월급이란 것도 받아오는 눈치였다.

그러던 아들이 다시 병이 도진 것은 행정수도가 이전한다며 충청도 땅값이 들썩거리면서, 이곳만 같으면 대한민국 부동산업자들 다 굶어 죽으리라던 음정면 땅금까지 덩달아 뛰어오를 때였다. 아니다. 좀 더 정확히 말하자면, 발이 푹푹 빠져서 트랙터도 못 들어가는 응달받이 고래논자리 곁으로 찻길이 뚫린다면서 땅금이 하루아침에 곱에 곱을 뛰었을 때였다. 평당 삼만 원에도 구경 삼아 둘러보겠다는 사람조차 없던 음정면 일대 땅금이 오만 원, 칠만 원, 십만 원으로 뛰더니 급기야 신문지에 둘둘 말은 돈다발을 든 사람들이 줄을 지어 찾아왔다. 오로지 사람 힘으로만 농사지어 먹고살던 고래논자리여서 이제 팔다리에 힘이 빠져나가던 구 이장으로선 애물단지나 다름없는 땅이었다. 노상 물이 질척거리고 나서 묏자리로도 팔아먹지 못하니, 팔다리 힘 빠져서 농사도 못 지어 먹으면 미꾸리나 기르려던 논이었다. 그 논을 평당 십이만 원에 모개로 당장 눈앞에서 뭉칫돈을 건네주겠다니 이런 횡재가 없었다.

그렇게 생각지도 않던 목돈을 손에 넣게 되니, 도통 농사지을 맛이 나지 않았다. 죽으나 사나 팔자로 여기고 밭고랑에 엎드려 호미질로 날을 보내던 것이 영 미련스럽게만 여겨졌다. 하루가 다르게 오르는 땅금에 앞의 텃논, 뒷산 비탈의 고구마밭까지 팔고 나니 사람 일생에 돈 버는 것만큼 쉬운 일도 없다는 생각이 들었다.

게다가 명색이 이장이다 보니, 서울서 내려오는 복부인이며 떴다방들이 손마다 한과 세트며, 양주병을 들고 찾아왔다. 그들이 부탁하는 것은 그다지 어려운 것은 아니었다. 마을에 팔려고 내놓은 땅을 남들 먼저 일러 주고, 안 팔려는 이들을 설득해 땅을 내놓게 만드는 것이었다. 그러면서 구 이장은 면내 다방에서는 떴다방들이 찔러주는 사례비를 챙겼고, 마을에 들어와서는 땅주인에게 소개비를 받아 챙기니 도랑 치고 가재 잡기인 셈이었다.

소문이 나자, 제 마을 것만이 아니라 이웃 마을에서도 땅을 팔아 달라 맡기는 이들이 찾아왔다. 그것도 여러 번 하다 보니, 제법 땅을 보는 눈도 생기고, 떴다방들에게서 얻어 들은 정보라는 것이 한몫 재산이었다. 떴다방들은 그를 정보원이라고 불렀다. 이 마을, 저 마을에서 급히 내놓는 땅이나, 누구네 안주인이 암에 걸려 조만간 땅을 팔아야 할 것이라는 집안 사정까지 소상히 꿰고 있으니 그만한 정보원도 흔치 않았다.

제 농사일에 바쁘다고 똥덩이처럼 서로 미루던 이장 자리를 구 이장은 자진해서 삼 년이나 내리 맡고 있었다. 마을 사람들에게 걷던 릿세도 받지 않기로 했다. 그 대신 동네에 들어오는 외지 사람이나 공장 주인에게 알아서 얼마를 뜯어먹든 참견을 하지 않는다는 것이 마을 회의 때 결정된 사항이었다. 어수룩한 도시 사람이 이사를 올 때는 텃세 비스름하니 촌에서는 인사를 잘해야 한다고 침을 놓으면 알아서 봉투가 들어왔다. 영 눈치가 없이 희뜩희뜩 콧대만 치켜 올리고 다니며 저녁 인사를 오지 않는 것들은 반드시 물을 먹여야 했다.

집을 지을 때 공사 차량이 드나드느라 마을 길이 망가진다든가, 먼지가 날려 비닐하우스 농사에 지장을 준다든가, 하수구 물이 논으로 흘러들어 소출이 줄었다든가, 집에 붙은 밭에다 자동차를 세워 농지를 불법으로 전용했다든가, 밭에다 농사를 짓지 않고 풀이 무성하게 묵혔다든가, 개를 풀어 놓아 남의 닭을 잡았다든가, 논에서 일하는데 마당에 자빠져서 음악만 들어 농사짓는 사람들 사기를 떨어뜨렸다든가, 밤중에 지나가는 사람을 태우지 않고 저만 차를 몰고 지나쳤다든가, 읍내 장터에서 마주치고도 마을 사람을 몰라보고 인사를 않았다든가, 트집을 잡자면 한도 끝도 없었다. 대개는 몇 번 신호를 보내면 저녁 늦게 집 문을 두드리며 찾아오게 되어 있었다.

그러나 굵직한 것은 공장이었다. 우선 공장 터를 찾자면 이장을 건너뛸 수 없었다. 건너뛰고 들어온들 배겨낼 재간이 없었다. 가구공장은 톱밥 날리고, 염색공장은 개울에 물들이고, 철물공장은 쇳가루 날리고, 단무지공장은 파리 끓게 하고, 도색공장은 냄새가 나고, 김치공장은 짠물 흘려보내고…….

이런 공장 하나만 들어오면 외지인 백 명 이사 오는 것보다 가욋돈이 더 많고, 릿세 십년 먹는 것보다 배가 든든했다. 구 이장이 읍내에 아파트 한 채를 사 두고도 여전히 마을에 눌러 앉아 있는 이유가 이러했다.

그러다가 올 봄부터는 아예 면사무소 앞에 있는 희망부동산에 의자 하나를 마련했다며, 이사 명함까지 파 주어 아침마다 그리 출근하고 있었다. 지금 구 이장의 꿈이 있다면, 제 마을을 벗어나 음정면 전체의 땅을 제 손안에 넣고 마음대로 주물러 보는 것이었다. 그러자면 이번 가을에 선출하는 이장협의회장 자리에 반드시 올라야 했다. 그래서 면사무소에 볼일 보러 나오는 이장마다 붙들어 시큼한 막걸리에 돼지 비곗살이라도 구워 먹이고, 입가심으로 다방에 데려가 쓴 커피라도 먹이는 그 요량을 철딱서니 없는 자식놈은 헤아릴 줄을 몰랐다.

그저 하나 남은 선산을 어떻게든 집어 삼키고 싶어 조급증이 날 지경이었다. 턱도 없는 소리였다. 돈이 되는 땅이라면 사고팔기를 더운 날 애들 얼음과자 사 먹듯 하고 있지만, 땅에도 팔 게 있고 영 못 팔게 있는 것이다. 땅이란 것이 전처럼 배곯던 시절에는 오로지 논에서 쌀을 내고, 밭에서 푸성귀를 길러 식구들 배를 채우는 데 쓰였지만, 이제 쌀이나 푸성귀보다 더 많은 돈을 버는 집터며, 공장 터, 골프장, 상가, 아파트 부지로 쓰이는 시대에 들었다. 그런데도 끝까지 농사짓겠다고 거기 엎드려 지내는 것도 한심한 일이지만, 제 조상이 대대로 누워 있고, 언제고 자신도 그 틈에 누우러 갈 땅마저 배추밭처럼 팔아넘기는 것도 혀를 찰 일이었다.

하기야 얼마 전에 구 이장은 명달리 김 서방네 종중산 이만이천 평이 뭉텅이로 나온 것을 서울 민 여사께 구억오천에 사 드린 바가 있다. 그거야 제발 팔아 달라고 제 발로 걸어와 냉커피까지 사 가며 부탁한 일이니 어쩔 수 없는 일이라고 구 이장은 생각했다. 구전을 받아

먹어서 흐뭇했지만, 제 조상 묘까지 까뭉개고 돈과 바꿔 먹는 놈들이라니, 속으로 상종 못할 상것들이라고 손가락질을 했었다.

하기야 예전으로 거슬러 오르자면, 양반보다 상것들이 많았을 터이고 사람이나 벌레나 상스러운 것들이 새끼들은 무섭게 세상에 질러 놓으니 제대로 된 집안 사람네보다는 상것들이 더 많은 게 당연한 이치라고 생각했다. 구 이장은 이번 가을에 이장협의회장 자리에 오르면 무슨 일이 있더라도 서울 중곡동에 있다는 대동종친회를 찾아가 볼 참이었다. 그동안 워낙 먹고사는 데 황망하여 제 출신도 더듬지 못한 채 상것들 틈에서 미욱하게 살아왔던 것이다.

구 이장은 그때, 아들 충식을 대동하리라 단단히 마음먹었다.

농협에 가서 돈 안 드는 에어컨 바람이나 쐬면서, 돈 빌리러 나온 이장들이나 만나면 손인사라도 나눠 두기로 했다. 문을 밀고 들어서자, 이젠 귀에도 익은 창구 여직원의 인사 소리가 반가이 맞는다.

"어서 오세요, 무엇을 도와 드릴까요?"

"다방보담 싸비스가 훨 낫구만. 선헌 냉커피 한 잔 내놔 봐."

조합장 실이 비어 있는 걸 보고는 구 이장은 제 집 드나들 듯 그 안으로 들어갔다.

"이 양반은 또 휘두르러 갔나베?"

"요즘 감사여. 정신이 하낙두 읎어."

여직원이 가져온 냉커피를 제가 먼저 홀짝 한 모금 들이키고는 강

현성 상무가 소파 맞은편에 앉는다.

"뭔 고마운 짓을 혔다구 감사여?"

"에프티에인가, 디디틴가 땜에 엄한 넘들만 잡게 생겼어."

"아, 농사 못 짓겠다고 내놓는 논밭덜 농협서 거둬들여 땅장사나 허믄 백배 날 틴디 뭔 걱정여? 걱정은 우리츠럼 팔아먹을 논밭두 읎는 껍데기들이지."

"그러지 말어. 요즘 재미 보는 건 자평리 구 이장뿐이라구 소문이 짜아 허든디."

"어느 씨알머리 읎는 인간이 그따우 말을 헌댜? 남 속 터져 죽겠구만."

"터져 죽는 것은 배부른 이덜 최후여."

실없는 농담이나 주고받는 처지지만, 구 이장이나 강 상무도 서로를 만만히 볼 입장은 아니었다. 이태 전까지만 해도 무대리 이장 노릇을 하던 강현성도 듣기에 우선 좋고 말이 번듯해 상무지, 행사 때마다 이장들 접대하는 게 일이었다. 농사짓는 면민들이 돈을 출자해서 세운 단위조합에서 녹봉을 받아먹고 사는 상무라는 자리가 자칫 이장들 사이에 평판이 나쁘게 났다가는 이내 새마을 방송을 타고 면 전체로 퍼져 결국 공판장으로 밀려나 개 사료나 져 나르는 신세가 되거나, 아니면 다시 논바닥에 들어가 김이나 매면서 농협 놈들 욕이나 원 없이 하는 조합원 신세로 돌아갈 것이었다. 구 이장으로 말하자면, 여기저기 돈 될 만한 땅 사두려는 투자자들이 땅을 되잡혀서 대출이라도 받는 일에 다리라도 놓자면 강 상무에게 아쉬운 소리를 않을 수가 없는 처지였다.

그러자니 둘은 주로 남들 보는 자리에서는 실없는 농담이나 주고받고는, 저녁 늦게서는 후미진 춘월옥 골방에서 은밀한 이야기들을 나누어왔다. 남자들의 그런 은밀한 관계일수록 돼지표 본드처럼 끈끈하니 달라붙는 밀착감을 느끼기 위해 여자나 술을 공유하게 되는데, 두 사람도 예외가 아니었다.

"역전다방에 이영애가 들왔어."

"이영애?"

"스물서이라는디, 내 보기엔 열아홉이나 되았을까? 뉘 먼저 헐 텨?"

딴 때 같으면 개기름으로 떡칠한 얼굴에 번질거리는 웃음을 흘렸을 강 상무가 웬일인지 월담하다 들킨 샛서방 얼굴을 한다.

"이영애가 문제가 아녀."

"워째 날이 더워서 안 서?"

구 이장은 냉커피 한 잔을 더 타온 여직원의 바라진 엉덩이를 훔쳐보면서 들고 있던 잡지로 강 상무 사타구니께를 툭툭 쳤다.

"시방 그럴 때가 아니라니께."

"워째 그려? 쉰 돈 먹다가 감사에라두 걸린 거?"

"남 걱정 말구, 자네 자부나 잘 챙겨."

남들 들을까 귀에다 대고 나직하니 건네는 강 상무의 말을 구 이장은 무슨 뜻인지 잘 알아듣지를 못했다.

"자부라니?"

"충식이 처 말여."

"갸가 워째서?"

하루가 멀다 않고 만나면 술로 범벅이 되고, 사이좋게 오입질을 한 사이라 머뭇거릴 말이 없는 처지에 강 상무가 무언가 말을 더듬었다.

"이런 말을 혀야 허는 건지……."

구 이장은 제 며느리가 노래방 도우미로 나온다는 말을 듣고도 좀 체 믿기지 않아 바쁘다는 강 상무를 앞세워 강변 유원지께 새로 생긴 쏭쏭 노래방으로 택시를 잡아 한걸음에 달려갔다.

평일인데도 금모래 유원지 앞에는 관광버스들이 즐비하니 서 있었 다. 머뭇거리는 강 상무 등을 떠밀어 들어선 노래방에는 대낮인데도 노랫소리와 여자들의 웃음소리가 문 앞까지 자지러지게 새어나왔다.

"여, 미쓰 민이라구 있슈?"

구석진 방으로 들어가 구 이장은 강 상무에게 들은 대로 성까지 바 꾼 제 며느리를 찾으니, 기름독에 빠진 생쥐처럼 머리를 갈라붙인 주 인이 고개를 갸웃거렸다.

"워째, 우리 미쓰 민 인기가 이리 다락같이 올라갔대유. 워디서들 들었는지 죄다 미쓰 민만 찾으니 거참 알다가 모를 일이네."

그때만 해도 미쓰 민이 과연 제가 찾던 사람일까 반신반의하던 구 이장은 제 며느리가 눈두덩에 주먹으로 쥐어 박혀 멍이라도 든 것처 럼 시퍼런 칠을 하고, 손톱마다 선지 피 같은 매니큐어를 칠하고, 깜

빡 허리를 구부렸다가는 똥꼬가 그대로 내보일 것처럼 아슬아슬하니 짧은 치마를 입은 채 찰찰이를 흔들며 들어설 때만 해도 다만 제 눈을 의심할 뿐이었다.

그렇기는 며느리도 마찬가지였다. 빙빙 돌아가는 불빛 때문에 상대를 제대로 보지 못한 듯, 그녀는 구 이장 앞에 한껏 교태를 부리며 허리를 꺾었다.

"미쓰 민이라구 해유."

구 이장은 남우세스러워 옆에 있는 강 상무부터 서둘러 밖으로 내보냈다. 그때서야 제 시아버지를 알아보고 밖으로 뛰어나가려는 며느리를 붙들어 앉히고 구 이장은 한숨도 내쉬지 못했다.

"느가 증말 재찬이 에미가 맞는 겨?"

어쩔 줄 모르며 앞자리에 앉아 짧은 치마 앞 솔기만 자꾸 끌어내리던 며느리가 겨우 고개를 끄덕였다.

"아버님, 죄송혀유."

"죄송헐 게 아녀. 워쩐 일인지, 자조지종을 차근차근, 솔직히 말을 혀 봐."

그때서야 며느리는 이미 엎질러진 물이라는 판단이 섰는지, 제법 시아버지와 눈을 맞추며 오므렸던 입을 열기 시작했다.

"아버님, 저도 이러구 싶어서 허는 게 아녀유. 아범이 말끝마다 누구네 엄마는 재테크를 잘혀서, 아파트를 넓혀 갔다느니 한몫 단단히 잡았다느니, 이런 소리를 허니 어디 가만히 집안에 앉아 있을 수가 있

어야쥬. 그렇다구 아버님두 아시다시피 직가 학벌이 있어유, 기술이
있어유. 있다믄 그저 마을 부녀회 잔치 때, 노래 잘 헌다는 소리는 들
어서, 어디 돈 벌 재간이 이것밲에 더 있어야쥬. 이것두 더 나이 들면
허구 싶어두 못혀유. 그래두 지가 실제 나이보담 어려 보인다니께, 그
나마 요 몇 년 도우미 노릇 헐 수 있는 거래유."

"그려, 어려운 살림 애쓴다."

구 이장은 오히려 제 시아버지를 설득하려고 드는 며느리가 기가
막혀 긴 말을 할 수가 없었다.

"그렇기 나쁘기만 보믄 디릴 말두 못혀유. 이것두 다 짬짬이 고추밭
매는 품으루만 보시믄 디유. 솔직히 몰라서들 그렇지, 이게 손님들 만
나서 분위기 띄워 주구 노래나 불러 주면 되는 거뿐이지, 워디 술을
파는 것두 아니구, 알구 보믄 참 깨끗한 일이어유. 시간 당 이만 원인
디, 그 중 만 원이 직 몫으루 또박또박 들어오구유. 매너 좋은 손님들
만나믄 팁꺼정 얻을 수 있으니 요새 겉은 불경기에 웬간한 봉급쟁이
보덤 나아유. 솔직히 아버님은 모르시겠지만, 아범이 사업헌다구 돈
깨물어 먹구 요새 제우 남의 공장 다니믄서 월급이라고 타오는 게 얼
만 중 아셔유. 냄 부끄러워 야그도 못 혀유. 애는 자꾸 크는디, 이제
중학교 들어가믄 남 다 하는 학원두 보내야 허구. 과외두 시켜야 되는
디, 그 돈이 워디 하늘서 그냥 떨어지나유. 아니믄 누구네츠럼 부모
잘 만나서 돈 쓰라구 땅떼기 한쪽씩 척척 떼어주는 것두 아니구…….
재찬 아범 알아봐야 공연히 집안 분란만 나구, 아버님두 좋을 거 없잖

아유. 그러니 아버님두, 오늘 눈 딱 감구 모른 척혀 주셔유. 어느 남정네든 즉 여자가 이런 데 나와서 돈 번다는 거 알면 좋을 거 있겠싀유."

이건 순전히 협박이다.

구 이장은 우선 허여멀건 며느리 허벅지를 피하느라 눈을 둘 데가 없어 더 긴 말을 할 수가 없었다. 문 밖에서 기다리고 있는 강 상무 보기가 부끄러워 큰소리도 못 내고, 고개만 건성으로 주억거리며 며느리 등을 떼밀어 밖으로 내몰았다. 물색없는 며느리는 그 와중에도 그 잘난 도우미 노릇에 빈틈이 없다.

"아버님, 일단 룸에 들어오믄 기본료는 내야 허거든요. 아니믄 지 돈으루 까야 허거든유."

주인에게 갖다 줄 만 원을 챙기는 며느리가 징글맞아 구 이장은 지갑을 열어 짚이는 대로 지폐 몇 장을 며느리 손에 쥐어 주었다.

부동산 사무실을 드나들며 는 것은 노래 솜씨랄 정도로 허구한 날 드나든 노래방이건만 구 이장은 앞으로는 거길 다시는 드나들 수가 없을 듯했다. 그냥 가겠다는 강 상무의 손을 움켜쥐고, 쇠전 뒷골목에 붙은 국밥집으로 들어갔다. 연거푸 안주도 없이 쓴 소주를 물처럼 들이켜고서야 구 이장은 참았던 긴 숨을 내쉬었다.

"증말 세상이 워쩌려구 이러지?"

"세상 탓헐 것두 읎어. 은젠 세상이 바루게 돈 적이 있는가베. 해가 동에서 뜨서 서로 진다지만, 서서 뜨서 동으루 진다구 우리 겉은 쭉정

이들헌티 벨 수가 있겄어? 까꾸루 돌든, 비스듬히 돌든, 무슨 소용여. 어채피 탓헐 세상두 우리겐 해당 읎음이여."

"그랴두, 어지간혀야지. 이건 순전히 돈에 미쳐서 눈덜이 하얗게 뒤집어진 거여. 글지 않구서야……."

"그런 거긴 돈 싫어 허는감? 공연히 돈이구 세상이구 탓헐 게 아니여. 죄 직 헌 탓이여. 문전옥답 다 팔아먹구, 조상님네 모이까정 내다 팔아먹는 판에 뭘 탓허겄어."

술기가 가파르게 오르던 구 이장은 강 상무 말이 자신을 두고 하는 말 같아 불끈 뜨건 것이 가슴에서 치밀었지만, 며느리 일에 가슴이 짓눌려 끙끙 소리만 안으로 집어삼켰다.

"근디 말여, 가만 보니께 돈이구 세상이구 참 재밌드라구."

술잔을 비우고, 깨를 빻아 넣은 소금 몇 톨 입 안에 털어 넣던 강 상무가 운을 뗐다.

"뭐시 그리 재밌어?"

"거기두 생각을 혀 봐. 면내 십오 리 다 긁어모아두 금모래 유원지 노래방 하루 벌이만큼 되는 농사꾼이 읎으니, 농자천하지거지여."

"우리두 노래방이나 갈까?"

"이영애럴 데리구?"

"징그러워, 시상이."

밤새워 감사 준비를 해야 한다는 강 상무를 농협 사무실로 돌려보내고, 구 이장은 어둑해진 밤거리에 우두커니 섰다. 어디로 갈까. 이리저리 휘적거리기만 하지 도통 앞으로 나아가려 하지 않는 다리에 힘을 주어 구 이장은 면사무소 앞에 불을 켜고 기다리고 있는 택시에 올라앉았다.

집으로 돌아오니, 안주인은 아직도 텔레비전 앞에 눌러 붙어 사람이 오는지, 나가는지 돌아볼 염도 없었다. 그 대신이라도 노릇을 하려는지, 아들 충식이 안방 문 앞에 저승사자처럼 버티고 앉아 기다리고 있었다.

"워딜 늦게 댕겨 오신대유?"

"내 걱정꺼정 혀 주냐?"

네 걱정이나 하라는 소리가 목구멍까지 넘나드는 걸 구 이장은 어금니에 힘을 주어 깨물고 간신히 참았다. 차마 제 색시가 노래방 도우미 노릇한다는 말은 하지 못하고 끙끙 속으로만 앓는데, 물색없기로는 심 봉사 뺨치는 충식이 무릎을 당겨 앉는다.

"아부지, 아까 말한 사업 아이템인디유."

"뭘 아이템?"

"노래방인디유. 그냥 맥없이 노래만 하는 것이 아니구유. 손님덜이 원하는 대로 꾸민 도우미가 교복도 입고, 하녀 복장도 하고 나와서 왼갖 시중을 들면서……."

이야기꾼으로서의 소설가

임진택 (연출가, 판소리꾼)

이시백(李時白) 선생이 소설가라는 사실을 나는 2년 전까지만 해도 잘 모르고 있었다. 내가 그를 처음 만난 것은 2001년 남양주 북한강변에서 '세계야외공연축제'를 시작할 때, 그 지역에서 활동하고 있는 예술인들을 두루 접촉하는 과정에서였다. 처음 만난 자리에서 양 쪽을 다 아는 누군가가 어떤 '잘 생긴' 사내 한사람을 소개하는데, 그 소개말에 담긴 의미는 이를테면 그가 소설가이되 '저평가 우량주'라 할 만한 소설가라는 의미였던 것 같다.

소설가 이시백의 유망함을 내가 그 자리에서 바로 실감한 것은 아니었다. 나는 그때까지 그의 소설을 읽어본 적이 없었으며, 그 당시 우리들의 공통 관심사는 문학이 아니라 남양주 북한강변에서 처음 시도되는 야외공연 예술이라는 미개척의 새로운 분야였기 때문이다.

내가 소설가 이시백의 진면목을 실감한 것은 2년 전 그가 『890만 번 주사위 던지기』라는 자유단편소설집을 냈을 때이다. 그가 나에게 간접적으로 연락을 해 와서, "오랜만에 소설책을 내는데 출판기념회에 꼭 오셔서 한 말씀 해주셨으면 좋겠다"는 부탁을 건네 온 것이었다. 두 말 할 것 없이 나는 흔쾌히 승낙하였고, 그러자니 그의 소위 '자유단편' 소설들 원고를 먼저 받아 읽어보게 되었다. 그리하여 첫대목 「오임리 등화관제 훈련」이라는 손바닥소설부터 한번 읽어나가는데, 어라 이것 보소! 자유자재한 글 솜씨에 허기진 놈 밥 한 그릇 쑤욱 넘기듯 단편소설 한 편이 단숨에 읽히는 것 아닌가? 어라, 이시백 선생에게 이런 글 솜씨가……. 아니 말 솜씨가?

그의 작품들을 읽어나가는 중에 나는 불현듯 오래 전 젊은 시절에 읽었던 이문구 선생님의 『우리 동네』를 떠올렸는데, 아니나 다를까 「갈마리 반공용사 순국기념비」를 거쳐 「신동」, 「부부」 등의 단편들을 읽으면서는 한국 소설문학의 거두 故 이문구 선생께서 저승에서 답답한 이승 현실을 보다 못해 후배 작가 한 사람을 내려보낸 것 아닌가 하는 생각마저 들었다.

얼마 후 남양주 수동(水洞) 인근에서 출판기념회가 열린 날, 내가 이시백 선생을 이문구 작가에 빗대어 상찬하는 축하 발언을 하자 이시백 선생은 뜻밖에도 매우 황공스런 표정을 지었었다. 나는 그의 겸손이 더욱 마음에 들었다. 그날 우리는 상당히 기분이 좋아져서 밤늦도록 술을 한껏 마시고 흠뻑 취해서 향후 호형호제(呼兄呼弟)하기로 수동결의(水

洞決意) 한 바 있다.

　이시백 선생의 이번 연작소설집 『누가 말을 죽였을까』는 한동네에서 일어난 한동네 사람들 이야기라는 점에서 전작 『890만 번 주사위 던지기』보다도 더 『우리 동네』 연작소설들에 흡사하다. 더구나 동네의 배경도 충청도 어딘가로 설정되어 있고 등장인물들이 충청도 사투리를 진하게 사용하고 있어 그 느낌이 더욱 강하다.

　이시백 선생에게 물어보니 출생에서부터 성장, 거주 및 직장이나 활동영역 어디에서도 충청도와는 직접적인 연고가 없다고 한다. 『누가 말을 죽였을까』의 실제 배경도 사실은 그가 지금 살고 있는 경기도 남양주시 수동면이란다. 그런데도 왜 굳이 작품에 충청도 말씨를 선호하느냐고 물었더니 "충청도 말투라야 등장인물의 성격이 사는 것 같다"고 말한다. 그도 그럴 것이, 경기도라 하는 데가 서울 경(京), 왕터 기(畿)인지라, 서울 인근 옛 왕터 언저리에서 쓰던 말투로는 관(官)에 대한 민(民), 지주(地主)에 대한 작인(作人), 외래(外來)적인 것에 대한 토착(土着)적인 것의 대비가 거의 드러나지 않을 뿐 아니라, 나아가서는 있는 자(富者)에 대한 없는 자(貧者) 또는 악한 자(惡人)에 대한 선한 자(善人)의 성격적 대비 역시 거의 드러나지 않을 터이기 때문이다.

　하지만 『누가 말을 죽였을까』의 연작소설들을 읽어나가는 동안 나는 한편으로는 거뜬하게 각 작품의 재미를 만끽하면서도 다른 한편으로는 가끔씩 속도를 늦추고 더듬거려야 하는 대목들이 없지 않았는데, 대체로 그런 경우는 영락없이 그 지독한 원단 사투리 때문이었다. 이문구 선생 시절에도 꼭 되새김질을 해야 맛이 나던 그 능청스런 문체를 이해하는 독자가 별로 많지 않았는데, 온 국민이 핸드폰을 들고 다니며 책상마다 컴퓨터가 한 대씩 놓여있는 이 시대에 그 능청한 되새김 문체를 즐길 독자가 얼마나 있을까 하는 우려가 없지 않았다. 그럼에도 불구하고 나는 이시백 선생의 고집스런 글투(아니, 말투)를 전폭적으로 지지하기로 마음을 굳힌 바, 그것은 오랜 세월 켜켜이 쌓여온 우리 사회 근본모순을 끈질기게 파헤쳐 뒤엎을 수 있는 가장 효과적인 도구로, 바로 그 능청스런 되새김 문체를 들고 종횡무진할 '이야기꾼 소설가'가 남아 있다는 (혹은 나타났다는) 것이 너무나 반가웠기 때문이다.

소설은 원래 '이야기'이다. 말로 하던 이야기를 글로 써서 나타내는 것을 일컬어 소설이라고 한다. 이야기가 있어 소설이 나온 것이며, 따라서 소설이 제 아무리 스스로 탐미적 형식을 추구하더라도 그 안에 이야기가 없으면 소설이 아니고 또 소설이 될 수 없다.

이야기로부터 나온 우리 전통 구비문학 중 가장 대표적인 것으로는 서사무가와 판소리를 꼽을 수 있는데, 그것들은 글이 없던 때의 이야기 형식이라고 할 수 있다. 나는 젊은 시절 우연히 판소리를 접한 후 그 길로 빠져들어 광대를 자처하고 다니다가 판소리와 이야기의 관계 및 판소리와 소설의 관계를 알게 되면서 매우 흥미를 느낀 적이 있다. 국문학계의 견해에 의하면 18세기 중반 우리나라에는 말로 하는 원래의 이야기꾼인 강담사, 이야기책을 큰소리로 읽어주는 강독사, 그리고 타령에 맞추어 소리로 이야기를 전하는 강창사 이렇게 세 가지 유형의 이야기꾼이 있었다고 한다. 나는 오늘날에는 거기 덧붙여 '이야기를 글로 써서 표현하는 소설가'를 또 하나의 이야기꾼으로 규정해야 마땅하다고 생각한다.

이시백 소설의 가장 큰 특징은 '이야기적 성격'에 있다. 그의 자유단편소설은 물론이고 이번과 같은 연작소설에서의 각각의 단편에서도 타소설과 구별되는 가장 큰 특징은 '이야기적 성격'이다. 그의 문체는 문어체라기보다 거의 구어체에 가까우며, 때로 유식하게 늘어놓는 만연한 문어체마저도 결국은 구어체 영역 안으로 편입된다. 그렇기 때문에 그의 소설은 자유분방하면서 흥미진진하고, 시끌벅적하면서 화기애애한가 하면, 비분강개하다가 태연자약하고, 능청 익살맞다가 청승 비감하고, 우렁우렁하다 다시 소곤소곤하고, 통쾌무비하다 망연자실하기도 하고, 시시껄적하다가도 기실은 의미심장하다. 이 모든 특징이 바로 '이야기'로부터 나오는 것이고, 작가 시백(時帛)의 존재 의의는 이러한 '이야기꾼으로서의 소설가'라는 자랑스러운 전통과 계보를 적극적으로 계승하는 데서 찾아야 한다고 나는 생각한다.

또 하나 이시백 이야기체 소설의 결정적인 흥미와 재미는 '뒤집기(顚覆)'에 있다. '뒤집기'를 위해서는 무엇보다도 '깔아놓기(布石)'가 제대로 되어있어야 하는데, 이시백의 단편소설들은 포석 단계에서부터 독자를 흥미롭게 한다.

이시백의 소설들은 첫 단계에서 독자들로 하여금 갖가지 궁금증을 불러일으킨다. 왜 이 이야기를 꺼낸 거지? 왜 이 인물에 대해 이렇게 장황하게 설명하지……? 이러한 전개는 마치 바둑에서 네 귀로부터 포석이 전개되어 변으로 확장되는 과정을 연상시킨다.

그 다음 이시백의 소설 전개는 '숨겨놓기(伏線)' 단계로 들어간다. 어, 왜 이렇게 일이 잘 풀리지?(또는 왜 이렇게 일이 계속 꼬이지?) 그런데 왜 갑자기 딴 얘기로 슬쩍 넘어가지……? 이 단계에서 이시백의 소설은 때로 추리소설 같은 느낌마저 주는 경우도 있는데, 이러한 전개는 마치 바둑판 어느 한 곳에서 부딪친 전투를 그대로 두고 복병을 숨겨둔 채 중앙 딴 곳으로 옮겨 전투를 확장해가는 과정처럼 느껴진다.

그리고 나서 이시백의 소설은 특유의 '뒤집기(顚覆)' 단계로 넘어간다. 어, 이게 어쩌다가 이렇게 됐지? 젠장, 그런 줄도 모르고…… 그게 결국 그랬었구먼…… 바둑으로 치면 '축'도 모르고 계속 바둑 수를 두거나 자기가 둔 수가 결국 자충이 되어 자기 돌이 다 죽게 된 순진함, 또는 고수의 작전에 말려 '회돌이'나 '패'에 걸려 다 이긴 바둑을 지고 만 애석함 같은 것이라고나 할까? 혹은 씨름판에서 다 이긴 씨름을 순간적인 뒤집기 한판으로 놓쳐버린 허망함 같은 것이라고나 할까……? 팽팽하게 겨루어오던 이시백의 소설들은 그런 '뒤집기' 한 판으로 급작스럽게 대단원을 마무리해버림으로써 독자들에게 뜻밖의 충격과 함께 긴 여운을 남기게 된다.

이시백 선생이 이번에 내는 『누가 말을 죽였을까』는 연작소설의 형태를 띠고 있다. 각각의 단편소설에 등장하는 인물들과 사건들은 모두 연결되어 있다. 각각의 단편들이 한 편의 나무라면, 연작소설집 전체는 하나의 숲인 셈이다. 연작소설의 성패는 나무들이 모여 얼마나 좋은 숲을 이루느냐에 달려있는 것인데, 그러한 관점에서 『누가 말을 죽였을까』는 故 이문구 선생의 『우리 동네』 이래 가장 주목할 만한 연작소설집이 아닐까 나는 생각한다.

덧붙여 나는 이시백 선생의 이런 작품이 앞으로 판소리로도 짜이고, 마당극으로도 공연될 수 있으면 좋겠다는 생각을 해보고 있다.

이시백 선생이 신변을 정리하고 늦게나마 전업 작가로 나선다는 말을 들었다. 나는 이시백 선생의 이번 연작소설집 『누가 말을 죽였을까』 출판이 그의 인생 이모작(二毛作)을 향한 과감한 전환의 계기가 되기를 바라고 있다.

시백(時帛)의 인품과 성정, 재질과 역량으로 볼 때 그는 한국문학계에서 사라져버린 '이야기꾼 소설가'의 전통과 맥락을 복원할 소중한 자산이자 유망주이다. 단지 그의 능력이 최고로 발휘되고 정당하게 평가되어 우리 시대의 '이야기꾼 소설가'로 우뚝 서기를 나는 기대하고 있다.

한국문학은 그로 인해 더욱 풍요로워질 것이다.

농촌 · 농민의 속살 보듬기

고인환 (문학평론가)

1. 걸쭉한 웃음

우리의 농민 · 농촌소설은 부조리한 농촌의 현실을 풍자하는 데 주력해
왔다. 이에 농촌 · 도시, 농민 · 정부, 부농 · 소작인 사이의 대립각이 선
명하게 부각되곤 하였다. 이시백의 소설은 이러한 이분법 너머에 시선
을 던지며 황폐한 농민들의 속살을 보듬어 안는다. 여기에서 기존의 농
민 · 농촌소설을 계승하면서 넘어서는, 웃음과 울음이 뒤엉킨 이시백
소설의 진경이 펼쳐진다.

먼저, 이번 소설집을 열어젖히고 있는 「땅두더지」에 나타난 재규 씨
(아버지)와 종필(아들)의 갈등을 살펴보자.

① "농사꾼은 지 눈으로 보구, 지 귀루 들은 것만 믿어야 농사꾼이
여. 워디서 그딴 소릴 들었는 줄은 몰러두, 즉 땅 갖구 즉가 먹구
살 곡석 길러 먹는다는디, 대통령이 뭐구 에프티에이가 무슨 소
용이여."

② "시상이 바꿰었시유. 안 쓴다구 돈 버는 시상이 아녀유. 쓸 거 다
쓰믄서, 더 많이 벌어 사는 시상이 되었슈. 즉어두 아부지나 지는
땅 파묵구 애끼구 제우제우 살아왔지만 즉 애들헌티는 그짓 못 시
키겄시유. 그기 어디 그지지, 요즘 사람이 헐 일이래유?"

　　　　—「땅두더지」중에서

　우리 농촌의 현실을 구체적으로 보여주는 대목이다. ①은 평생 등골
이 빠지게 농사 지어 '한 뼘, 한 뼘 농토를 사들여 그게 불어나는 재미'
로 살아온 재규 씨의 항변이다. 이제 이러한 농민으로서의 삶 전체가
'쓰잘머리 없고', 심지어 그런 땅을 '서둘러 팔아넘겨야' 하는 시대가
도래한 것이다. 죽으나 사나 '땅두더지'처럼 흙만 파먹고, 제 땅을 지킨
이들이 '행정수도다 뭐다 하여 덩달아 오른 땅값' 때문에 삶의 터전을
잃어야 하는 아이러니한 상황에 처한 것이다.
　②는 변화하는 농촌의 현실을 제시하면서 재규 씨의 논리와 맞서고
있는 아들의 목소리이다. 이러한 갈등을 제시하는 작가의 시선에 주목
할 필요가 있다. 작가의 시선이 갈등을 통해 현실을 풍자하는 데 머물러
있는 것이 아니라, 대립 너머 삶의 속살을 쓰다듬고 있기 때문이다. 이

들의 대립은 겉으로 보이는 것과 같이 그리 단순하지 않다. 아들의 논리는 우리의 농촌 현실과 팽팽한 긴장감을 형성하고 있는데, 이는 '엊저녁에 재규 씨와 한바탕 말씨름을 벌인 종필은 아침이 되어도 가벼이 몸을 일으킬 기분이 나질 않았다'로 이어지는 작품 「조우(遭遇)」에서 생생하게 제시된다. 종필은 '남이 걷어치운 농사까지 꿰차고, 곁눈 한번 안 돌리고 농사를 지어'온 '영농후계자'였다. 그는 아버지의 삶을 이어받아 '땅만큼 정직한 게 없는 줄 알'고 열심히 농사를 지었다. 유기농, 비육우, 생태마을, 산촌마을, 정보화마을 등 나라에서 권장하는 일은 다 해봤다. 하지만, 매번 용두사미가 되어, 앞서서 설쳐댄 자신만 멀쑥해지고 꼴만 우습게 되기 일쑤였다.

주위의 농민들은 '금이 좋아 푼돈이나 만질 때는 고맙다는 말 한마디 없다가 일이 틀어지면 엄한 사람에게 덤터기'를 씌우고, 자신의 뒤를 이어 농고에 진학한 아들은 '실습이라는 명목으로 학교에서 기르는 소 먹이 주고, 돼지 똥 치우는 상머슴 노릇'이나 하고 있고, 아내는 돈도 벌어다 주지 못하는 주제에 자상하지도 않다고 종필씨를 몰아세운다. 그야말로 사면초가의 상황이다. 그러니 '다리에 힘 빠지기 전에 서둘러 서울로 올라가고 싶은 심정이 굴뚝' 같다. 종필은 '자신부터도 땅 팔아서 서울로 떠나려 하고, 막상 서울 가서 살다 보면 쌀금 올라가야 좋은 낯색할 리가 없는 일인데, 언제까지 알량한 고향 팔아가면서 농촌 살리라고 악을 쓸 수 있을까'하고 되뇌인다. 하지만 종필의 고민은 여기에서 그치지 않는다.

막상 서울로 떠나는 것도 만만한 일은 아니었다. 남의 돈 빼앗아 먹는 일에 난다 긴다 하는 사람들만 모여 사는 서울에 여태껏 농사 말고는 군대 가서 공병대 삽질밖에 한 것이 없는 그로선 그 안에 뿌리를 박는 데에도 선뜻 자신이 서질 않았다. 그나마 처자식 배 곯리지 않던 살림까지 들어먹고, 머리 숙이고 부모 앞에 기어 들어오는 장면은 만약에라도 상상하고 싶지 않은 모습이었다.

"이만만 해도 팔자로 여기고 눌러 살 텐데."

— 「조우(遭遇)」 중에서

자신의 논리대로 땅을 팔고 농촌을 떠난다 해도 문제는 그리 간단하지 않다. 주위에는 '부모가 물려준 땅 다 털어 먹구두 안즉두 정신 못 차리'는 사람이 수두룩하다. 이 대목에서는 아버지의 삶이 그래도 낫다. '농사는 팽개쳐 두고, 읍내 나들이나 일삼고, 다방에 모여 뜬구름 잡는 이야기나 주고받다가 귀만 얇아져서, 누가 참게가 좋다면 논 뒤엎고 참게 기른다고 뭉칫돈 날려 먹고, 사슴 농장 한다고 엄한 소 팔아서 이제는 그냥 줘도 안 가져가는 사슴 키우느라 사료 값만 잔뜩 빚으로 짊어진 큰아버지에 비한다면 오로지 땅만 보고 죽은 듯이 엎드려 곡식만 길러온 제 아버지가 여간 든든'한 것이 아니다.

그렇다고 '에프티에이 저지 대책 방향이니, 투쟁 대오 조직'이니 하는 '집회'도 마뜩치 않다. '정작 들어야 할 것들은 산을 몇 개나 넘어 서울에 들어 앉아 있고, 촌구석에서 속사정 뻔히 유리처럼 들여다보는 인간들끼리 정색을 하고 고함을 치기도 우스운 일'이며, 모내기에 모 뜯어 심는 것도 서투른 얼굴 하얀 운동가들이 그런 말을 할 때면 처음에는 동생 같은 이들이 힘을 보태는 것만으로도 고맙게 여겼지만, 이제는 정치꾼들 입에 발린 말 들을 때처럼 뜬구름 잡는 이야기로만 들린다.

농촌에 남을 수도, 그렇다고 서울로 떠날 수도 없는 이러한 종필의 고민이야말로 우리 농촌의 현주소를 보여주는 바로미터이다. 많이 양보해서 지금 같기만 해도 '팔자'로 여기고 눌러 살 수 있다. 하지만 상황은 점점 더 나빠질 뿐이다. 그렇다고 아버지 재규 씨의 논리를 반복함으로써 농촌 현실의 문제점을 타개할 수도 없다.

이러한 농촌·농민의 딜레마에 응전하는 작가의 미적 방식을 따라가 보자. 집회를 마친 종필은 경운기를 몰고 집을 향한다. 기역자로 꺾어진 좁은 농로로 경운기 머리를 들이미는 순간 다급한 자동차 소리가 앞을 가로막는다. 경적소리에 기분이 언짢았지만 경운기를 길가로 비켜 주었다. 주춤거리며 옆으로 지나가던 자동차가 비척거리는가 싶더니 옆의 논두렁 밑으로 뒷바퀴를 담그고 말았다. 차가 빠졌는데 운전자는 나와 보거나 창문으로 목을 내밀지도 않고 헛바퀴만 요란하게 굴려댄다. 보다 못한 종필이 경운기에서 내려 창을 두드리자 차 주인이 창을 연다. 아이가 다니는 농고의 교감이다. 모른 체하고 지나칠 수 없게 된 종필은 신발을 벗고 논에 들어가 차 뒤꽁무니를 밀었다. 자동차 헛바퀴에 진흙이 튀어 얼굴이고, 옷이고 흙범벅이 되고 말았다. 말로는 고맙다고 하면서 양복에 넥타이까지 맨 교감은 논두렁에 선 채로 빈 입만 놀리고 있다. 제 차가 빠졌는데도 양복 입은 걸 핑계로 삼아, 팔짱만 끼고 남이 흙 뒤범벅이 되는 걸 보고만 있는 교감이 여간 얌통머리 없는 게 아니었다. 교감이 지껄이는 말은 더더욱 가관이다.

"떠날 양반덜은 다 떠나라구 혀야 혀유. 농사 못 짓겠다구 허는 이덜 논을 다 사들여서 외국츠럼 비항기루 씨 뿌리구, 기계루다 다 거둬 들이는 선진농업……"

논흙에 깊게 잠겨 빠지지 않는 다리를 뽑느라 몸을 기울였던 종필은 아까 먹은 막걸리 탓인지 다리가 미끄러지며 논두렁 아래로 기우뚱 몸이 쓰러졌다. 논바닥으로 넘어지면서 종필은 엉겁결에 하는 짓처럼 손을 허우적거리며 교감의 목에 감긴 넥타이를 낚아챘다. 두 사람은 악소리도 못 지른 채 질펀한 논바닥에 곤두박질치고 말았다. 검정 색안경을 쓴 채 흙 뒤발이 된 교감 얼굴을 들여다보며, 종필은 모처럼 걸쭉하게 웃음을 터뜨렸다.

—「조우(遭遇)」 중에서

작가의 시선은 풍자의 대상을 공격하는 데 머무르지 않고, 붕괴되는 농촌의 현실을 부둥켜안고 어떻게든 살아내야 하는 안간힘의 포착으로 나아간다. 작가는 유쾌한 그 방식 하나를 제시하고 있는데, 농촌의 현실을 질곡으로 몰아넣는 타자를 '질펀한 논바닥'으로 끌어내려 함께 '흙 뒤발'이 되는 것이다. 이시백의 소설이 선사하는 걸쭉한 웃음은 여기에서 나온다.

이 웃음은 대상을 감싸 안는 따스한 마음에서 발원한다. 상대를 배격하거나 공격하는 의미보다는 자신의 삶의 터전으로 대상을 끌어들이는 행위에서 나오는 유쾌한 웃음이기 때문이다.

2. 쓰디쓴 웃음

한편, 등장인물이 스스로의 과욕을 질책하는 행위에서 발산되는 쓰디쓴 웃음 또한 농촌 현실의 요지경을 투시하는 작가의 독특한 미적 응전 방식의 하나이다. 「복(伏)」의 결말에서 반공용사 최건출은 논바닥에 거꾸로 굴러 떨어져 진흙 뒤발이 된다. 월남 참전용사회 회장인 최건출은 정부 보상을 기대하고 맹호 고엽제 전우회 회장을 겸하여 맡기로 한다. 그러던 중 자율방범대가 쓰던 컨테이너를 두고 해병 전우회와 충돌한다. 이 과정에서 젊은이들에게 망신을 당한 최건출은 자신의 과욕을 곱씹어본다.

빨리 집에 들어와 열무 뽑아온 거나 다듬으라는 악다구니에 온종일 땀에 절어 파장아찌가 된 몸을 부지런히 움직여 걸음을 독촉했다. 한잔 걸친 낮술에 오랜만에 짚은 목발이 여간 거북한 게 아니었다. 늘 오토바이를 다리 삼아 타고 다니다가 이렇게 무슨 집회 행사가 있는 날이나 짚는 목발질이 가뜩이나 좁은 논두렁길을 더욱 위태롭게 했다. 그 와중에서도 밀린 외상 술값을 어떻게든 사무국장에게 쪼개 내도록 할 궁리에 정신을 빼앗긴 최 회장의 몸이 기우뚱하는가 싶더니 이내 거꾸로 논바닥으로 굴러 떨어졌다. 목발은 멀찌감치 날아가고, 온몸에 질편하니 진흙 뒤발을 한 채 논두렁에 배를 깔고 기어오르던 최 회장은 용두산을 이제 막 넘는 저녁 해가 벌건 혀를 내미는 걸 하염없이 바라보았다.

"복날 며 한번 션허게 잘 감었네."

농약 냄새가 분명한 논물에 축축하니 몸을 적신 최 회장은 여전히 납작하니 몸을 엎드린 채 뉘 들으랄 것도 없는 말을 중얼거렸다.

. ― 「복(伏)」 중에서

'머리 허여지면 욕심부텀 쓸어버려야' 한다는 자각과 함께 오는 이 '쓴웃음'은, 최건출을 맹호 고엽제 전우회 회장으로 부추기고 '밀린 외상 술값' 걱정하게 한 장본인인 사무국장 전충국의 '헛웃음'으로 이어진다. 「개 값」은 '개 값 한번 오지게 문' 전충국의 에피소드를 다루고 있는 작품이다. 개에 얽힌 사연과 농촌의 현실이 포개지며 진한 여운을 남기는 작품이다. 자신이 기르던 '흰둥이'가 아랫집 강아지를 물어 다치게 하는 사건이 발생한다. 이 개의 치료비용 때문에 충국은 전전긍긍한다(이러한 에피소드와 베트남 전쟁 시 겪었던 개에 얽힌 이야기를 겹쳐 놓은 작가의 솜씨는 전충국의 처지를 효과적으로 형상화하는 데 기여한다). 이에 전충국은 베트남에서 데려온 예비신부 수안의 오빠 쿠엔에게 아랫집 강아지를 훔쳐오라고 시킨다. 쥐도 새도 모르게 없애버릴 생각이었다. 하지만 문제가 발생한다. 쿠엔이 경찰에 붙잡힌 것이다. 이를 계기로 수안과 쿠엔의 관계가 드러난다. 수안과 쿠엔은 부부 사이였던 것이다. 수안은 남편인 쿠엔과 같이 한국에 오기 위해 쿠엔을 오빠라고 속인 것이다. 어처구니없는 상황 앞에서 전충국은 망연자실한다.

경찰서 밖으로 나선 충국은 온통 땀으로 후줄근히 늘어진 바지 속에서 자꾸 휘청거리는 다리를 길가에 선 플라타너스에 잠시 기대었다. 아까까지만 해도 밖으로 나오기만 하면 사람 시늉 못하게 패 주려 했지만, 이제 와 생각하니 그저 못 사는 나라 것이라고 함부로 깔본 제 불찰이니 누구를 원망하랴 싶어 애꿎은 담배만 뻑뻑 빨아댔다.
참 오늘 하루가 개로 시작하여 개판으로 맺어가고 있었다. 개 값 한 번 오지게 문 셈 치자고 통 크게 마음먹어 보지만, 생각할수록 맥이 풀려 헛웃음만 매가리 없이 새어나왔다. 제 남편 팔아 한몫 잡으려던 수안의 살집 좋은 얼굴 위로, 충국은 자꾸 다리 한 짝 내어 주고 호강한다는 소리 듣는 최 회장 얼굴이 겹쳐졌다.
— 「개 값」 중에서

이러한 웃지도 울지도 못할 상황에서 '그저 못 사는 나라 것이라고 함부로 깔 본 제 불찰이니 누구를 원망하랴 싶어 애꿎은 담배만 뻑뻑 빨아' 대는 충국의 입에서 '매가리 없이' 새어나오는 '헛웃음'이야말로 우리 농민의 현주소를 보여주는 한 척도이다.
「새끼야 슈퍼」는 '못 사는 나라 것이라고 함부로 깔 본' 시선이 치명적인 부메랑으로 되돌아오는 과정을 진한 여운으로 전해주는 작품이다. 가구공장들이 '동산리'로 하나둘 찾아들게 되면서 묻어온 외국인 노동자들이 '동산슈퍼'의 고객이 된다. 동산슈퍼 주인 평식은 더듬거리며 물건을 찾는 그들에게 말끝마다 '새끼야'라는 욕을 덧붙인다. 이러다 보니 외국인 노동자들은 동산슈퍼를 '새끼야 슈퍼'라 부르게 되었다. 마흔을 넘긴 평식이 날씬하고 사근사근한 필리핀 마누라 안젤라를 얻게 된 것도 가게에 드나드는 필리핀 노동자가 다리를 놓아준 덕이었다.

카드놀이에 한창인 평식의 가게에 외국인 노동자 수루와 베루니가 들어온다. 구경하던 수루가 훈수를 둬서 돈을 잃자 평식은 분을 참지 못하고 수루를 무차별 폭행한다. 그때였다. 수루의 입에서 날카로운 외침이 터져 나왔다. "그만해. 나쁜 새끼야." '새끼야'가 부메랑이 되어 평식에게 고스란히 되돌아온 셈이다. 시끄러운 소리에 나와 본 안젤라는 문도 제대로 열지 못한 채 눈물만 주룩주룩 흘린다.

신고를 받고 출동한 경찰에 의해 유치장 신세를 진 평식이 집으로 돌아오니 안젤라가 보따리를 싸서 달아났다. 면사무소에서 일주일마다 두 번씩 배운 서툰 한글로 적힌 편지에는 다음과 같이 적혀 있었다.

"당신이 수루를 때리는 걸 보고 무서워요. 우리나라 사람보고 새끼야 해서 나빠요. 당신 새끼야 하면 화난 거처럼 우리나라 사람도 화나요. 그리고 카드 하지 말아요. 내가 신고했어요. 착하게 살아요. 멀리 가니까 찾지 말아요."

— 「새끼야 슈퍼」 중에서

인간에 대한 신뢰, 따스한 애정이 담겨 있는, 그래서 수루의 부메랑('그만해, 나쁜 새끼야')보다 더욱 치명적인 부메랑이다.

그렇다면 다음의 부메랑은 어떠한가? 「너의 희망이 무엇이냐」의 구본중 이장은 행정수도 이전으로 땅값이 오르자 텃논, 뒷산 비탈의 고구마밭까지 팔고 농사를 접는다. 생각지도 않던 목돈을 손에 쥐자 도통 농사지을 맛이 나지 않는다. 사람 일생에 돈 버는 것만큼 쉬운 일도 없다고 생각한다. 땅이란 것이 전처럼 배곯던 시절에는 오로지 논에서 쌀을 내고, 밭에서 푸성귀를 길러 식구들 배를 채우는 데 쓰였지만, 이제 쌀이나 푸성귀보다 더 많은 돈을 버는 집터며, 공장터, 골프장, 상가, 아파트 부지로 쓰이는 시대가 된 것이다. 그는 면내 다방에서는 '떳다방'들이 찔러주는 사례비를 챙기고, 마을에 들어와서는 땅주인에게 소개비를 받는다. 도랑 치고 가재 잡기인 셈이다. 그러다가 올 봄부터는 아예 면사무소 앞에 있는 희망부동산에 의자 하나를 마련한다. 구 이장이 읍내에 아파트 한 채를 사 두고도 여전히 마을에 눌러 앉아 있는 이유가 여기에 있다.

한편, 구 이장의 아들 충식은 선산을 팔아 장사를 해야겠다고 아버지를 조른다. 기막힌 사업 아이템이 있다는 것이다. 구 이장은 '끝까지 농사짓겠다고 거기 엎드려 지내는 것도 한심한 일이지만, 제 조상이 대대로 누워 있고, 언제고 자신도 그 틈에 누우러 갈 땅마저 배추밭처럼 팔 아넘기는 것'도 마뜩치 않다. 먹고살 만하니 뿌리(출신)에 대한 집착이 생긴 것이다. 이번 가을에 이장협의회 회장 자리에 오르면 서울에 있다는 대동종친회를 찾아갈 생각이다.

그러던 어느 날 제 며느리가 노래방 도우미로 나간다는 말을 듣고, 한 걸음에 달려가 그녀를 만난다.

"아버님, 저도 이러구 싶어서 허는 게 아녀유. 아범이 말끝마다 누구네 엄마는 재테크를 잘혀서, 아파트를 넓혀 갔다느니 한몫 단단히 잡았다느니, 이런 소리를 허니 어디 가만히 집안에 앉어 있을 수가 있어야쥬. 그렇다고 아버님두 아시다시피 직가 학벌이 있어유, 기술이 있어유. 있다믄 그저 마을 부녀회 잔치 때, 노래 잘 헌다는 소리는 들어서, 어디 돈 벌 재간이 이것밖에 더 있어야쥬. 이것두 더 나이 들면 허구 싶어두 못혀유. 그래두 지가 실제 나이보담 어려 보인다께, 그나마 요 몇 년 도우미 노릇 헐 수 있는 거래유."

"그려, 어려운 살림 애쓴다."

구 이장은 오히려 제 시아버지를 설득하려고 드는 며느리가 기가 막혀 긴 말을 할 수가 없었다.

— 「너의 희망이 무엇이냐」 중에서

부동산 사무실을 드나들며, 허구한 날 다니던 노래방이건만 구 이장은 앞으로는 거길 다시는 드나들 수가 없을 듯했다. 집으로 돌아온 구 이장을 기다리는 또 다른 부메랑이 있었으니, 분위기 파악 못하는 아들 충식의 물색없는 사업 아이템이다.

"워딜 늦게 댕겨 오신대유?"

"내 걱정꺼정 혀 주냐?"

네 걱정이나 하라는 소리가 목구멍까지 넘나드는 걸 구 이장은 어금니에 힘을 주어 깨물고 간신히 참았다. 차마 제 색시가 노래방 도우미 노릇한다는 말은 하지 못하고 끙끙 속으로만 앓는데, 물색없기로는 심봉사 뺨치는 충식이 무릎을 당겨 앉는다.

"아부지, 아까 말한 사업 아이템인디유."

"뭔 아이템?"

"노래방인디유. 그냥 맥없이 노래만 하는 것이 아니구유. 손님덜이 원하는 대로 꾸민 도우미가 교복도 입고, 하녀 복장도 하고 나와서 왼갖 시중을 들면서……"

— 「너의 희망이 무엇이냐」 중에서

3. 웃지도 울지도 못할……

이시백의 소설은 근대 단편소설의 묘미를 만끽하게 해 준다. 탄탄한 구성, 주도면밀하게 설정된 복선, 인물의 섬세한 내면 포착, 극적인 결말 등 어느 하나 흠 잡을 데가 없다. 이시백은 이러한 근대 서사 양식에 농촌공동체적 삶의 양식을 포개어 놓았다. 이번에 내놓는 작품 어느 곳을 열어보아도 농촌공동체의 기반이 되는 구수한 입담(문체)을 쉽게 만날 수 있다. 작가는 근대 이전의 농촌 공동체적 삶으로 되돌아 갈 수도, 그렇다고 자본의 논리가 지배하는 근대의 메커니즘에 투항할 수도 없는 현실을, 근대 서사 양식과 구어체의 긴장을 통해 정직하게 응시하고 있다.

「누가 말을 죽였을까」는 이야기(말·구술문화)와 소설(글·문자문화) 사이에 놓인 문제적 인물 '우칠'을 통해 우리 농촌의 현실과 농민소설의 현주소를 되새김질하고 있는 작품이다. 작가는 여러 겹의 서사를 중첩시키며 농촌의 현실을 다층적으로 해부하고 있다.

① 그러니께, 우칠이가 누구여. 장도리로 머리를 탁 까 보믄 새마을 정신이 호두알매니, 그것두 헐렁헐렁한 중국산이 아니라 신토불이 국산 것으루다 영근 알맹이가 꽉 들어찬 지도자 아녀?

(중략)

아, 그려. 저이가 바로 우칠이 그이여. 저그, 삽 들구 구덩이 묻는 이 말여.

② "소설가라믄……. 오동추야 진진 밤에 전전반측헐 때, 베개 대신 끌어 안구 밤 패서 읽는, 그 야그책 지어 파는 이 말이유? 참, 내가 살기두 오래 살았나 보네. 그간 나랏님이 팔자에 옮는 절간서 독경 읽는 거며, 옥에 갇혀 콩밥 먹는 것두 봤지만, 야그꾼을 눈앞에 보기는 첨이니 말유."

③ 그렇게 시작하여 발밑에 수북이 담배꽁초가 쌓일 동안 우칠이 들려준 이야기는 다음과 같았다.

— 「누가 말을 죽였을까」 중에서

①은 전지적 화자(이야기꾼)가 등장하여 우칠을 소개하는 대목이다. ②는 소설가(재명)가 'F.T.A 체결'을 앞두고 농촌의 분위기를 취재하기 위해 우칠을 만나 이야기를 듣는 장면이다. ③은 그리하여 우칠이 들려 주는 이야기를 소개하는 대목이다.

이야기는 간단하다. 우칠은 동네 부역 일 나갔다가 우연히 주위 사람들의 이야기에 끼게 된다. 소, 경운기 등 운송수단에 대한 잡담을 하다가 말에 대한 이야기가 나온다. 옛날 민씨댁 큰 어른이 노상 말 등에 얹혀 다닌 적이 있었다는 이야기로 옥신각신하다, 그 어른의 말이 고개를 넘다 죽어 묻힌 자리가 있다는 말이 나온다. 결국 거기를 파 보기로 한다. 장비를 빌리는 과정에서 새마을 지도자 우칠은 보기 좋게 이용당한다. 우칠은 공연히 그늘 밑에 앉았다가 쉰내 나는 막걸리 한 잔 얻어 마시고는 꼼짝없이 오십만 원 포클레인 삯을 바가지 쓰게 되었음은 물론 파 놓은 구덩이까지 혼자 메우게 된 것이다.

"참 용하십니다. 그렇게 남들에게 이용만 당하고 살면서두 웃으시니?"

"사람겉지 않은 것덜 허구 마는 거쥬, 뭐. 그랴두 알 사람은 다 알아 줘유. 글구, 이런 일을 어제오늘 겪는 것두 아니니, 이젠 숫제 굳은살이 백였슈. 첨버텀 생색내려 한 일두 아니구, 이를 보겠다구 헌 일도 아니께, 그저 돌밭 가는 황소처럼 조국을 위혀 일허는 거쥬, 뭐. 그것이 지도자로서 당연히 혀야 헐 역사적 사명이구, 돌아가신 으르신께두 면목이 서는 일이니께유."

(중략)

　농약 내가 코를 찌르는 논두렁길을 위태로이 걸으며, 재명은 아까부터 목구멍에 걸쭉한 가래침처럼 들러붙어 근질거리던 말을 중얼거렸다.

　그럼 너는 뭐냐?

　양반이 배 내밀고 타고 다니다, 늙어 허리가 꺾어져 죽은 말과 다를 바가 무엇이더냐. 그것도 정이랍시고, 새에게 쪼이고 개에게 뜯기지 않도록 길가에 묻어준 것만으로도 평생토록 주인 태우고 다닌 덕이라고 감지덕지하는, 너는 도대체 말이 아니고 또 뭐란 말이냐?

― 「누가 말을 죽였을까」 중에서

　이렇듯, 어리숙해 보이는 '우칠'을 작가는 외면할 수 없다. 그는 계몽의 대상도 아니고, 그렇다고 풍자의 대상도 아니다. 그러니 작가(소설가 · 화자)가 '그럼 너는 뭐냐?' 라는 말을 속으로 삼킬 밖에……
　근대 구어체 소설은 화자와 독자가 분리되는 동시에 희미한 집단적 유대에 근거해 연결되는 방식을 보여준다. 공동체적 에토스가 사라진 시대 속에서 근대 담론 밖의 경험인 공동체적 삶을 끌어들임으로써, 고립된 자아의 이념에 기초한 근대 동일성 담론의 서사를 대화적 맥락으로 유도하는 것이다. 문제는 근대의 속물적 가치가 지배하는 시대에 공동체의 기억이 너무나 희미해서 있었는지조차 의심되기도 하고, 아니면 이 작품의 우칠처럼 박정희 시절에 대한 향수와 같이 왜곡된 형태로 드러나기도 한다는 점이다.

이시백의 작품 속에 드러나는 구어체(입담)는 근대의 논리와 팽팽한 긴장감을 유지하고 있다. 그는 과거에 대한 향수를 형상화하거나 농촌 공동체의 복원을 지향하지 않는다. 다만 '지금 여기'의 현실을 냉정하게 응시하고 있을 따름이다. 그의 시선이 아버지 세대에서 아들 세대로 옮아가는 현상도 이와 무관하지 않다.

이시백은 우칠의 맞은편에 어리숙한 농민을 이용하여 이권을 챙기는 속물적 인간형을 마주 세우고 있다. 작가는 「방골 골프장 저지 투쟁위원회—임을 위한 행진곡」이나 「소적리 데모쟁이—솔아 솔아 푸르른 솔아」, 「천렵(川獵)」 등의 작품을 통해 속수무책의 농촌 현실을 꼬집고 있다. 특히, 자본의 논리와 결탁하여 변질된 시위문화, 즉 보상비를 올려받으려는 짜고 치는 고스톱 격인 데모를 날카롭게 풍자하고 있다.

하지만 이러한 메마른 현실 뒤에 음각해 놓은 다음과 같은 웃지도 울지도 못할 장면이야말로 이시백 소설의 정수(精髓)이다. 더 이상 무슨 말이 필요하겠는가?

영배 할배는 지금도 읍내 철중이네 오시리 단란주점이 오픈하던 날의 소동을 잊지 못한다. 개업식이라고 방골에서도 남녀노소 할 것 없이 하루 일을 폐하고 죄다 몰려갔는데, 지금은 이장 자리를 내놓은 방골 골프연습장 이봉수 사장이 남들 다 모인 자리에 뒤늦게 나타났다. 영생색만 내는 소주 한 박스에 치렁치렁 서낭당 금줄 매달듯 '축 개업'이라 댕기까지 매달고 나타나서는, 그러잖아도 마음이 개운찮던 마을 사람들 틈에 물색없이 끼어들어 한바탕 흔들고 논 것은 그렇다 치자.

대가리를 방게처럼 돌리며 기세 좋게 잘 놀더니, 갑자기 돌아간 제 어미 생각이라도 난 건지, 고개를 푹 꺾고 마이크를 입에 처넣을 듯 들이박고는 착 내리깔린 목소리로 왜 하필이면 그딴 노래를 불렀단 말인가. 아무리 여름내 땡볕에서 머리에 띠 두르고 열심히 불렀던 노래라지만 그게 어디 남의 집 잔치 자리에서 어울리기나 할 노래인가. 그 인간은 워낙 제 기분, 제 욕심만 채우는 인간이라고 치고, 제 맘에 안 드는 노래를 불렀다 하여 마이크 든 놈 볼따구니를 쳐서 앞니 두 대를 부러뜨린 큰 아들 철구 짓은 또 무슨 난데없는 봉변이란 말인가.

사랑도 명예도 이름도 남김없이
한평생 나가자던 뜨거운 맹세
동지는 간 데 없고 깃발만 나부껴
새 날이 올 때까지 흔들리지 말자

영배 할배는 이제는 텔레비전에서 이 비슷한 노래만 나와도, 골프라는 소리와 마찬가지로 탁 소리가 나도록 채널을 돌려 버렸다.
— 「방골 골프장 저지 투쟁위원회—임을 위한 행진곡」 중에서

4. 스며드는 눈물
「없을 무, 암 것두 암」은 두꺼비 말석 씨의 삶의 속살을 벗기고 있는 작

품이다. 되돌릴 수 없는 일을 말할 때마다 '말석이 주먹에 든 돈'이라는 소리를 할 정도로 두꺼비 말석 씨는 자린고비다. 그러한 말석 씨가 두꺼비 펜션으로 돈을 번다. 도회지 사람들이 두꺼비 펜션을 찾는 이유를 마을 사람들은 도통 이해할 수가 없다. 말석 씨는 '암 것두 읎는 게 볼만헌 게지'라고 말한다.

  "겨울이믄 장작불 때서 뜨뜻한 구들방에 왼몸이 노곤노곤허게 지짐질허지, 생전 해 보지 못헌 아궁이에 불을 때 보구, 쇠죽 퍼다가 외양간에 여물도 줘 보구, 여름이믄 마른 쑥 베어다가 저녁이믄 멍석 깔구 모깃불 피워 놓구, 눈두덩이 진무르두룩 켜댄 즌깃불 끄구서, 최룽최룽헌 별덜이 무지륵히 똥덜얼 싸대는 것두 바래보구, 새벽이믄 우물물에 쌀 일어다가 가마솥에 감자 얹은 햅쌀밥두 지어 먹구……. 좀 좋아?"
  ―「없을 무, 암 것두 암」중에서

주위 사람들이 보기에 '내 돈 내구 죽두룩 밥 짓구, 불 때구 머슴 노릇 허다 가는' 격이다. 농촌의 삶이 '여가·휴식'의 이름으로 상품화된 경우다. 도시 사람들의 허위적 생태의식을 잘 보여주는 예다. 주지하듯, 소비사회의 이데올로기는 자연을 새로운 상품 이미지와 기호로 포장한다. 자연에 대한 소비자의 향수를 자극함으로써 자연과의 가상적 유대를 만들어내는 것이다. 작가는 이러한 농촌의 상품화, 즉 객관적으로 존재하지만 더 이상 삶의 의미를 부여하지 못하는 자연에도 문제를 제기하고 있는 셈이다. 물질적으로 풍요로운 사회는 공기, 물, 음식 등 자연적 요소가 상대적으로 결핍된 사회이다. 이 결핍을 채우기 위해 문명인들은 생태공원, 박물관, 주말농장 등으로 떠난다. 그들은 노동과 매개된 삶의 일부인 자연을 거부하면서, 이상화, 관념화된 자연의 이미지에 매료된다.

농촌은 근대화의 논리에 의해 파괴된 이후, 휴식과 안식을 주는 목가적 공간으로 재구성된다. 이미지로서의 농촌은 근대 문명의 물질적 풍요에 공허감을 느끼는 사람들이 증가할수록 매혹적인 대상으로 자리 잡는다. 농촌은 일상적 삶과 이질적이고 심지어 분리되어야 하는 존재로 인식되기에 이른다.

이시백의 소설에는 이러한 날카로운 현실인식과 농촌 현실을 껴안는 따스한 시선이 공존한다. 말석 씨가 살아온 삶의 속살을 보듬는 작가의 시선은 훈훈한 감동을 불러일으킨다. 삼 년 전 말석 씨의 아내가 병으로 세상을 뜬 일로 말이 많았다. 조금 살 만하니 덜컥 몹쓸 병으로 눕고 만 것이다. 일찌감치 큰 병원에 데려가 손을 썼으면 고칠 병을 그저 진통제만 먹으며 몇 해를 견디다가 병을 키우고 말았다는 것이다. 이웃들이 큰 딸네로 기별을 해서 서울 병원으로 데려갔다. 병원서 보호자가 올라 와야 한다는 연락을 받고도 이튿날 한낮은 되어서야 말석 씨는 겨우 병원에 얼굴을 내밀었다고 한다. 때를 놓쳐 수술도 못한다는 소리에 거기 모인 딸 넷이서 울음바다가 되었어도 말석씨와 장본인은 멀뚱멀뚱 창만 쳐다보며, 여태껏 나온 병원비 걱정만 하더라는 소리가 이웃에 낭자하게 퍼졌다. 항암주사라도 맞추며 방사선 치료라도 해 보자는 말을 받아냈지만, 말석 씨가 일주일 만에 안주인을 들처업고 집으로 내려왔다고 한다.

하지만 말석 씨의 속사정은 다르다.

"다 가난이 죄여."

"그려, 가난이 죄이구 말구. 마누래두 그리 생각혔어. 자식 잡은 것이 다 돈이 읎어서라구 생각허는 거여. 남덜은 내보구 돈에 미쳤다 허지만, 그러지 않음 배겨내질 못혔어. 잠시만 방에 들어앉았두 죽은 자석을 생각해 보라믄서, 비 오는 날에두 밭으루 끌려 나갔어. 막걸리 한 됫박이라두 내 돈으로 사 먹은 날은 밤새두룩 볶아대는 바람에 증말이지, 워디 가서 은어나 먹으믄 모를까, 여즈껏 큰맴 먹구 고기 한 칼, 술한 잔 맴 편히 사 먹은 적이 읎어."

(중략)

"뱅원서도 그예 집에 내려가자구 링게루 뽑아버리구 뛰쳐나간 거여. 살 만큼 살았는디, 애털헌티 못헐 짓 시키구 짐 되기 싫다구 그냥 집으로 내뺀 거여. 이젠 그러지 않아두 살 만큼은 되었다구 혀두 소용이 읎어. 멀쩡헌 자석 잡아묵구 이날꺼정 살아온 것만두 면목읎는 짓이라믄서……."

한꺼번에 들이켠 막걸리에 찌꺼기라도 잠겨 있어 목에 걸렸는지 뒷말을 잇지 못하고 컥컥거리는 바람에 모두 고개를 들어 말석 씨를 돌아보았다. 그리고 그 자리에 모인 이들은 육십 평생을 밤낮으로 붙어 지내면서도 본 적이 없던, 심지어 그집 안주인이 세상을 뜨던 날도 보지 못했던 말석 씨의 눈물이 두꺼비같이 껌벅이는 통방울눈에서 그렁그렁 고여 나와 소리도 없이 볼을 타고 줄줄 흘러내리는 걸 처음으로 보았다.

"맞어. 다 옳는 게 죄여. 없을 무, 암 것두 암, 암 것두 옳는 무암리 사램들 다 겪은 일이여."

— 「없을 무, 암 것두 암」 중에서

작가는 아무 것도 없는 무암리 농민들의 비애와 그것을 팔아서 살 수밖에 없는 아이러니한 상황을 두꺼비 말석 씨의 삶의 속살과 포개어 놓는다. 말석 씨의 '두꺼비같이 껌벅이는 통방울눈에서 그렁그렁 고여 나와 소리도 없이 볼을 타고 줄줄 흘러내리는' 눈물이 무암리 사람들은 물론, 텍스트 너머 독자들의 마음에까지 스며드는 감동적인 장면이다.